Dietmar Dressel

Der Schrei zu Gott

Trilogie

Teil 1

Der Mönch und der Bader

Historischer Roman

In Liebe - für Barbara, Alexandra, Kai, Timon, Nele und Isabelle

Historischer Roman mit unwahrscheinlich viel Tiefgang

Pressestimme von Paolo Pinkel   am 3. Juni 2016

'Wanderer, kommst Du nach Velden". Wer schon einmal im kleinen Velden an der Vils war, der merkt gleich, dass an diesem Ort Kunst, Kultur und Literatur einen besonderen Stellenwert genießen. Der Ort platzt aus allen Nähten vor Skulpturen, Denkmälern und gemütlichen Ecken die zum Verweilen einladen. So ist es auch ganz und gar nicht verwunderlich, dass sich an diesem Ort ein literarischer Philanthrop wie Dietmar Dressel angesiedelt hat.

Dressel versteht es wie wenige andere seines Faches, seinen Figuren Leben und Seele einzuhauchen. Auch deswegen war ich begeistert, dass er sich an das gewagte Experiment eines historischen Romans gemacht hatte. Würde ihm dieses gewagte Experiment gelingen?

Soviel sei vorweg genommen: Ja, auf ganzer Linie!

Aber der Reihe nach. Historische Romanautoren und solche, die sich dafür halten, gibt es jede Menge. Man muß hier unterscheiden zwischen den reinen 'Fiktionisten' die Magie, Rittertum und Wanderhuren in eine grausige Suppe verrühren und historischen „Streberautoren", die jedes noch so kleine Detail des Mittelalters und der Industrialisierung studiert haben und fleißig aber langatmig wiedergeben. Dressel macht um beide Fraktionen einen großen Bogen und findet zum Glück schnell seinen eigenen Stil. Sein Werk gleicht am ehesten einem Roman von Ken Follett mit einigen erfreulichen Unterschieden!

Follett recherchiert mit einem großen Team die Zeitgeschichte genauestens und liefert dann ein präzises, historisches Abbild. Ein literarischer und unbestechlicher Kupferstich als Zeugnis der Vergangenheit. Dressel hat kein Team und ersetzt die dadurch entstehenden Unklarheiten gekonnt mit seiner großartigen Phantasie. Das Ergebnis ist, dass seine Geschichten und Landschaften 'leben' wie fast nirgendwo anders.

Follett packt in seine Geschichten stets wahre Personen und Figuren der Zeitgeschichte hinein, die mit den eigentlichen Helden dann interagieren und sprechen. Das nimmt seinen Geschichten immer wieder ein wenig die Glaubwürdigkeit. Dressel hat es nicht nötig, historische Figuren wiederzubeleben. Das Fehlen echter historischer Persönlichkeiten gleicht er durch menschliche Gefühle und lebendige Geschichten mehr als aus.

Folletts Handlungen sind zumeist getrieben von Intrige, Verrat und Hinterhältigkeit. Er schreibt finstere Thriller, die Ihren Lustgewinn meist aus dem unsäglichen Leid der Protagonisten und der finalen Bestrafung der 'Bösen' ziehen. Dressel zeigt uns, dass auch in einer so finsteren Zeit wie der frühen, industriellen Neuzeit Freundschaft, Liebe und Phantasie nicht zu kurz kommen müssen. Er wirkt dabei jedoch keinesfalls unbeholfen sondern zeigt uns als Routinier, dass er das Metier tiefer Gefühle beherrscht, ohne ins Banale abzugleiten.

Folletts Bücher durchbrechen gerne die Schallmauer von 1000 und mehr Seiten. Er beschreibt jedes Blümchen am Wegesrand. Dressel kommt mit viel weniger Worten aus. Substanz entscheidet!

In der linken Ecke Ken Follett aus Chelsea, in der rechten Ecke Dietmar Dressel aus Velden. Zwei grundverschiedene Ansätze und Herangehensweisen an ein gewaltiges Thema. Wer diesen Kampf wohl gewinnt?

Keiner von beiden, in der Welt der Literatur ist zum Glück Platz für viele gute Autoren!

Bibliografische Information der Deutschen Nationalbibliothek.
Die Deutsche Nationalbibliothek verzeichnet diese Publikation in
der Deutschen Nationalbibliografie;
detaillierte bibliografische Daten sind im Internet über
http://dnb.d-nb.de abrufbar.

Copyright © 2011 Dietmar Dressel – Autor

Herstellung und Verlag: Books and Demand GmbH Norderstedt.
Alle Rechte vorbehalten. Das Werk darf - auch teilweise - nur mit Genehmigung
des Verlages wiedergegeben werden.
Gestaltung: Alexandra und Barbara Dressel
Layout: Kai Hintzer
Printed in Germany
ISBN 978-3-8423-7820-9

www.dietmardressel.de

Mehr Informationen unter

BoD Verlag Norderstedt

www.bod.de

Folgen Sie mir auf Twitter

Teil 1

Der Mönch und der Bader

Inhalt

Das Wirtshaus im Dorf

Nein, mein Herr: Bislang hat der Mensch sich nichts ausgedacht, das so viel Freude verbreiten könnte wie eine schöne Taverne oder ein Schankhaus.

Samuel Johnson

D er Winter kündigt sich in diesem Jahr schon zeitig an, hoffentlich wird es morgen besser. Denkt ein schon in die Jahre gekommener groß gewachsener Mann mit kräftiger Statur und stapft mühsam auf der Dorfstraße von Mussbach durch die Dunkelheit der Nacht in Richtung Wirtshaus.

Moritz, sein brauner Wallach, hat es mit dem Planwagen im tiefen Schnee auch nicht so leicht und neigt eher dazu, eine kleine Pause einzulegen. Aber sie müssen beide schnell weiter um möglichst vor Mitternacht einen warmen Unterstand im Wirtshaus zu bekommen. Die Nacht wird ganz sicher wieder bitter kalt werden und ohne ein schützendes Dach über dem Kopf würden sie die frostige Nacht kaum überleben können.

Klappergeräusche aus der nahe gelegenen Dorfbäckerei lassen den älteren Mann an die warme Backstube denken. Brotbäcker müsste man sein, überlegt er neidvoll. Sicherlich schiebt sein junger Gehilfe die ersten Teigrohlinge für die wohlschmeckenden, knusprig gebackenen runden Vierpfünder in den Ofen. Schon in der Bibel steht geschrieben, jedenfalls unter Moses Kapitel zwei, dass es schon diese leckeren Brote zur Zeit des Auszugs der Israeliten aus Ägypten gab und das ist immerhin ungefähr dreitausend Jahre her. Da kann man mal sehen, wie gut sich dieses wichtige Nahrungsmittel, überlegt er nachdenklich, bei den Menschen in den vielen Jahrhunderten bewährt hat.

Nur sehr spärlich wird die Umgebung der einfachen, im Pfostenbau zusammen gezimmerten Bauernhäuser aus Holz, Stroh, Schilf und Lehm von der einen oder anderen kleinen Wachskerze, die auf dem Zimmertisch steht, matt erleuchtet. Die kleine Flamme der

Kerze wird nicht etwa von Geisterhand bewegt, sondern von einem hundsmiserablen kalten stürmischen Wind, der durch die undichten Räume jagt als wäre der Teufel hinter ihm her und dabei seine schemenhaften, gespenstischen Bilder an die Wände zaubert. Wohlige und angenehme Wärme ist dabei für die Familie, die sich um den kleinen Ofen versammelt, nicht zu verspüren. Was sollen sie denn anderes machen als sich in eine alte Decke zu wickeln, den Großvater und die Großmutter in die Mitte zu nehmen und die Füße nahe am Herd zu halten.

In der Bettkammer kuscheln sich die drei Kinder der kleinen Familie in einem alten Bettgestell, auf einem dünnen nicht mehr ganz so frischen Strohsack liegend, unter einem ehemals dicken Gänsefederbett. Erst wenige Tage vor Weihnachten, wenn Martin und Imanis, ihre zwei Lieblingsgänse für den Weihnachtsbraten geschlachtet werden und die Federn und Daunen der beiden toten Tiere die Zudecke etwas fülliger machen, wird es im Bett hoffentlich etwas wärmer werden.

Die Mutter hat vor dem Schlafengehen der Kinder noch schnell einen am Ofen heiß gemachten Lehmstein mit einem Handtuch umwickelt und in das Bett gelegt, damit sich die Kleinen schneller aufwärmen können. Das Fenster ist mit dicken Kristallblumen schon seit Tagen völlig vereist. An den Zimmerwänden bilden sich schon kleine Eiskristalle, kurz gesagt, es ist hundekalt in der dunklen Schlafkammer.

Mit einer Mütze auf dem Kopf, und die Zudecke bis zur Nasenspitze hochgezogen, an den Beinen einen wärmenden Stein, versuchen sich die Kinder schnell in den Schlaf zu retten und vom warmen Sommer zu träumen. Der Knecht und die Magd schlafen im Stall, zusammen mit den sechs Kühen, zwei Ochsen, acht Schafen, fünf Ziegen und den Hühnern, Enten, Gänsen und Hasen. Eingewickelt in zwei große, alte Decken ist die Kälte für die beiden, dank der Tiere, dem Stroh und dem Heu leidlich zu ertragen aber es stinkt furchtbar. Was soll's, denken beide, lieber etwas warm und stinkig als in der Kälte erfroren.

Mertlin – so ist der Name von dem älteren, kräftigen Mann, der mit seinem Planwagen, von Moritz seinem Pferd gezogen, mühsam die letzten Meter bis zur Dorfschenke stapft. Sein Beruf oder besser seine Berufung, von der er felsenfest überzeugt ist, hat im Volksmund den Namen „Baderchirurg". Er kann lesen, schreiben, rechnen und sein Latein ist auch so leidlich gut. Dick eingepackt in einen weiten, festen Wollmantel, eine Fuchspelzmütze auf dem Kopf, festen Filzstiefeln an den Füßen und die Hände in wollenen Fäustlingen gut verpackt, ist er für das Wetter gut gerüstet – trotzdem, der Tag war lang. Müde und hungrig wie er ist, freut er sich schon auf die warme Wirtshausstube.

Nach einem kräftigen Essen, dazu ein warmes Bier und anschließend zum Hinlegen einen Strohsack mit zwei Decken und das möglichst in der Nähe des Ofens, lässt sich nach einer üppigen Mahlzeit und den zwei bis drei Humpen Bier bestimmt ein erholsamer Schlaf finden. Für Moritz gibt es eine große Portion Heu, eine Schaufel Hafer, einen Eimer frisches Wasser und eine mit Stroh eingerichtete Pferdebox im gut verschlossenem Stall.

Kaum steht sein Wagen vor der Dorfschenke, kommt ihm auch schon eilfertig Knecht Franz entgegen, spannt den müden und durchgefrorenen Moritz vom Planwagen und bringt ihn schnell in den Stall. Kontrollieren muß Mertlin nicht, ob der Wallach gut untergebracht ist. Jedes Jahr um diese Zeit kehrt er hier ein um den Winter zu verbringen. Erst im kommenden Frühjahr, wenn die Straßen wieder befahrbar sind, wird er sich auf den Weg machen und sich um seine Patienten auf seiner Wegstrecke durch die Dörfer im Vogtland kümmern.

Sehnsüchtig wird er schon von den Menschen erwartet die krank sind, sich verletzt haben oder bei denen oftmals nur die Haare zu schneiden sind oder der eine oder andere kranke Zahn gezogen werden muss. Natürlich will er auch seine Medizin, seine Heilkräuter und seine Mittelchen gegen die kleinen Leiden des täglichen Lebens verkaufen. Er will ja nicht nur helfen, Geld verdienen muss er auch. Von was sollte er sonst seinen Lebensunterhalt bestreiten? Eine Familie kann er sich aufgrund seines Berufes nicht leisten.

Für das leibliche Wohl sorgen meist die Wirte und für das körperliche und seelische Wohl, als auch für das zeitweise unangenehme Ziehen in der Lendengegend findet sich immer mal ein molliges Weib, jedenfalls mag er solche Frauen wegen ihrer üppigen Rundungen, die ihm zu einer wohligen Entspannung verhelfen und ihm dabei für kurze Zeit den Himmel auf die Erde holen.

Die jahrelange Praxis macht es ihm leicht, wenn erforderlich - zu schröpfen, Salben anzurühren, helfende Verbände anzubringen, ausgerenkte Knochen wieder einzurichten, Knochenbrüche fachlich richtig zu behandeln, kleinere Amputationen an Gliedmaßen durchzuführen, Furunkel und Abszesse auszubrennen und den Unwissenden erklärt er die Wirkungsweise der verschiedenen Heilpflanzen.

Als Baderchirurg gehört er zu dem Personenkreis, die in kleinen Orten, Dörfern und kleinen Städten für die Gesundheit zuständig sind und bei Krankheiten und Epidemien sich bemühen, die schlimmsten Übel zu lindern.

Persönlich hat er sich ein beachtliches Ansehen und einen kleinen Wohlstand geschaffen und kann sich leisten, den Winter in diesem Wirtshaus zu verbringen, sich von den Anstrengungen der zurückliegenden Monate zu erholen und neue Kraft für das kommende Jahr zu schöpfen. Einige Bücher lesen und sich über die große Politik zu informieren wird in diesen kalten Wintermonaten seine Lieblingsbeschäftigung sein. Die Zeit in der er lebt, ist ausgefüllt mit epochalen Veränderungen. Gut wäre es für ihn und seinen Wissensdurst einen Gesprächsbruder in dieser kalten Jahreszeit zu finden, der ihn diesbezüglich in den gemeinsamen Unterhaltungen viel Wissenswertes vermitteln könnte.

Kaum steht Mertlin in der weit geöffneten Tür des in die Jahre gekommenen Wirtshauses und Herberge in einem, kommt ihm auch schon Joseph, der Wirt und Besitzer der Herberge entgegen, nimmt ihn erfreut in die Arme und führt ihn an seinen Stammtisch.

„Sag mal du Herumtreiber – kleiner Scherz – meine Familie und ich freuen uns sehr, dass du wohlbehalten hier bei uns angekommen bist. Konntest du den unangenehmen Gesellen von einem Winter nicht noch einige Zeit beim Herbst lassen? Du bringst ja diesen kalten Burschen sehr zeitig mit."

„Na, du warst schon lustiger, und deine Witze waren auch schon besser. Wenn du mir zeigst wie ich das machen muss, tue ich es gern. Jetzt lass dich erstmal umarmen, du Berg von einem Mann, ich freu mich wirklich sehr, dich und deine Familie gesund wieder zu sehen. Als ich mich im April von dir verabschiedete, kam ich mit meinen Armen noch leicht um dich herum, du hast kräftig zugelegt, mein Lieber."

„Kann der Baderchirurg in dir für kurze Zeit mal schön seinen Mund halten, und dafür stell ich dir die Speisen auf den Tisch, die hoffentlich dafür sorgen, dass dein Körperumfang über den Winter etwas größer wird, damit ich mir von meinem Weib nicht ständig die Anspielungen anhören muss, mir an deinem kleineren Bauchumfang ein Beispiel zu nehmen. Sie meint, mit meinem dicken Bauch wären dann nächtliche Übungen mit ihr zusammen nicht mehr so anstrengend für mich. Ist da was dran? Kennst du dich auch in solchen so genannten Liebesübungen aus? Na, du weißt schon was ich meine, oder?"

„Ja, ja - weiß ich schon, aber jetzt um die Zeit, und mit knurrendem Magen – ehrlich gesagt – können wir das nicht auf ein anderes Mal verschieben, Joseph?" „Oh entschuldige Mertlin, du hast natürlich recht!"

Und mit einem mahnenden Ruf in Richtung Küche, fordert Joseph den ersten Gang für seinen späten Gast und Freund des Hauses an. Was Mertlin in den folgenden zwei Stunden an Brot, Gemüse und verschiedenen Sorten Fleisch in seinen Mund stopft, mit seinem kräftigen Gebiss zerkleinert, um es danach mit einem beachtlichen Schluck Bier in seinen Magen zu spülen, reicht bei einer sechsköpfigen Häuslerfamilie in diesem Dorf für eine ganze Woche. Die bäuerlichen Häusler sind in der gesamten Dorfgemeinschaft das allerletzte Glied in der Kette. Sie leben in armseligen Behausungen am Dorfrand, und verdienen den Lebensunterhalt für sich und ihre Familien als Tagelöhner oder, je nach Geschick ihrer Hände, als fleißige Handwerker beim ortsansässigen Bäcker, beim Wirt der Herberge und bei den einflussreichen großen Bauern.

Ein Bauer ist im Dorf allerdings nicht gleich Bauer. Da gibt es einmal den so genannten Pferdebauern, also ein Bauer der Pferde für seine Feldarbeiten einspannen kann, und am Sonntag mit seiner Familie zum Kloster mit einer kleinen Pferdekutsche vorfährt. So ganz nebenbei stellen sie in der Regel auch den Gemeindevorstand. Damit sind sie in einer Dorfgemeinschaft das berühmte Zünglein an der Machtwaage und verfügen privat über ein beachtliches Geldvermögen und große Sachwerte. Im Gemeindevorstand sind meistens Pferdebauern, ein Kuhbauer oder gar ein Häusler haben da nichts zu bestimmen, oder zu entscheiden.

In der Dorfgemeinschaft gibt es auch Bauern, die sich keine Pferde leisten können, und die zur Arbeit auf den Feldern mit den Kühen und Ochsen arbeiten müssen. Sie bilden die große Mehrheit im gesamten Dorf, und ihren sehr kleinen Wohlstand kann man mit „schlecht" und mit „nicht ganz so schlecht" bezeichnen.

Und was die Häusler betrifft, das scheinbare Glück für diese Häuslerfamilien auf ihren kleinem Hof besteht darin, wenigstens eine kleine Parzelle Acker zum Anbau für die Feldfrüchte, und eine kleine Wiese für ihre zwei bis drei Ziegen, Hühner, Gänse und Karnickel zu haben. Alle Arbeiten auf dem Feld und auf der Wiese müssen sie mit ihren Händen verrichten. Einen Ochsen, oder gar eine Kuh können sie sich nicht leisten, und ein Schaf oder eine Ziege ist zu schwach für die Feldarbeit.

Mertlin ist bei seinem letzten Gang angekommen und Johanna, Josephs Eheweib, hat ihm zur Begrüßung eine leckere Nachspeise zubereitet. Es gibt eine große Schüssel Pudding mit Preiselbeeren angerichtet. Sein Magen hat zwar bereits eine beachtliche Fülle erreicht und eigentlich ist er knüppeldicke satt. Der Duft der Süßspeise spornt ihn allerdings an, sich auch noch über die gut riechende Köstlichkeit herzumachen.

Minuten später ist alles verputzt. Auf seiner Stirn kann man schon kleine Schweißperlen entdecken. Das Essen war vielseitig, sehr gut und – auch sehr anstrengend.

Mertlin lehnt sich im Stuhl zurück, und genießt das angenehme, lebendige Rumoren in seinem Bauch. Jetzt hilft nur noch eins, ein Strohsack, angenehme Wärme und schlafen, und das möglichst bis zum Frühstück am späten Vormittag.

Eine Häuslerfamilie

Kräftiges Rütteln an seinen Schultern zerrt Mertlin aus dem Schlaf. Joseph, der Wirt kniet auf seinem Strohsack und ist heilfroh darüber, endlich den Bader, nach dem wird schon dringend gerufen, munter zu sehen.

„Mein lieber Joseph, wenn du keinen handfesten Grund dafür hast, mich aus meiner seligen und wohlverdienten Nachtruhe zu prügeln, haben wir zwei ein Huhn miteinander zu rupfen. Also sprich, was ist so Schlimmes zum frühen Morgen passiert, dass nach meiner Hilfe schreit?!"

„Jetzt hör auf zu schimpfen, zieh dir was drüber und komm bitte mit, es eilt! Und nimm was Wärmendes mit, es ist Winter – ich mein ja nur." „Denk bitte an das Huhn, das wir beide gegebenenfalls miteinander rupfen werden. Du bist heute ziemlich ruppig." „Jetzt sag doch nicht gleich Holzkopf zu mir, ich weiß ja, dass du ohne Frühstück ein ziemlich grantiger Mensch sein kannst."

Und plötzlich, deutlich ernster werdend, meint Joseph –

„Bei der Häuslerfamilie Webstein kalbt die Kuh, aber es will nicht so richtig klappen. Sollten beide an der Geburt sterben, also die Kuh und das kleine Kalb, wäre das für die Familie eine große Tragödie. Sie haben nur die eine Kuh, und das Neugeborene wäre eine wichtige Bereicherung für die Familie." „Wie kommt denn eine Häuslerfamilie zu einer Kuh, die besitzen doch nur Schafe und Ziegen?" „Ich glaube, der Mann der Familie bekam vom Fürsten, wegen seines mutigen und kämpferischen Einsatzes gegen die Franzmänner, vor einem Jahr eine Kuh geschenkt." „Also gut Joseph, da wollen wir mal sehen, was wir beide tun können." „Das ist noch nicht alles, Mertlin!" „Na, na mein Lieber, mit der kalbenden Kuh werden wir zwei eine Weile anstrengend arbeiten müssen. Und was ist noch passiert?" „Als der gute Mann vom Krieg gesund, unverletzt und mit einer Kuh an der Leine nach Hause kam, hat er sich mit seiner Frau erstmal im Bett ausgetobt. Das Ergebnis wirst du gleich sehen. Das Kind, das die beiden gemacht haben, will auch nicht raus, und an der kalten Jahreszeit liegt das bestimmt nicht." „Los Joseph, da wollen wir mal sehen, wie wir die beiden Problemsäuglinge ans Tageslicht holen können, na, jedenfalls werden wir's versuchen."

An der Haustür empfängt sie der Ehemann, und führt sie zuerst in die kleine Küche, es ist der einzige Raum im Haus, der mit einem kleinen Ofen warm gehalten wird. Seine Frau liegt bereits auf dem Küchentisch, etwas abgepolstert mit einer Decke, und windet sich laut weinend im Geburtenschmerz.

„Joseph – schnell! Ich brauche heißes Wasser, aber nicht kochend, ein paar saubere Tücher und eine Flasche Schnaps."

Den Ehemann fordert Mertlin auf, der werdenden Mutter einen Holzquirl zwischen die Zähne zu stecken, damit sie was zum Beißen hat und sich dabei nicht die Zunge oder die Lippen unnötig verletzt. Mit erfahrenen Händen tastet Mertlin den Bauch ab und spürt, dass der Säugling, nicht wie sonst üblich, mit dem Kopf nach unten zum Geburtsausgang liegt. Er hat das nur ein einziges Mal in seiner ganzen Praxis erlebt, dabei starb das Kind aber die Mutter konnte er vor dem Tod bewahren.

Was er daraus lernte ist, dass das Baby, wenn es nicht mit dem Kopf zuerst ankommt, sehr schnell durch den Geburtskanal kommen muß, wenn es nicht ersticken soll.

„Warum bist du plötzlich so ernst, stimmt mit dem Baby was nicht, Mertlin?" „Für die Mutter und das Kind ist das wirklich eine ernste Situation, Joseph. Der Lausebengel oder die Lausebengelin, egal, hat bei der ganzen Tollerei im Bauch vergessen, rechtzeitig den Kopf in Richtung Ausgang zu stecken. Ich habe das bis jetzt nur einmal erlebt und möchte lieber nicht daran denken." „Versteh ich alles nicht! Was wirst du jetzt machen?" „Der Medicus sagt dazu Steißlage, dabei schiebt sich der Säugling zuerst mit dem Becken und seinen Beinen und nicht mit seinem Kopf zum Ausgang. Für das Kind besteht bei dieser Art der Geburt die Gefahr, dass die Nabelschnur möglicherweise abgedrückt wird und das es durch einen rapiden Sauerstoffmangel gesundheitliche Schäden davon tragen wird. Im schlimmsten Fall erstickt das Kind." „Kannst du das verhindern?" „Nein, Joseph, das kann ich nicht! Ich bin nur ein Baderchirurg. Die Entscheidung liegt in Gottes Hand." „Also gut, Mertlin, versuchen wir dem Satan ein Schnippchen zu schlagen und dem lieben Gott zu helfen. Ehrlich gesagt, zu deinen Händen habe ich allerdings ein größeres Vertrauen. Sag, wie kann ich dir helfen?" „Der Geburtsvorgang, Joseph, muß möglichst schnell gehen." „Wie meinst du das, ha?" „Jetzt stell dich nicht so an! Wir müssen der Frau beim Pressen helfen. Du wirst am oberen Bauchende, also da wo vermutlich der Kopf ist, mit kräftigen Bewegungen deiner Hände das Kind nach unten drücken." „Das kann ich! Wann soll ich anfangen?" „Jetzt - aber lass den Kopf des Kindes ganz!"

Mertlin hat blitzschnell mit heißem Wasser, Seife und Pflaumenschnaps seine Hände gereinigt und bemüht sich mit vorsichtigem Suchen im Geburtskanal, wenigstens eines von den zwei Beinen, besser alle beide, zu erwischen damit sie sich nicht nach hinten schieben können.

Eine leichte Entspannung zeigt sich in seinem Gesicht. In seiner linken Hand hält er die zwei kleinen Beinchen des Säuglings fest und beginnt mit vorsichtigem Ziehen möglichst schnell auch das Baby in der Hand zu halten.

Ein lauter Schmerzensschrei der Mutter unterbricht das leise Stöhnen von Joseph und bricht sich an den Wänden der kleinen Küche wider. Man sieht ihr die Anstrengung der Geburt noch an aber die Augen strahlen vor Freude.

In seinen Armen hält Mertlin einen kleinen Jungen. Die Erleichterung über den glücklichen Ausgang sieht man in seinem Gesicht. In dem Haushalt des Häuslers gibt es, außer zwei kleinen Töchtern, keine erwachsenen, weiblichen Personen also müssen die Männer ran. Mertlin trennt mit einem Skalpell die Nabelschnur vom Bauch, verbindet die winzige Wunde, gibt dem kleinen Jungen einen leichten Klaps auf seinen Hintern, der darauf mit einem lauten Schrei antwortet und packt ihn in vorgewärmte Tücher. So versorgt, legt er den neugeborenen Lausebengel in die Arme seiner glücklichen Mutter, und dem Vater sieht man das Glück auch an. Erst eine Kuh vom Fürsten, und dann einen Stammhalter für den Hof – bleibt eigentlich nur noch die Sorge um das Kalb, das auch auf die Welt kommen will aber vermutlich alleine nicht kann.

„Joseph, ich brauche dringend noch einen Eimer mit heißem Wasser." „Kommt sofort!"

Schnell entfernt Mertlin die Nachgeburt und reinigt den Unterleib mit warmen Wasser und Alaun. Nachdem die Mutter und das Baby gut versorgt sind, verlassen Mertlin und Joseph die Küche, und machen sich auf den Weg zum Stall um der Kuh zu ihrem Mutterglück zu verhelfen. Die beiden Vorderfüße vom Kalb schauen ein Stück heraus, bewegen sich allerdings keinen Zentimeter weiter.

„Warum geht das bei der Kuh nicht voran Mertlin?" „Kein Problem, Joseph, bring schnell einen längeren Strick und einen Haufen Stroh damit das Kalb, wenn es rauskommt, weich fällt und sich nicht gleich den Hals oder die Beine bricht."

Mertlin umwickelt die Füße mit einem Lappen, damit sich beim Ziehen mit dem Strick die Füße nicht wundreiben. Ein kleines Kalb ist zwar kein Baby, unnötig leiden muß es ja trotzdem nicht.

„Joseph, du ziehst kräftig aber bitte mit Gefühl. Ich werde den Bauch der Kuh massieren." „Wann soll ich anfangen?" „Jetzt mach schon los und lass dich nicht aufhalten – und denke daran, zieh kräftig aber reiß dem Kalb nicht die Beine aus – ich mein ja nur!"

Zwei kleine Geräusche erfüllen den Stall - ein leises „Muhen" der Kuh und raschelndes Stroh.

„Geschafft, Joseph, wir werden das Kalb mit Stroh gründlich ab reiben und dann zum Euter seiner Mutter schaffen. Wenn es schon nicht allein auf die Welt kommen will, kann es hoffentlich selbständig trinken."

Mertlin und Joseph schauen beide nochmals nach der Mutter und dem Kind und verabschieden sich von der Familie - nicht ohne ihnen noch ein paar Anordnungen zu geben, damit die beiden Neugeborenen auch am Leben bleiben. Dem Vater verspricht er, dass er alle zwei Tage zu ihnen kommt und nachschaut wie es den Neugeborenen so geht.

Mertlin weiß, aufgrund seiner langjährigen Erfahrung als Baderchirurg, warum er das sagen muss. Viele neugeborenen Kinder erreichen nicht das zweite Lebensjahr, nur weil ihre Eltern sich nicht an einfache hygienische Maßnahmen halten wollen oder können.

„So, mein lieber Joseph, ich hoffe, Johanna hat was Kräftiges zu Essen für unseren Magen in der Küche, ich hab Hunger und du vermutlich auch!" „Wem sagst du das, also los!"

Beide Männer laufen mühsam auf der schneeverwehten Straße in Richtung Dorfschenke. Zwei Stunden später hört man von ihnen nur noch die typischen Schlafgeräusche.

Nicht immer endet für Mertlin so ein Tag wie heute. Leid, Schmerz, Tod und Trauer sind die teuflischen Gesellen, die so oft den Menschen das tägliche Leben so furchtbar schwer machen. In den folgenden Wochen bemüht sich Mertlin im Dorf Mussbach um die Menschen, die mit dem Tod kämpfen und an großen Schmerzen leiden. Nicht allen kann er so helfen wie er das wohl gern möchte. Immer wieder stößt er an die Grenzen seines Wissens und Könnens. In solchen Stunden ist er der unglücklichste Mensch, und das Hadern mit sich selbst macht seinen Gemützustand nicht besser. Das Wissen um die Dinge ist der Schlüssel, denkt er mit aufsteigender Verzweiflung.

Weihnachten steht vor der Tür. Es sind nur noch wenige Tage bis zum Fest. Vor allem für die Kinder, die in dieser Zeit eine besondere Zuwendung bekommen, sind solche Feiertage eine segensreiche Abwechslung in ihrem sonst so harten und entbehrungsreichen Alltagsleben.

Ein kleiner Tannen- oder Fichtenbaum wird aufgestellt und mit bunten Bändern, Äpfeln, Nüssen und Lebkuchen behangen. Wenn es der Geldbeutel der Familie zulässt, wird auch ein kleines Krippenspiel aufgebaut und Geschenke für die Kinder gibt es auch. Oft sind es natürlich nützliche Dinge für den Alltag. Einen dicken Pullover, einen Schal, eine Mütze und Socken von Oma gestrickt, werden dankbar angenommen. Spielzeug gibt es nur, wenn das die Familienkasse zulässt. Nicht zu vergessen, das gute und viele Essen. Zum Frühstück gibt es für die Kinder Kartoffelkuchen richtig dick mit Zucker und Zimt bestreut.

Eine echte Rarität auf einem Bauernhof. Diese leckeren und süßen, braunen Kristalle gibt es selten und wenn man sie kaufen kann, sind sie unverschämt teuer. Also wird bei den meisten Bauernfamilien auf den Bienenhonig zurückgegriffen, auch wenn der sehr knapp ist. Zum Mittagessen gibt es zur Feier des Tages Kartoffelklöße mit Rotkraut und Gänsebraten. Zwei bis drei Gänse müssen dafür ihr Leben lassen, damit das Fleisch für alle reicht und man nicht geizen muss. Zum Nachtisch kommt für die Kinder Grießbrei mit Bienenhonig auf den Tisch und die Erwachsenen trinken einen ordentlichen Humpen Bier. Zum Abendbrot gibt es die traditionelle Vogtlandpfanne. Ein leckeres Gericht aus Eiern, Leberwurst und Semmelstücke gewürzt mit Majoran, Zwiebeln und Salz. Dazu gibt es Brot, und wie sollte es an so einem Tag auch anders sein, viel warmes Bier.

Die Kinder haben sich vor dem Schlafengehen mit Lebkuchen vollgestopft und liegen bereits im Bett damit sich die Erwachsenen ungestört amüsieren können.

Das Feiern ist vorbei und der Alltag kehrt wieder in das tägliche

Leben der Bauern ein. Die Männer bessern die schadhaften Stellen am Haus, an der Scheune und am Stall aus und räumen mühsam jeden Tag den Schnee beiseite, der sich meterhoch an den Seiten der Gehwege auftürmt. Die Schneeverhältnisse erschweren es sehr, mal schnell zum Bäcker zu laufen, beim Schmied das eine oder andere lockere Eisen an den Hufen der Pferde wieder zu befestigen und den Nachbarn und Verwandten mal schnell zu besuchen, Tee zu trinken oder einfach nur über die Sorgen, die Familie und natürlich auch über das ekelhafte kalte Wetter zu reden und heftig zu meckern.

Alle freuen sich schon auf den sechsten Januar. Wieder ein Tag, an dem alle ausgelassen die Verehrung der heiligen drei Könige feiern werden. Joseph, seine Frau Johanna und der Knecht Franz haben alle Hände voll zu tun um alles für das Fest vorzubereiten. Jeden Tag kommen neue Gäste und wollen versorgt werden. Für Mertlin eine gute Gelegenheit, sich mit den Neuankömmlingen am Abend bei einem Humpen Bier über die große Politik und die Veränderungen im Land zu unterhalten.

In wenigen Tagen geht das Jahr Siebzehnhundertzweiundneunzig zu Ende. Was wird das neue Jahr bringen? Überlegt Mertlin mit sorgenvollen Gedanken. Was werden die Franzosen in ihrem Land noch alles anstellen? Große Revolution vom Zaun brechen, das Königtum einfach abschaffen, die Guillotine zum Enthaupten der Verurteilten, oder auch ohne Urteil zulassen und überall herrscht barbarischer Krieg. Als ob die Menschen nichts Besseres zu tun haben, als sich gegenseitig den Hals umzudrehen – schrecklich ist das alles. Für die arme Bevölkerung, ganz gleich in welchem europäischen Land, bedeutet das - Hunger, Elend und Krankheiten ohne Hoffnung auf Veränderungen zu ihren Gunsten.

Langsam leert sich der Schankraum und die Gäste legen sich im Schlafraum zur wohlverdienten Nachtruhe auf ihre Strohsäcke. Da jetzt viele Menschen in diesem Raum schlafen, hat Franz in einem kleinen Ofen Feuer gemacht, damit die Kälte erträglich bleibt und die Gäste besser ausruhen können.

Mertlin sitzt allein an seinem Stammtisch und bemüht sich seine unruhigen Gedanken zu ordnen. Eine Hand legt sich behutsam auf seine Schulter.

„Hast du für einen Mann, der sich mit seiner Frau inbrünstig ein Kind wünscht Zeit, damit er auf seine Fragen ein paar nützliche Antworten bekommen könnte?" „Ach du bist das, Joseph, ich dachte schon ein Gast will mit mir reden."

„Wie du dich erinnerst, hatte ich dich bezüglich anstrengender, nächtlicher Bettspiele mit Johanna schon mal genervt aber mit leerem Magen bist du ja unausstehlich." „Laß gut sein, Joseph, wir beide leeren gemeinsam einen Krug von deinem gut schmeckenden Rotwein und werden dabei deine Fragen näher untersuchen. Was hältst du davon?" „Warte - bin gleich zurück!" „Wo gehst du hin? Johanna brauchen wir nicht dazu, das ist sozusagen ein Gespräch unter Männern - wenn du verstehst was ich meine!" „Verstanden, ich hol nur den Rotwein." „Ach so – auch nicht schlecht."

Wenig später hält er eine beachtlich große Flasche in der Hand, und strahlt übers ganze Gesicht.

„Dachte schon, dass ich die Flasche bereits bei einer anderen Gelegenheit mit Gästen geleert hätte. Das ist ein echter guter Tropfen, Mertlin – wirklich, Hand auf's Herz!" „Dann sollten wir uns viel Zeit zum Trinken nehmen."

Mit geübten Griffen entkorkt Joseph das gute Stück von einer Weinflasche und gießt Mertlin und sich selbst die beiden Krüge randvoll, riecht mal kurz dran und meint –

„Viel besser kann der Wein beim lieben Gott auch nicht sein. Prost, Mertlin." „Prost, Joseph – also wo drückt dich der Schuh? Ich ahne zwar schon wo aber sag's mir trotzdem." „Du erinnerst dich bestimmt noch an die Geburt des kleinen Jungen bei der Häuslerfamilie, der bei dem kalten Wetter lieber im warmen Bauch seiner Mutter bleiben wollte?" „Ich weiß, für uns alle war das ein sehr glücklicher Tag." „Glücklich schon, Mertlin, aber auch traurig für mich." „Wieso, du hast mitgeholfen, ein Kind auf die Welt zu bringen." „Das stimmt! Und ich bin dir und dem Herrn dankbar, dass ich das miterleben durfte und mithelfen konnte. Auch habe ich dabei gelernt, wie ein Kind rauskommt. Kannst du mir ein paar gute Ratschläge dafür geben, wie ein Kind in den Bauch kommt? Johanna und ich, wir wollen Kinder aber es will nicht klappen."

„Es gibt bei Frauen, als auch bei Männern krankheitsbedingte Gründe, die es beiden nicht möglich machen, ein Kind zu zeugen. Das ist leider so. Bei euch beiden ist das allerdings nicht erkennbar. Also, wie macht ihr das, wenn ihr ein Kind basteln wollt?" „Na, na - Mertlin, basteln ist gut. Also, ich weiß nicht. Musst du das so genau wissen?" „Joseph, wenn du gründlich wissen möchtest, wo und wie ein Kind auf die Welt kommen will, solltest du auch praktisch eine Ahnung davon haben, wie und wo es reinkommt? Oder etwa nicht?" „Schon, schon – aber doch nicht so genau, Mertlin. Die Stelle, wo es hin muß kenne ich ja und das reicht. Mehr will ich dazu nicht wissen!" „Doch, das solltest du allerdings! Jetzt erzähl mal, wir sind doch unter uns und befreundet sind wir auch."

„Also gut, du neugieriger Mensch von einem Bader. Wenn es mir danach ist, sage ich Johanna was ich will. Sie legt sich dann im Bett so hin, dass ich mit meinem guten Stück dorthin komme wo ich hin will. Und dann transportiere ich das Zeug, aus dem die kleinen Kinder wachsen sollen dahin, wo es halt gebraucht wird." „Hm, macht ihr beiden das immer so?" „Ja klar! Ich wüsste auch nicht, wie und warum ich das anders bewerkstelligen sollte."

„Sag mal, Joseph, wie lange dauert das so ungefähr?" „Pinkeln dauert bei mir meistens länger!" „Ach was! Entschuldige bitte, langsamer geht's wohl nicht?" „Vielleicht, ich weiß das nicht. Wüsste auch nicht, was ich die ganze Zeit dort drinnen machen sollte." „So, so – wenn du das nicht umgehend änderst, kannst du euren Kindertraum in die berühmte Röhre schieben." „Also Mertlin, bei aller Freundschaft, das geht zu weit." „Willst du ein Kind oder Kinder, ja oder nein?" „Ja – verflixt nochmal, wir wollen das beide!"

„Dann hör zu und sei nicht gleich beleidigt wenn ich dir sage was du falsch machst."

Wenn nicht die große Sehnsucht nach einem Kind wäre, würde Joseph vermutlich aufstehen und Mertlin allein am Tisch sitzen lassen. Solche Themen sind nicht gerade Tagesgespräch zwischen ihm und Johanna.

„Joseph, das Wichtigste an den Anfang. Wenn du meine Ratschläge befolgst, wirst du das Vaterglück bald genießen können. Ich sage dir das als Baderchirurg und als dein Freund." „Ich halt ja schon meine Klappe. Also los, fang an!"

Um ein Kind zu zeugen – guck nicht so verdattert – so nennt man das, musst du zwei Voraussetzungen gut verstehen und bereit sein, sie auch anzunehmen. Das heißt einmal - wann ist der richtige Zeitpunkt für die Zeugung bei einer Frau und der zweite wichtige Punkt ist, wie verhalten sich beide, also Mann und Frau dabei. Und es gibt noch etwas, dass du dir unbedingt hinter die Ohren schreiben solltest – und zwar dick und fett!

Eine Frau kann immer, will aber nicht immer. Und ein Mann will immer, kann aber nicht immer. Deshalb sollte ein Mann es so bei sich einrichten, dass er kann wenn sie möchte.

„Hast du das bis hier her alles gut verstanden?" „Alles nicht - ich denke, du wirst mir das noch erklären. Mach weiter, ich schreie schon, wenn mein Kopf nicht mehr kann oder nicht mehr will."

Und Mertlin erklärt weiter, was sein Freund wissen will und sollte. Schon vor etlichen tausend Jahren, sehr weit bevor das Christentum entstand, haben kluge Priester und Ärzte durch langjährige Beobachtungen festgestellt, dass eine Frau nur an bestimmten Tagen bereit ist ein Kind zu empfangen. Genauer gesagt meinten sie dabei, dass ungefähr fünf Tage nach ihrer letzten monatlichen Blutung und fünf Tage bevor die nächste beginnt, es zur Befruchtung kommen kann, so beide Partner gesund sind. Wenn wir diese Erkenntnisse, die auch heute noch ihre Gültigkeit haben, ernst nehmen wollen, solltet ihr beide euch daran halten.

„Ja, ja - alles schön und gut. Unsere Priester vom Kloster meinen, das wäre Sünde und nicht von Gott so gewollt. Also einmal rein, und wenn kein Kind kommen will ist es Gottes Wille." „Nun halt mal die Luft an, Joseph, die Priester treiben es doch nicht mit einer Frau, sondern machen es untereinander und Kinder kriegen sie davon ganz bestimmt nicht." „Was meinst du damit? Die treiben es untereinander." „Jetzt stell dich halt nicht so unwissend an, Joseph." „Ich weiß wirklich nicht was du meinst – ganz ehrlich." „Na, die stecken ihr bestes Stück nicht in den vorderen Bereich des Mannes, da ist auch nichts wo man was reinstecken kann. Die nehmen den hinteren Eingang." „Also, mal langsam. Du meinst die stecken ihr Ding in den – nein! Das getrau ich mir nicht zu sagen. Wenn das der liebe Gott sieht, na gute Nacht – das gibt Ärger!" „Darüber mach dir mal keine Gedanken. Also wieder zu euch beiden und dem „Wann" - ist der beste Zeitpunkt.

Ihr solltet in dieser Zeit, also fünf Tage danach und fünf Tage davor, habe ich dir ja schon erklärt, möglichst früh, bevor ihr aufsteht und abends im Bett miteinander fleißig üben. Wenn es euch tagsüber danach ist, dann natürlich auch." „Das ist wirklich nicht dein Ernst?" „Nein! Außerdem kenne ich den Ernst nicht." „Du erlaubst doch, dass ich kurz mal lache." „Na klar, wenn es dich erleichtert. Nun mal wieder sachlich! Von heut auf morgen wird euch beiden das nicht gleich gelingen. Es braucht etwas Zeit, wobei wir bei deinem Bauch wären." „Hab ich mir doch gedacht, dass das noch kommt." „Aber Joseph, lass gut sein. Wenn du das mit deinem Bauch so schaffst, dann muß er ja nicht weg. Das entscheidest nur du. Entweder ist er dir hinderlich oder nicht. Jetzt zum zweiten Punkt, Das „Machen"!" „Könnten wir das weglassen? Ich gewöhne mich ungern an andere Übungen." „Nein!" „Also gut, mach weiter du Quälgeist von einem Bader!"

„Erstens - die Dauer des „Machens". Schneller als Pinkeln, das geht schon mal gleich gar nicht!" „Wieso nicht? Ich bringe meine

„Sachen" schnell und ordentlich dahin wo sie hinsollen. Daneben geht da nichts, das kannst du mir glauben."

„Joseph, die „Sachen" von denen du so schön sprichst, brauchen viel Zeit um dorthin zu kommen, wo sie gern hinwollen. Es ist wie bei einem Säugling im Mutterleib, er schwimmt gern im wohlig warmen Wasser und ohne diesem Element würde er sterben. So ergeht es auch den „Sachen", wie du sie so schön nennst. In Wirklichkeit sind das ganz winzig kleine, quicklebendige Samenzellen. Die brauchen es schön warm und schlüpfrig, damit sie sich schnell zu ihrem Ziel bewegen können. Wo sie natürlich schon sehnsüchtig erwartet werden. Wenn das fehlt, geht ihnen unterwegs die Puste aus und sie werden sterben. Also - nichts mit Nachwuchs!"

„Was muß oder sollte ich anstellen, damit sie schwimmen können, wie du so schön sagst?" „Wann hast du Johanna das letzte Mal geküsst?" „Am letzten Weihnachtsfeiertag." „Ach nein!" „Aber ja! Ich weiß doch, wann ich Johanna einen Kuss gebe, so oft kommt das ja zwischen uns beiden nicht vor."

„Wenn es dir so danach ist und das Johanna auch deutlich sagst, nimmst du sie liebevoll in deine Arme und küsst sie?" „Das kann ich nicht!" „Wieso nicht?" „Ich soll also mein gutes Stück schlüpfrig unterbringen, Johanna in die Arme nehmen, küssen soll ich sie natürlich auch noch und das alles möglichst lang und gleichzeitig." „Ja, eine Stunde solltest du das so ungefähr durchhalten." „Sonst fehlt dir nichts!" „Nein! Obwohl - ein vollbusiges junges Weib wäre für die nächsten Stunden nicht schlecht. Jetzt schau halt nicht so belämmert. Ich weiß, das hört sich für den Moment alles schlimm an. Glaube mir, überlass das deiner Frau, sie weiß ganz bestimmt wie, wann und wo sie es am liebsten mit dir treiben möchte. Wenn du dich daran hältst, bist du spätestens in einem Jahr Vater." „Das ist deine ehrliche Meinung?" „Ja Joseph, und glaub mir, ich weiß was ich sage, frag mich nicht, nimm es hin. Dafür verstehst du was von Bier und köstlichen Weinen - ich nicht." „Was hältst du von einem kleinen Pflaumenschnaps, so als „Guter Nacht Kuss" unter Männern?" „Ich bin dabei und danach hau ich mich hin."

Die kommenden Wochen vergehen für Mertlin wie im Flug. Krankenbesuche, Zähne ziehen und Haare schneiden füllen den ganzen Tag aus. Die Zeit um ein wenig zu verschnaufen fehlt hinten und vorn. Der Monat März lässt die Sonne schon länger scheinen und ihre warmen Strahlen erfreuen die Menschen.

Der Schankraum ist menschenleer und Mertlin sitzt allein an seinem Tisch. Joseph ist in die Stadt gefahren und Franz ist mit seinem Wallach beim Schmied um die Hufeisen überprüfen zu lassen. Johanna bringt ihm sein Frühstück und stellt eine große Tasse gut duftenden Kaffee neben den Teller mit Rührei und Speck.

„Sag mal, Mertlin, hast du in den letzter Zeit mit Joseph über unsere Eheprobleme gesprochen?" „Wieso, hat er recht über mich gemeckert?" „Nein, hat er nicht! Aber er hat was mit mir gemacht, was in unserer Ehe noch nicht vorkam." „Ach nein!" „Doch, hat er." „Und was hat er gemacht?" „Das werde ich dir nicht auf deine neugierige Nase binden. Aber ich bin das erste Mal in meinem Leben wirklich glücklich. Verstehst du was ich meine." „Ich glaube, Johanna, in diesem Haus wird es in einem Jahr ein großes Fest geben." „Ich glaube das nicht, ich weiß es!" „Nein! Ganz sicher?" „Ganz sicher!" „So so, dann wird Joseph eine Magd einstellen müssen und schwere körperliche Arbeit ist ab sofort für dich gestrichen." „Davon wird er sicherlich nicht begeistert sein. Wenn ich ihm allerdings heute Nacht zuflüstere was in meinem Bauch beginnt zu wachsen, bekomme ich alles was ich mir von ihm wünsche. Sag mal, Mertlin, in der Zeit, in der das Kind in meinem Bauch größer und größer wird, kann ich da mit Joseph so − na, du weißt schon was ich meine?" „Ja, weiß ich! Solange es dir Freude macht, und ich meine damit dich, könnt ihr beide machen was ihr wollt. Vielleicht nicht ganz so stürmisch und dafür mit mehr Gefühl. Bei Joseph's Gewicht wäre es nicht so schlecht, wenn er sich hinlegt und du dich auf ihn setzt. Deinen Körper hält er leicht aus." „Du meinst, ich soll von oben? Und das geht?" „Aber ja, probiert das beide miteinander aus. Du wirst eine Menge Spaß dabei haben und bei Joseph halten sich die Anstrengungen in Grenzen. Ganz wichtig, Johanna, ist die körperliche Sauberkeit, besonders bei Joseph. Warmes Wasser und Seife sind dafür bestens geeignet. Kleine Babys im Bauch der Mutter lieben besonders zwei Dinge - mollig warmes Wasser, in dem sie rumtoben können ohne sich zu verletzen und Sauberkeit. Du verstehst mich doch oder nicht?" „Ja, ich weiß was du meinst. Was ist, wenn es mir keinen Spaß mehr machen sollte?" „Johanna!" „Jetzt guck halt nicht so lustig, kann doch möglich sein. Du hast doch eben gesagt, ich soll es nur mit Joseph treiben, wenn es mir Freude bereitet." „Daran solltest du dich auch strikt halten!" „Und was kann ich mit Joseph unternehmen, wenn sein Zeug raus muß? Kann ja möglich sein. Versteh ich zwar nicht aber es könnte ja möglicherweise so sein." „Johanna, du hast doch zwei gesunde Hände?" „Ha? Wie meinst du das? Ach so, entschuldige bitte, hab schon verstanden!" „Hast du noch Fragen, ich muß dringend zum jungen Gesellen des Bäckers, er hat sich am Ofen den Oberarm verletzt." „Nein, lieber Mertlin, und danke für alles." „Wenn ihr Frauen im Dorf euch wieder zum Hutzenabend treffen solltet, kannst du ja mit ihnen gemeinsam über das Thema „Kindermachen - wann, wo und wie" ein klärendes Gespräch führen. Was hältst du davon?" „Das tue ich Mertlin, habe auch schon daran gedacht."

Mertlin trinkt noch seine Tasse Kaffee aus und macht sich auf den Weg um dem verletzten Bäckergesellen zu helfen. Es wird für ihn ein anstrengender Tag und zum Essen oder zu einer üppigen Brotzeit kommt er auch nicht. Als er endlich in der Schenke ankommt, schallt sein Ruf in die Küche - ich habe Hunger - großen Hunger. Bei diesen Worten läuft er eilig auf seinen Tisch zu, an dem bereits ein Gast sitzt. Ein kurzes guten Abend und schon macht er sich über das Essen her, das Johanna auf den Tisch stellt.

Knüppeldicke satt und sehr zufrieden mit dem was er als Baderchirurg heute leisten konnte, lehnt er sich in seinem Stuhl zurück und nimmt sich vor zeitig schlafen zu gehen.

Ein scheinbar schrulliger Geselle

Aufgeschreckt durch einen lauten, herzhaften Rülpser aus Mertlins Rachen, hebt der einzige am Tisch sitzende Gast seinen Kopf und schaut erstmal in die Runde, dann erschrocken auf den Mann ihm gegenüber um am Schluss mit seinen erstaunten Blicken auf den noch auf dem Tisch stehenden Tellern, Zinkplatten, Schüsseln und dem großen metallenen Humpen hängen zu bleiben. Der so umfassend in Augenschein genommene Mertlin strahlt über sein ganzes Gesicht. Verständlich!, Bei dem genussvollen, vielen und gutem Essen. Und dabei schaut er seinen gegenüber sitzenden Tischgesellen mit freundlich dreinschauenden Augen fragend an.

„Habt ihr euch gerade so geräuschvoll geäußert? Fragt ihn der junge Mann, der in eine Kutte gehüllt vor einer kleinen Schüssel Suppe sitzt. „Nein, da irrt ihr euch, gesagt hat nur mein Magen etwas. Er meint, er sei mit dem was alles zu ihm runter kam randvoll und mit dem Inhalt sehr zufrieden." „Ach nein!" „Aber ja, wirklich! Er sagt das immer so!" „Also, ich weiß nicht. Mein Magen äußert sich anders." „Dann gebt ihr ihm entweder zu wenig oder lauter Sachen die er vielleicht gar nicht mag. Ich kenne mich da aus, ich bin Baderchirurg und sehe deutlich, wenn sich Menschen mit ihrem Magen nicht gut stellen. Unter uns gesagt, ihr seid zu dünn, viel zu dünn für die Jahreszeit! Für die Winterzeit muß sich ein Mann eine dicke Fettschicht anfuttern. Die Vorräte sind knapp und wachsen kann auf den Feldern um diese Zeit auch noch nichts." „Kann es nicht auch sein, Herr Baderchirurg, dass für das Wohlbefinden des Magens der Geldbeutel eines Menschen die Schuld trägt?" „Du kannst Mertlin zu mir sagen und was deine Frage betrifft? Ja, am Geldbeutel liegt es leider auch manchmal. Aber gut, das ist ein anderes Thema. Jetzt sind wir bei unserem Magen und glaube mir, nur der allein entscheidet wie es uns geht, wie gesund wir sind oder wie krank wir werden. Und − so der alte Herr ganz weit oben im Himmel das auch so vorhat, wie alt wir möglicherweise hier auf der Erde werden können." „Also gut, Mertlin, lassen wir den lieben

Gott mal aus unserem Gespräch. Der Inhalt eines Geldbeutels ist abhängig von seinem Besitzer und wie der es anstellt ihn mit Münzen zu füllen – also was er so beruflich macht. Die einen klauen, betteln, erben oder bekommen das Geld geschenkt. Andere müssen sich das erarbeiten. Damit das bei unserer Unterhaltung nicht völlig untergeht, du kannst Lynhart zu mir sagen, und wie du siehst bin ich ein Diener des Herrn. Du kannst mir glauben oder auch nicht, ich habe mir das freiwillig nicht ausgesucht." „Entschuldige bitte meine etwas ungeschickte Frage. Wie kommst du dann zu der Kutte?" „Na, ganz einfach, ich zieh sie mir über den Kopf." „Ha ha - ich darf doch mal lachen, oder?" „So lustig ist das leider nicht für mich gewesen." „Jetzt erzähl schon oder ist das ein großes Familiengeheimnis?" „Nein! Das ist es nicht, es ist eher ein Problem unserer Zeit." „Verstehe ich nicht, wieso das?" „Wie du sicherlich weißt, bekommt der erstgeborene Sohn in der Familie beim Tod des Vaters den Hof überschrieben. Die Ehefrau und die Töchter sind ja diesbezüglich ohne Rechte." „Ja, weiß ich." „Wenn es nur einen Sohn in der Familie gibt, ist das alles kein Problem, an Frauen und Töchter wird ja wie du weißt nichts vererbt. Gibt es mehrere männliche Nachkommen, sowie in meiner Familie, wir sind drei von der Sorte, haben zwei ein Existenzproblem. Wobei wir wieder bei dem Geldbeutel wären." „Das bedeutet, dass du und dein größerer oder kleinerer Bruder nach dem Tod eures Vaters, Gott habe ihn selig, leer ausgegangen seid." „Ja, so ist das! Wenn unser alter Herr, den Bauernhof mit allem was dazu gehört, durch uns drei Brüder geteilt hätte, wäre es für jeden von uns zu wenig gewesen um daraus eine bäuerliche Existenz aufzubauen. Es würde noch schlimmer kommen. Von dem Anwesen bliebe ja nichts übrig. Unsere Mutter, unsere Oma, Opa ist ja schon seit langem tot und meine vier Schwestern wären ohne Lebensgrundlage und würden ganz sicher sehr darunter leiden müssen." „Dann ist so eine alte Rechtsprechung eigentlich gar nicht so daher geholt und hat doch eine tiefsinnige, praktische Bedeutung. Auch wenn man vielleicht auf den ersten Blick meinen möchte, so eine Regelung ist ungerecht. Wie ist deine Meinung dazu?" „Es stimmt schon was du sagst. Für uns übrig gebliebenen Brüder, die wir halt leer ausgehen müssen – gutes Gesetz hin oder her – ist das nicht so besonders lustig. Uns bleibt eigentlich nur das Kloster oder wir werden stramme Soldaten. Allerdings mit einer relativ kurzen Lebenserwartung.

Lass es mich mal so sagen. Ganz so leicht hat es unser Erstgeborener mit dem schönen Bauernhof auch nicht. Er muß sich ja auch um den Hof kümmern und die gesamte weibliche Familie. Er muß ebenfalls meine Schwestern versorgen, ohne Einschränkung. Nicht zu vergessen das Brautgeld, das bei der Hochzeit meiner lieben Schwestern fällig wird. Alles in allem, eine gewisse Gerechtigkeit ist bei all der Aufteilerei schon dabei.

„Also gut, du verlorener Bauernsohn, für was für einen Weg hast du dich entschieden oder besser gefragt, wo hat dich der Sturm des Lebens hin geblasen? Also – wie kamst du wirklich in deine Kutte? Und jetzt sag nicht wieder, du hast sie einfach über den Kopf gezogen." „Nein! Natürlich nicht. Ich wollte schon als kleiner Junge lesen und schreiben lernen. Mein Opa konnte ein wenig rechnen und die Schrift beherrschte er auch ganz gut– schon wegen der Steuern, die von den skrupellosen Steuereintreibern des Adels, der Gutsbesitzer und Lehnsherrn eingetrieben wurden, damit sie in Saus und Braus leben können. Dank seiner Fähigkeiten selbst seine Steuern ausrechnen zu können, wurde er halt weniger übers Ohr gehauen. Mein Opa brachte mir, so wie halt Zeit war, das war vor allem im Winter, die Grundregeln des Rechnens bei und die Schrift. Das Alphabet und lesen konnte ich auch bei ihm lernen. Am Anfang war das eine tierische Schinderei aber je mehr ich verstand, umso besser flutschte es. Meine anderen Brüder hatten keine Lust sich mit solchem Teufelszeug, wie sie meinten, zu beschäftigen. In Wirklichkeit waren sie einfach zu faul dazu. Denn lernen, das habe ich schnell begriffen, strengt an. Ich weiß was ich sage." „Da kann ich dir nur kräftig zustimmen, ich weiß auch was ich sage aber – es lohnt sich. Am Anfang ist einem die Bedeutung über ein bestimmtes Maß an Wissen zu verfügen und mit der Sprache in Wort und Schrift umgehen zu können, nicht so richtig bewusst. Später, im täglichen Leben, erkennt man die enormen Vorteile schnell." „Das ist wahr, Mertlin! Also, wie ging es mit mir weiter?"

Nachdem der Hof an unseren Erstgeborenen überschrieben wurde, mussten ich und mein jüngerer Bruder Martin, so verlangt es die Tradition und die Rechtslage, unser elterliches Zuhause verlassen. Martin war schon immer für Rumprügeleien, Kriegsspiele und schicke Uniformen zu begeistern. Er meldete sich freiwillig bei unserem Landesfürsten um Soldat zu werden. Es dauerte keine zwei Jahre, dann traf ihn eine Gewehrkugel – Bauchschuss. Er starb, ich weiß das von einem Offizier, unter schlimmen Schmerzen.

Mich führte der Zufall oder wenn du es so sehen willst, Gottes Fügung, in das Kloster Auerbüchel, in der Nähe von Auerbach. Der dortige Abt war mit meinem Vater gut befreundet, was meine Aufnahme und die Behandlung im Kloster wesentlich erleichterte. Mir blieben, dem Herrn sei Dank, üble Machenschaften, wie sie mit Novizen und Mönchen getrieben wurden und immer noch werden, erspart.

„Was meinst du mit Machenschaften? Das klingt ja nach Machtkämpfen." „Nein! Ich meine den Missbrauch von jungen Männern durch die alten dicken Fettsäcke im Kloster." „Versteh ich nicht!" „Jetzt stell dich halt nicht so an. Gelübde hin Gelübde her, das beste Stück des Mannes, also auch das dieser angeblich enthaltsamen, älteren Mönche will bedient werden und dafür waren dann die jungen Novizen gerade die richtigen Figuren. Jung, unerfahren und ohne Machtbefugnis, abhängig von den älteren Mönchen und Lehrmeistern, sind sie ein gefundenes Spielzeug für ihre abartigen Triebe. Von wegen asketische Lebensweise, Abkehr von weltlichen Gewohnheiten und ein geordnetes, religiöses Leben in der Klostergemeinschaft, dass ich nicht lache! Die Alten nutzen ihre Machtstellung im Kloster aus und der Abt duldet halt diese miesen, verwerflichen Sauereien des lieben Friedens willen oder beteiligt sich hie und da selber an diesem sündigen Verhalten. Ich weiß ja nicht, was sich der liebe Gott dabei denkt, wenn er diesen Sündenpfuhl in einem Kloster duldet. Die sich so verhaltenden alten Knacker verstoßen doch jeden Tag gegen alles, was der Herr eigenhändig auf zwei Steintafeln geschrieben haben soll. Und was passiert mit den Sündern? Nichts! Da ich mit meinem Gemeckere zu solchen Themen im Kloster immer unbeliebter wurde, entschied sich der Abt dafür, mich auf eine länger andauernde Wanderschaft zu schicken. Vermutlich um mich Störenfried los zu werden." „Das ist ja allerhand und eine riesengroße Sauerei dazu. Der liebe Gott hat doch Adam und Eva geschaffen und nicht Adam und Adam. Die beiden Paare, wenn ich das mal so bezeichnen darf, sind doch grundverschieden. Da gibt es nichts dran zu verwechseln." „Das sehe ich auch so. Und deshalb bin ich dort weg und wandere allein aber unbehelligt durch die Lande. Zugegeben – nicht immer ganz problemlos. Wobei wir wieder bei dem Geldbeutel wären.

Apropos Geld! Weißt du eigentlich, dass das idyllische Dorf Mussbach, mit allem was dazu gehört, natürlich außer den dort lebenden Menschen, rechtlich dem Kloster Auerbüchel gehört?" „Nein! Hab ich nicht gewusst. Hat mir bis heute noch kein Mensch gesagt. Nicht mal Joseph, unser Gastwirt. Verstehen kann ich das allerdings nicht. Seit wann haben denn die Klosterbrüder so dicke Geldbeutel, Lynhart?" „Aber Mertlin, schau dich doch mal um. Wir verkaufen doch so ziemlich alles was nach Gott und seinem Himmelreich riechen könnte. Also zum Beispiel - Reliquien aller Art und Kreuzeverkäufe. Den Käufern, meistens sind es Analphabeten, versprechen wir alles, was sie gern hören wollen. Bis auf die Wahrheit, versteht sich, die behalten wir mal schön für uns. Außerdem, was bekommt man schon für die Wahrheit? Bestenfalls einen kräftigen Fußtritt. Im allerschlimmsten Fall droht der Scheiterhaufen oder das Gottesurteil. So ist das in unserer schönen Welt. Und das alles läuft wie geschmiert. Glaube mir, ich weiß was ich sage." „Hör ich da so was wie eine zaghafte Gotteslästerung heraus, mein lieber Bruder Lynhart?" „Nein, Mertlin! Meine Seele wohnt fest in Gott. Es ist nur eine Frage wie man Gott definiert. Und mit Glauben hat das alles wenig zu tun. Du musst nicht an Gott glauben, sondern du musst ihn tief in dir selbst fühlen. Denn Gott gibt es, davon bin ich fest überzeugt. Was ich schlecht finde ist, was unsere Klöster und die christlich katholische Kirche daraus alles sublimieren." „Was verwirklichen diese raffgierigen Mönche, ganz praktisch gedacht, mit dem vielen ergaunertem Geld, Lynhart?" „Die schönen Münzen werden von der Klosterverwaltung, also dem Abt und seinen

Vertrauten, sofort in Sachwerte angelegt. Damit meine ich: jede Form von Grundherrschaften, Waldstücke, Teiche, Ackerflächen, Nutzungsrechte und ganze Dörfer. Denk einfach in diesem Zusammenhang an das Dorf Mussbach. Dann triffst du den berühmten Nagel auf den passenden Kopf.

Mit der Zeit werden die Klöster so reich, dass einige davon sich selber kaufen könnten und damit eine gewisse Unabhängigkeit von der Kirche erreichen werden." „Das ist ja ungeheuerlich! Von wegen Pflichterfüllung, geistliches und religiöses Verhalten? Das ich nicht lache. Eigentlich soll doch ein Kloster ein Stützpunkt und ein Ort des Glaubens sein oder Lynhart?" „Ja, das sollte es! Ist es aber in großen Teilen unseres Landes nicht. Einige davon sind schon so weltlich, dass es weltlicher schon gar nicht mehr geht." „Wie soll ich das verstehen, Lynhart?" „Es gibt Klöster, Mertlin, die gehen ihrer eigentlichen Bestimmung nicht nach. Sich um die Kranken kümmern, Reisenden Unterkunft und Verpflegung gewähren, für das Alter vieler Menschen Sicherheiten bieten, handwerkliche Tätigkeiten Landwirtschaft und Handel fördern und Buben und Mädchen in den Klosterschulen ein Mindestmaß an Wissen vermitteln. Das Mertlin, würde ihnen wirklich besser zu Gesicht stehen.

In vielen Klöstern gibt es eine so genannte Verweltlichung." „Was bedeutet das bitte genau, Lynhart?" „Einige Menschen treten nicht aus religiösen Gründen, sondern aus weltlichen Motiven in ein Kloster ein um Kasse zu machen. Du kennst ja das Sprichwort: „Nur Bares ist Wahres". Gott hat ja alles Mögliche geschaffen, nur kein Geld. Also müssen sich halt die „Ungläubigen" darum kümmern. Und das trifft besonders auf einige ganz schlaue Familienmitglieder des Adels zu." „Das ist doch eine riesige Sauerei, wie hier mit dem lieben Gott Geschäfte gemacht werden. Man kann nur hoffen, dass er das merkt und die Sünder ordentlich bestraft. Damit meine ich das schmerzhafte Fegefeuer und wenn es möglich wäre, dann bitte ein ordentliches Feuerchen." „Hoffentlich Mertlin. Du kennst ja bestimmt das zutreffende Sprichwort - „Gottes Mühlen mahlen langsam aber gründlich". Ich bin ganz sicher, mit der Raffgier der Menschen kennt sich der Herr bestens aus. Er hat sie angeblich geschaffen. Womit wir wieder bei der Geldbörse wären." „Also gut, du Neunmalkluger. Mein Herz hat sich auf deine Seite geschlagen und dir einen festen Platz eingeräumt." „Wenn ich ehrlich sein soll, du bist für mich nicht der Vaterersatz aber ich mag dich und ich wäre nicht traurig, wenn wir unsere beginnende Freundschaft mit einem Becher Wein begießen. Ich lade dich ein – nein! Meckere nicht! Ich lade dich ein!" „Gut, abgemacht und einverstanden. Dafür lade ich dich morgen zu einem urigen Frühstück a la Vogtland ein. Widersprich nicht und nimm an!" „Ich nehme an, und freu mich drauf."

Zwei Stunden später hört man von beiden nur noch leise Schnarchgeräusche. Mertlins randvoll gefüllter Magen wird die ganze Nacht Schwerstarbeit leisten müssen um all die guten Speisen in seinem Bauch fach- und sachgerecht zu verdauen und weiterzuleiten.

Lynhart wird vermutlich von einer gerechteren Welt träumen, die in Frieden leben sollte und in der ein gewisser Wohlstand für alle Menschen Platz haben könnte.

Ein Sonntag mit Folgen

Der Sonntag hat unmittelbar etwas mit der Würde des Menschen zu tun.
Er erinnert daran, dass der Mensch kein Mittel zum Zweck und
dass Arbeit nicht der einzige Inhalt und das höchste Ziel des
Lebens ist.

Erwin Teufel

Der sonntägliche Besuch im nahe gelegenem Kloster ist zu Ende und die siebenköpfige Familie Schulze versammelt sich gemeinsam, nach der Heimfahrt mit der Pferdekutsche, in der großräumigen Küche zum Frühstück.

Sonntags gibt es für die Kinder Milch mit einem Löffel Bienenhonig. Montag bis Samstag, sehr zum Leidwesen der Kinder, nur Milch. So viel Honig wirft der kleine Bienenstock im Garten nicht ab. Für alle Erwachsenen gibt es, weil Sonntag ist, Bohnenkaffee, der wenigstens auch seinen Namen verdient. An den übrigen Tagen der Woche wird nur Malzkaffee oder Tee gekocht, weil Bohnenkaffee angeblich nicht gut für die Gesundheit wäre. Angeblich, sagen die Leute! Nach einem Gerücht, soll ja ein König in Schweden behauptet haben, dass Bohnenkaffee giftig sei. Um das zu beweisen, soll er zwei zum Tode verurteilte Häftlinge begnadigt haben. Dafür musste einer der beiden täglich Tee trinken, der andere Kaffee. Beide Delinquenten haben dieses Trinkvergnügen locker und gesund überlebt. Behauptet jedenfalls diese Klatschgeschichte.

Zum Frühstück gibt es außer Kaffee, Tee und Milch noch zwei gekochte Eier für die Männer, alle anderen am Tisch nur ein Ei. An Feiertagen gibt es für alle in ausreichender Menge Rührreier mit Schinken und Speck. Zwei knusprige Vierpfünder vom Bäcker liegen schon auf dem Tisch. Es gibt ausreichend selbst gemachte Butter, Blut- und Leberwurst und Marmelade aus den eigenen Gartenfrüchten.

Großvater ist der erste, der sich vom Frühstückstisch erhebt und mit einem Gemurmel was so klingt wie - „muss mal in den Stall und nach den Pferden sehen", die Küche in Richtung Pferdestall verlässt. Die Großmutter und Oberhaupt in der Küche, teilt derweil die Arbeiten für den Tag ein. Frühstücksgeschirr abwaschen, Vorbereitungen für das Mittagessen treffen, Gartenarbeit und die Kleintiere ausreichend mit Futter versorgen.

Plötzlich, mitten in diesem friedlichen Küchentreiben, ein gellender Schmerzensschrei aus Richtung Pferdestall. Eigentlich nichts Ungewöhnliches auf einem Bauernhof aber die Schreie bleiben in der Luft, klingen immer schrecklicher und wollen nicht enden. Enkelsohn Hederich eilt in den Stall und sieht seinen Großvater blutüberströmt und verkrümmt, in einigem Abstand vom Hengst Wotan, am Stallboden liegen.

Mit Entsetzen erkennt Hederich, dass der Großvater nicht nur eine kleine Verletzung hat, sondern sehr schwer am Rücken getroffen wurde. Sein Oberhemd ist zerfetzt und die sichtbaren Fleischwunden am Rücken bluten sehr stark. Vermutlich durch die Geräusche, die der Großvater verursachte erschrocken, schlug Wotan mit seinen Beinen aus und traf ihn mit voller Wucht in den Rücken, so dass er einige Meter vom Pferd weggeschleudert wurde und verletzt am Boden liegen blieb.

Mit lauter Stimme ruft er seinen jüngeren Bruder Jonathan, der ihm in den Stall folgte zu, er möge sofort zur Herberge rennen und den Baderchirurg holen.

„Geh vorher noch schnell in die Küche zur Großmutter, sie soll mir so schnell als möglich saubere Leinentücher, eine Flasche Pflaumenschnaps und einen Eimer heißes Wasser bringen. Los mach, spute dich!"

Mit ungeübten Händen bemüht er sich zwischenzeitlich seinem Großvater so zu helfen, damit die Schmerzen für ihn etwas erträglicher werden. An der Lautstärker der entsetzlichen Schreie versucht er zu erkennen, in welcher Körperlage das für seinen Opa möglich ist.

Auf einem Bauernhof sind ja Krankheiten und besonders Unfälle eigentlich an der Tagesordnung. Ein gequetschter Finger oder eine ganze Hand beim Hämmern, größere Schnittwunden bei der Getreidemaat und Bäumefällen, derbe Prellungen und Zerrungen, die sich bei der Arbeit auf dem Feld und mit den Tieren nicht vermeiden lassen sind nichts, was einen auf dem Bauernhof so schnell aus der Ruhe bringen kann, weil dafür bereits genügend Erfahrungen in der Großfamilie gesammelt wurden. Notfalls greift man auf die Nachbarschaftshilfe zurück oder ruft den Bader, so er gerade in der Nähe sein sollte.

Erträgliche Schmerzen und zeitliche Behinderungen sind kein Hindernis für die Arbeiten auf dem Bauernhof. Und auf keinen Fall ein wichtiger Grund, sich tagelang auf den Strohsack zu legen und der Familie zur Last zu fallen. Die Arbeit auf dem Feld und im Stall muß von den Familienmitgliedern gemacht werden, da hilft kein Klagen und kein Jammern.

Kopfschmerzen, Zahnschmerzen und die Schmerzen bei einer Geburt werden als solche gar nicht wahrgenommen, sondern gehören zum Alltag. Jammern und Wehklagen hört man deshalb für solche Schmerzen nur selten. Lediglich bei Kindern, die vom Herrgott in besonderer Weise beschützt werden, bemühen sich die Frauen des Hauses mit allerlei Kräutern und Wässerchen um den Betroffenen etwas Erleichterung zu verschaffen.

„Wo liegt der Großvater?" Kommt der sorgenvolle Ruf der Großmutter und läuft so schnell wie ihre alten Füße das zulassen eilig zu ihrem Enkelsohn. „Komm her! Hast du die Tücher mitgebracht?" „Ja, das heiße Wasser bringt deine Schwester." Vorsichtig berührt sie den am Boden liegenden Großvater, ihren Mann und erkennt sofort die ernste Lage. Die furchtbaren Schreie lassen auch gar keinen Zweifel aufkommen. Hoffentlich kommt der Bader bald und kann wenigstens ein wenig Linderung für den Schwerverletzten bringen, denken beide inbrünstig und halten sich an den Händen fest. Ein flehendes Stoßgebet zum Herrn, er möge doch den Verletzten helfen, muss auch sein.

Sie selbst haben nur starken Alkohol im Haus, der bei kleineren Verletzungen Linderung bringt. Etwas anderes zur Schmerzlinderung haben sie nicht und ist auch nur sehr schwierig und unter großen Gefahren für Leib und Seele zu bekommen. Von der Geistlichkeit wird ausdrücklich davor gewarnt, sich heimlich irgendwelche Mittelchen gegen Schmerzen zu besorgen. Wer solche so genannten Arzneien gegen Schmerzen anbietet, schließt einen Pakt mit dem bösen Teufel. So der Standpunkt der Kirche und wird, so man ihn dabei erwischen sollte, als Hexe auf dem Scheiterhaufen erbarmungslos verbrannt.

Wer seine Seele erlösen will, muss die Schmerzen dafür ertragen, ob er nun will oder nicht, es ist der Wille Gottes. Etwas anderes ist von den Geistlichen der Kirche nicht zu hören. Das ist nicht etwa nur eine Meinung. Nein! Das ist und bleibt Gottes Gesetz, behaupten sie jedenfalls.

In seiner Verzweiflung streckt Hederich seine Hände zum Himmel und ruft leise zu Gott -„Du hast uns doch nicht dafür geschaffen, damit wir Schmerzen erleiden müssen um unsere Seele zu heilen? Warum tust du das, warum lässt du das zu? Warum sollen wir dich lieben, wenn du uns dafür furchtbare Qualen erleiden lässt?"

Hoffentlich kommt der Bader schnell zu Hilfe, ich weiß nicht, wie wir unserem Opa noch bei seinen schlimmen Leid helfen können, überlegt Hederich verzweifelt.

„Jonathan – beeil dich!" Ruft Hederich seinem jüngeren Bruder zu. „Bring die drei Pferde auf die Koppel, damit sie vom Geschrei und dem ganzen Trubel nicht wild werden und im Stall herumtoben. Das würde uns gerade noch fehlen, die Verletzungen vom Großvater reichen. Schaff noch einen großen Haufen Heu in die Koppel, damit sie beschäftigt sind und Ruhe geben. Los, mach schon! Die anderen Viecher kannst du im Stall lassen." Mein Gott, wo bleibt denn nur der Bader? Ruft die Großmutter in ihrer Verzweiflung und in ihrer Angst um den Schwerverletzten.

Zwei Helfer in der Not werden Freunde

Feiger Gedanken Bängliches Schwanken,
Weibisches Zagen, Ängstliches Klagen
Wendet kein Elend, Macht dich
nicht frei.

Allen Gewalten Zum Trutz sich erhalten,
Nimmer sich beugen, Kräftig sich
zeigen, Rufet die Arme Der
Götter herbei!

Johann Wolfgang von Goethe

Noch völlig außer Atem vom schnellen Laufen, steht Jonathan in der Wirtshaustür, eilt auf den Baderchirurg zu, der Gott sei Dank mit Lynhart noch mit dem Frühstück a la Vogtland beschäftigt ist und stammelt - „Doktor, Doktor - du musst sofort zu meinem Großvater kommen, der schreit sich vor Schmerzen die Lunge aus dem Leib." „Jetzt schrei nich so rum und erzähl schnell was passiert ist!" „Er ist vom Pferd getreten worden und liegt verletzt im Stall. Bewegen kann er sich auch nicht mehr, sagt mein Bruder. Kannst du sofort mitkommen? Mein Opa brüllt entsetzlich."

Mertlin überlegt nicht lang, legt sein Messer auf den Tisch und läuft so schnell seine Füße können in Richtung Bauernhof von der Familie des Jungen.

„Halt, halt - Mertlin!" „Hast du was dagegen, wenn ich mitkomme?" „Einer mehr kann nicht schaden! Komm, beeilen wir uns!"

Kaum im Stall angekommen, sehen und hören sie was auch ein Baderchirurg sich nicht wünschen kann und einem Mönch schon ahnen lässt, was auf den Verletzten zukommt wird.

Mit wenigen Griffen stellt Mertlin nach kurzer Untersuchung fest, dass die Wirbelsäule gebrochen ist und der Verletzte sich ab den beginnenden Lendenwirbeln nicht mehr bewegen kann.

„Ich werde euren Großvater nicht wieder gesund machen können, auch für einen Medicus ist das bei dieser Verletzung nicht möglich. Ich kann nur das Leid ein wenig lindern. Alles andere liegt in Gottes Hand." „Was sollen wir jetzt tun, Bader? Wir können ihn doch nicht so liegen lassen, er schreit sich ja zu tote." „Das einzig Gute was ich tun kann, Hederich, ist die Wunden zu verbinden und dabei hoffen, dass die Blutung aufhört. Alles andere wird der liebe Gott entscheiden. So er will und so er kann."

Man muß nicht lange im Gesicht von Hederich und allen Familienangehörigen im Pferdestall suchen um die Verzweiflung zu sehen. Die Tatsache helfen zu wollen aber nicht zu können, lastet sehr schwer auf allen.

„Was können und müssen wir tun, Bader?" Und Hederich wendet sich an ihn, wohl in der letzten Hoffnung, dass er eine Lösung finden mag oder das ein Wunder geschehen möge. Der so angesprochene Mertlin schüttelt nur leicht mit dem Kopf und wendet sich an Lynhart. „Hast du einen Rat, wie wir den Schmerzen des Mannes auf den Leib rücken können?" „Vielleicht, Mertlin! In meinen Sachen in der Herberge habe ich für solche Fälle etwas, das möglicherweise für die furchtbaren Schmerzen etwas Linderung bringen kann. Versuche zwischenzeitlich die Blutungen zu stoppen und die Wunden zu verbinden. Ich beeile mich und bin gleich zurück."

„Hederich, ich brauche heißes Wasser und eine Menge sauberer Tücher, aber schnell!" „Die Leinentücher hat Großmutter und das heiße Wasser bringt meine Schwester."

Mit einem kurzen Sprung ist Hederich auf den Beinen und eilt in die Küche um seiner Schwester zu helfen. Als alles bereit liegt, schneidet der Bader mit einer Schere dem Großvater die Reste des Hemdes vom Leib und beginnt die Verletzungen am Rücken vom

Blut und Schmutz zu reinigen. Aus seiner Tasche holt er sich dafür eine Flasche mit Alaun. Um keinen Ärger mit der heiligen Allmacht zu bekommen, erklärt er denen die wissen wollen was er denn so verwendet, es sei eine besondere Form von Alkohol und bei diesem Produkt drücken die Geistlichen immer ein Auge zu. Genießen sie doch selber in Mengen Wein und Schnaps um dem tristen Alltag für wenige Stunden am Tag zu entfliehen. In Wirklichkeit ist Alaun schon seit vielen Jahren ein bewährtes Mittel zur Wundbehandlung. Es wirkt schnell, antibakteriell, entzündungshemmend und blutstillend durch seine zusammenziehende Wirkung und bei vielen Frauen ist es eines der heimlich eingesetzten Mittel zur möglichen Empfängnisverhütung.

Behutsam behandelt Mertlin mit einem sauberen Leinentuch und einem mit Alaun gefüllten Schwamm die Verletzungen am Rücken. Hederich nimmt sich schnell die blutverschmierten Leinentücher und wäscht sie im heißen Wasser aus, damit der Bader ohne Unterbrechung arbeiten kann und immer saubere Leinentücher zur Verfügung hat.

Nach wenigen Minuten hört die Blutung auf und Mertlin kann die Wunden verbinden um somit für den Verletzten eine gewisse Linderung seiner Qualen zu verschaffen. Man hört es auch, die Schreie des Großvaters sind deutlich leiser geworden. Gänzlich aufhören werden sie wohl nicht.

Kaum angekommen, kniet sich Lynhart neben Mertlin und schiebt ihn mit einer kleinen Bewegung ein Stück zur Seite. Aus einer seiner Taschen in der Kutte holt er eine kleine Flasche und bemüht sich behutsam, in den vom Schreien weit geöffneten Mund des Großvaters, eine Flüssigkeit zu tröpfeln so, damit sich der möglichst dabei nicht verschluckt. Nach etwa fünf Minuten, die Umstehenden und Mertlin selbst wollen es fast nicht glauben, ist Stille im Stall. Der Schwerverletzte scheint zu schlafen. Oma kniet am Boden, streckt ihre Hände gen Himmel und dankt Gott für seine Hilfe. Die beiden Enkelsöhne wollen die Gelegenheit nutzen um den Großvater zu seinem Bett im Haupthaus zu tragen, Mertlin

kann das gerade noch verhindern. „Hederich, bitte! Lass den Großvater noch eine Weile hier liegen damit die Wunden sich schließen
können und nicht wieder beginnen zu bluten. Heute Abend könnt
ihr ihn vorsichtig in sein Bett bringen." „Gut, Mertlin, ihr müsst
das ja wissen und wir wollen den Zustand unseres Opas nicht noch
verschlechtern. Jetzt kommt mit in die Küche und erklärt uns, was
wir weiter tun sollen um ihn zu helfen." Oma bleibt bei dem
Verletzten und alle anderen machen sich auf den Weg in die Küche.

"Können wir euch zum Essen einladen?" „Nein danke, Hederich,
wir haben in der Herberge kräftig gefrühstückt. Aber zu einem
Krug Saft sagen wir nicht nein."

Als das Gewünschte auf dem Tisch steht, erklärt Mertlin allen was
sie in den nächsten Wochen tun sollen, damit die Rückenverlet-
zungen bei dem schwer verletzten Großvater heilen können und die
Schmerzen dürften sich auch in Grenzen halten. Laufen und sich
ohne fremde Hilfe bewegen, wird er mit der Rückenverletzung
nicht mehr können. Sein Platz wird für die Zukunft das Bett sein.
Ihr müsst ständig darauf achten, spricht Mertlin weiter, dass der
Kranke ausreichend zu Trinken und zu Essen bekommt. Die Windeln müssen regelmäßig vom Urin und Kot gereinigt werden. Also
im kochenden Wasser auswaschen und nur unbenutzte Tücher,
sollten keine Windeln da sein, verwenden. Wenn ihr das nicht ein-
halten könnt, bilden sich Entzündungen, die das Leben für euren
Großvater deutlich verschlechtern. In den ersten zwei Wochen muß
er auf dem Bauch oder auf der Seite schlafen. Auf keinem Fall auf
dem Rücken. Der rauhe Strohsack würde die heilenden Wunden
wieder aufreißen und alles beginnt von vorn. Habt ihr das verstanden? Alle umstehenden Familienangehörigen nicken eifrig.

Wenn er auf der Seite liegt, schiebt ihr kleine Polster vorsichtig an
seinen Hintern und seinen Kopf, damit er in dieser Lage eine Weile
selbständig liegen bleibt. Alle senken ihren Kopf und nicken nur.
Begeistert werden sie nicht sein, überlegt Lynhart. Bedeutet das
doch für das tägliche Leben, noch dazu mit der Schufterei auf dem
Feld, mehr Arbeit für die Familie, die ihren Opa trotzdem nicht

wieder gesund macht. Mertlin wendet sich wieder an die Umstehenden.

Für den Kranken ist es in seinem Schlafzimmer um diese Jahreszeit viel zu kalt. Ihr werdet ihm ein Bett in der Küche aufstellen müssen, da ist es wenigsten warm und einer von euch hat ihn ständig im Auge und kann ihm helfen, so es notwendig ist. Die Mahlzeiten sind wie sonst auch, nur nicht so umfangreich. Es darf ruhig etwas weniger von dem Essen sein. Wichtig ist, viel trinken. Am besten lauwarmen Tee. Der Mönch und ich werden euch regelmäßig besuchen. Ich denke, alle zwei Tage wird reichen um festzustellen wie es dem Kranken geht. Wenn alles gut verläuft, werden die Wunden am Rücken in etwa vier Wochen verheilt sein. Euer Großvater wird dann nur noch geringe Schmerzen haben und sich besser fühlen, hoffe ich. Alles andere liegt in Gottes Hand. „Habt ihr noch Fragen dazu?" „Mertlin, was wird uns das alles kosten? Du weißt, wir sind eine arme Bauernfamilie und die Steuern nehmen uns den Rest unseres Geldes weg. Erst wurde unser Vater tödlich verletzt, als er versuchte das Scheunendach zu reparieren und jetzt unser Opa. Der Herr scheint uns vergessen zu haben." „Jetzt lass gut sein, Hederich. Das Wichtigste ist dein Opa. Wenn er wieder so leidlich beieinander ist, reden wir beide übers Geld. Wir werden uns schon einigen."

Für den schwer Verletzten beginnt nun ein schmerzhafter Leidensweg. Typisch für diese Zeit, der nur durch den Tod des Betroffenen ein Ende finden wird.

Viele Menschen in unserer heutigen Zeit, denkt Hederich, verharren immer noch in dem Glauben von der guten alten Zeit zu schwärmen. Mit einer Hartnäckigkeit hält sich das Gerücht von der glücklichen Großfamilie auf dem Land. Früher war alles besser, sowieso! Sowieso? Nein! Bestimmt nicht! Richtig müsste es lauten, früher war alles anders! Ja klar war alles anders! Wie anders sollte es auch sein. Uns zieht die ungeduldige und nach ständigen Veränderungen drängende Zeit voran. Wir können da nicht einfach stehen bleiben. Unser praktisches Leben ist geprägt von körperlicher Arbeit, Mühsal ohne Ende, viel Leid und selten Freude und Glück. Alles andere, flüstert Hederich leise vor sich hin, ist nur pure Träumerei.

Beide, der Mönch und der Bader verabschieden sich und machen sich auf den Weg zum Bäcker um nach dem verletzten Gesellen zu schauen. Die Brandverletzungen am linken Oberarm sind nicht besonders schlimm. Schmerzhaft schon, in den nächsten vierzehn Tagen wird er kaum noch was davon verspüren.

Und weiter geht es von Patient zu Patient, so dass sie froh sind, als sie am Abend in der Herberge ankommen, sich im Badehaus mit warmen Wasser und Seife gründlich waschen können und mit Vorfreude an das gute Essen von Johanna denken können. Eine Stunde später sitzen sie an ihrem Stammtisch und Joseph bringt das Essen inklusive einer großen Flasche Wein.

„Geht auf Kosten des Hauses!" Und zwinkert Lynhart und Mertlin gutgelaunt zu. Seit er von Johanna sicher weiß, dass er in wenigen Monaten Vater sein wird, ist er wie ausgewechselt. Meint Mertlin und wendet sich dabei an Lynhart. „Du wirst als Mönch dieses Glück nicht erleben dürfen. Ist das die Nähe zu Gott wert, in deinem Leben ohne eigene Kinder alt zu werden?" „Ich weiß um dieses Problem und glaube mir, zwischen meiner Seele, die Gott gehört und meinem Herzen, das sich nach einem Kind sehnt, gibt es jeden Tag Krieg." „Und wer wird ihn gewinnen?" „Ich weiß es wirklich nicht, Mertlin. Wenn ich sehe, wie viele Kinder an Hunger sterben, dann obsiegt meine Seele und flüstert mir zu, was mir ohne Kinder erspart bleibt. Sehe ich das glückliche Gesicht einer werdenden Mutter, besonders das von Johanna, bekomme ich von meinem Herzen einiges zu hören. Glaube mir, als Mönch hat man es nicht leicht. Übrigens - du bist auch ohne Kinder oder hast du bei deinem wilden Lebenswandel was übersehen?" „Nein, habe ich nicht – noch nicht!" „Was höre ich denn da für Töne?" „Wenn ich die richtige Frau finde, gründe ich eine Familie und dazu gehören auch Kinder. Wäre ja nicht schlecht, wenn auch in der Zukunft, also nach meinem Tod, die Kranken und Pflegebedürftigen weiter von einem meiner Kinder gut behandelt werden. Arbeit gibt es genug und helfen wo man kann ist doch ein gute Tat, auch vor dem Herren. Was hältst du davon, Lynhart, wenn wir beide eine feste unzertrennliche Freundschaft mit einem guten alten Tropfen aus Josephs Weinkeller besiegeln?" „Etwas Besseres kann ich mir nicht wünschen, als dich zum Freund zu haben. Prost Mertlin, auf eine gute Zeit." „Dasselbe möchte ich zu dir sagen. Sag mal, Lynhart, du hast dem verletzten Großvater eine Flüssigkeit verabreicht, die dazu führte, dass wir kurze Zeit später nichts mehr von ihm hörten. Was war das für ein Zaubertrank?" „Keine Zauberei, Mertlin, sonst lande ich auf dem Scheiterhaufen. Für solche Mittelchen haben wir in der Kirche keinen Platz und kein Verständnis. Die Menschen müssen die Schmerzen aushalten, schon um ihre Seele zu retten. Außerdem ist das vom Herrn so gewollt. Sagt jedenfalls unser Bischof und der muß es wissen, wer sonst. Wie du möglicherweise durch deinen Beruf weißt, hat es vor ungefähr dreihundert Jahren einen bekannten Philosophen gegeben, der ein Mittel zur Schmerzlinderung und zur Beruhigung entwickelte. Die Menschen nannten es damals, so glaube ich wenigstens, Universaltoxikum." „Nein, Lynhart, davon habe ich noch kein Wort gehört." „Da wird es aber Zeit, mein lieber Freund. Das Zeug besteht aus Alkohol und Opium. Und je nach Mischungsverhältnis kann man es auch für sehr starke Schmerzen verwenden. So es unsere Priester nicht merken. Ansonsten droht Ärger – gelinde formuliert. Wenn du das Risiko auf dich nehmen willst, kannst du dir diese Arznei besorgen. Ich meine nur das Opium, Alkohol gibt es ja ohne Probleme überall zu kaufen. Das Mischungsverhältnis musst du selber herausfinden. Denke daran, das Zeug, ich meine das Opium, hat seinen Preis. Du bekommst es bei einem jüdischen Händler. Sein Geschäft betreibt er in Mylau, eine kleine Stadt in der Nähe von Plauen. Eine Apotheke hat er auch in seinem Kramerladen. Wenn du ihn aufsuchen solltest, sag ihm einen Gruß von mir. Willst du ihn auf das Opium ansprechen, musst du in einem unauffälligen Satz das Wort „Seelenwanderung" einbauen." „Warum soll ich das machen? Für was soll das gut sein?" „Es ist ein Geheimwort und schützt ihn vor Verrat. Beim Verlassen seines Ladens nennt er dir ein neues Passwort - jetzt lach nicht, das ist ernst gemeint. Schreib dir das Wort

nicht auf, du musst es dir gut merken. Ohne diesem Erkennungs-
wort weiß er nicht mal, wie Opium geschrieben wird. Geschweige
denn, für was es eigentlich gut sein soll und für was man dieses
Mittel hilfreich bei Krankheiten verwenden kann. Halte dir ständig
vor Augen, dass du mit dem Kauf von Opium den Scheiterhaufen
und die Folterkammer der Inquisition gleich mit einkaufst." „Keine
Sorge, Lynhart, ich weiß mich in dieser Zeit zu schützen.

Es sind ja nicht alle geistlichen Würdenträger und fromme Priester schlechte Menschen, die nichts anderes im Sinn haben, als ihre
krankhaften Triebe an unschuldigen Menschen auszutoben und die
mit Sicherheit dafür in der Hölle schmoren werden. Ein kleiner
Trost, aber helfen kann es uns hier und heute nicht.

„Sag mal, Lynhart, wie ist der Name von dem jüdischen Händler in
Mylau und wie sieht der aus? Oder ist das auch geheim?" „Er nennt
sich Mirdon Askiran, kommt aus dem südlichen Spanien, spricht
unsere Sprache gut und ist auch so ein heller Bursche." „Könntest
du die Beschreibung etwas genauer formulieren, damit ich ihn er-
kenne. Sowie du das erzählst, trifft das fast für jeden Juden zu den
ich kenne." „Also gut, du Nervengeist. Er ist ungefähr vierzig Jahre
alt, hat kohlschwarze lange und leicht gewellte Haare, braunes
Gesicht, dunkle sympathische Augen, ist dünn wie eine Lanze und
dafür lang wie eine Bohnenstange. Ich habe noch nie so einen großen Juden gesehen."

„Gut, Lynhart, das reicht. Ich glaube nicht, dass ich ihn übersehen
werde. Danke mein lieber Freund. Die Kranken, die es vor Schmer-
zen kaum noch aushalten, werden dank deiner hilfreichen Infor-
mation und Gottes Zuspruch durch meine Behandlung mit dem
Universaltoxikum nicht mehr so arg leiden müssen. Wieso ist der
Jude in Mylau so vorsichtig, Lynhart, ich verstehe das nicht ganz?"
„Mich darfst du danach nicht fragen, er ist halt so." „Die Adligen,
alle Reichen und die hohen Geistlichen, Lynhart, sind doch ohne
Kredit vom Juden arme Bettler. Das verschwenderische Leben in
Saus und Braus wäre futsch. Oder wenn einer von ihnen durch
Krankheit oder Kampfverletzungen leiden muss, weiß er genau, wo

er die Arznei bekommt, die ihm das Leben erträglicher macht. Stell dir einen alternden Bischof vor, der aufgrund seiner Völlerei von der Gicht geplagt wird und nur durch das Universaltoxikum relativ schmerzarm seine restlichen Tage auf der Erde verbringen kann. Dem Juden droht mit Sicherheit kein Scheiterhaufen. Wer ja auch fatal, woher sollten sie dann das Geld und die schmerzlindernden Mittelchen bekommen. Was für eine bodenlose Verlogenheit und was für eine Menschenverachtung. Jedenfalls dann, wenn es um die armen und einfachen Menschen geht. Glaub mir, Lynhart, es fällt mir oft sehr schwer, das zu ertragen. Und das im Namen Gottes. Das ist das Allerletzte." „Manchmal könnte man meinen, ein paar ganz ausgefuchste und skrupellose Menschen haben ihn vor langer Zeit erfunden, Mertlin um sich mit ihren Untaten an den wehrlosen Menschen auszutoben und um stinkreich zu werden. Es ist ja von Gott so gewollt, ob nun im Guten, das fällt sowieso den Reichen zu oder im Schlechten, das kriegen die Armen ab, wer sonst. Entschuldige, Lynhart, mir ist speiübel." „Eigentlich sollte ich als Mönch so nicht denken, aber zu dir sa-ge ich es, du bist mein Freund."

Ich glaube, Gott ist - jedenfalls so wie ihn unsere katholische Kirche definiert, es in den heiligen Schriften schwarz auf weiß zu lesen ist und öffentlich lautstark gepredigt wird, ein Ergebnis menschlichen Denkens, wie ich das schon kurz erwähnt habe. Wenn man sieht und hört, wie und für was er alles verwendet wird und seinen Kopf hinhalten soll, ist er eigentlich nur Mittel zum Zweck. Typisch für uns Menschen, wenn es darum geht, die Verantwortung für unser Handeln auf andere zu schieben und der liebe Gott wäre dafür, so es ihn in dieser Form geben würde, bestens geeignet. Er ist ja unantastbar. Und sollte jemand Kritik an ihm üben wollen – na, dann aber! Gott ist ja rachsüchtig und wie die Rache aussieht, zeigt uns die kirchliche Inquisition als verlängerter Arm Gottes. Gott ist aber nicht Mittel zum Zweck. Stell dir vor, ein reicher Gutsbesitzer erschlägt mal so ganz nebenbei ein paar Leibeigene, weil sie zu langsam arbeiten. Geht anschließend zum Bischof, bereut seine Sünden, zahlt eine beträchtliche Geldbuße an die Kirche oder an ein Kloster und der Geistliche erlöst ihn im Namen Gottes, von seinen Sünden. Der Herr hat allerdings extra in mühevoller harter Arbeit in eine Steinplatte gemeißelt - „Du sollst nicht töten." Wenn er das nicht auch so meinte, wie es geschrieben steht, hätte er sich eigentlich die Mühe sparen können.

„Das ist doch abartig und menschenverachtend, Lynhart!" „Abartig, vielleicht Mertlin? Ich denke, es ist mehr ein typisch menschliches Verhalten. Nur mit Gott, Mertlin, hat das alles nichts zu tun. Gott gibt es wirklich, aber anders und schon gar nicht wie das einige Menschen, vor allem die Geistlichkeit, gern hätten. Gott ist die Unendlichkeit des Geistes, ist die Ewigkeit des Universums. Gott ist die Unvergänglichkeit. Gott brüllt nicht lautstark aus unserem weit geöffneten Mund wie ein Marktschreier oder schlägt gewalttätig mit seinen Fäusten oder mit Feuer und Schwert auf die Menschen und Tiere ein – niemals! Ganz sicher Nein! Ich fühle das was ich sage, mit der ganzen Kraft meines Gewissens und bin davon auch fest überzeugt. Gott ist tief in unserem Herzen und dort und nur dort werden wir ihm begegnen - leise und in Demut.

Die Aufgabe in unserem Erdenleben ist es, und daran glaube ich fest, ihn dort zu finden und zu ihm heimzukehren. Das Leben hier auf der Erde und vor allem das „Wie" wir hier leben, wird uns den Weg zu Gott zeigen. Die Stimme, die uns das sagt, ist sehr leise. Wenn wir sorgsam darauf achten, werden wir sie hören." „Danke, Lynhart, ich habe das so noch nie gehört, wie du das eben sagtest. Tief in meinem Herzen fühle ich die Wahrheit in deinen Worten." „Danke, Mertlin, ich freu mich, dass du so darüber denkst. Nur, mit so einer Meinung wie der meinigen, kann man ein Volk nicht unterdrücken, beklauen und kann andere Menschen nicht einfach so abschlachten um sich an ihnen zu bereichern. Solang man den Menschen die Bildung vorenthält und sie absichtlich dumm lässt, kann das möglicherweise noch einige Zeit funktionieren. Es gibt allerdings zwei Entwicklungen, die zur Hoffnung auf Besserung Anlass geben. Erstens - die segensreiche Entwicklung von Gutenbergs Druckmaschine. Mit Hilfe seiner epochalen Erfindung kann man ohne großen Aufwand und relativ preiswert Bücher, Schriften und alles was gelesen werden will, vervielfältigen und für relativ wenig

Geld, billig kaufen und verkaufen. Das preiswerte und technisch Machbare dieser Methode ist es, was nach neuen Lesern schreit, die sich das Gedruckte jetzt auch finanziell leisten können - wenn sie es nur lesen könnten. Nur mal so als Beispiel. Vor etwas mehr als zehn Jahren hat ein deutscher Schreiberling, sein Name ist, so glaube ich wenigstens, Friedrich von Schiller, ein interessantes Lesedrama mit dem Titel - „Die Räuber" geschrieben und veröffentlicht. Ich habe es gelesen. Sehr spannend! Solltest du auch mal lesen. Jetzt stell dir vor, es gäbe Gutenbergs Erfindung nicht? Wer und wie viele Menschen könnten sich an dem Buch erfreuen? Zähle nicht nach, es sind nur wenige Männer und Frauen.

Dank dieser Drucktechnik wurde der von mir genannte Autor mit seinem Buch schlagartig berühmt. Was ihm natürlich helfen wird weiter zu schreiben und damit auch Geld zu verdienen. Je mehr Menschen lesen können umso besser für alle die Bücher schreiben wollen. Wir werden es erleben! Der Druck auf die Ausbildung von vielen Kindern, Männer und Frauen wird zunehmen und das aufstrebende Bürgertum, so nennt man diese neue Klasse von Bürgern, wird Einrichtungen schaffen und auch finanzieren, damit die Lernhungrigen auch das erhalten nachdem sie sich so sehr sehnen, Bildung und Wissen." „Das verstehe ich, Lynhart, wenn ich mir vorstelle, nicht schreiben und lesen zu können – nein danke! Es muß für einen ungebildeten Menschen schlimm sein, das jeden Tag ertragen zu müssen." „Du übersiehst den Vorteil, den sich wenige Menschen daraus zu Nutze machen." „Wie meinst du das? „Na, das ist ganz einfach. Es schafft Abhängigkeit. So wie von der Obrigkeit ja eigentlich auch gewollt. Denk doch nur mal an die so genannte „Beichte". Die Offenbarung des Betroffenen von möglichen Sünden vor einem Geistlichen und die Erlösung seiner Schuld mittels Buße. Von wegen! Das Ganze war und ist ein profunde Methode dafür, ständig über das zwischenmenschliche Verhalten der Menschen, ob im Guten oder Bösen, bis ins kleinste Detail und bis in die innigste Intimsphäre informiert zu sein. Den Rest erledigte die Inquisition." „Du meinst, die haben die Beichte nur zum Zweck des Ausspionierens eingeführt?" „Na, was dachtest du denn? Die Methode ist relativ einfach und praktikabel. Wirkungsvoller ist das kaum zu handhaben um an alle nutzbaren Informationen heranzukommen, lieber Mertlin." „Das ist schändlich, Lynhart und noch hundsgemein dazu. Von wegen Vergebung der Sünden? Ich kann darüber nicht mal lächeln, geschweige denn lachen." „Sollst du ja auch nicht. Das was die geistliche Obrigkeit damit erreichen will, ist aus ihrer Sicht die Methode zur Überlebensfähigkeit ihrer Glaubensdoktrin. Die einfachen, meist ungebildeten Menschen sollten nur ihre Erwartungshaltung, die sie mit der Beichte verbanden, ändern. Also zum Beispiel die Erlösung von der Schuld. Und schon hatte die Beichte ihren Zweck weitestgehend für die Sünder verloren. Aber wieder zurück zu unserem Thema - Bildung für alle Menschen.

Es gibt noch einen zweiten Aspekt, der das Thema - Bildung für alle Menschen - mit unbändiger Kraft fördert." „Welchen meinst du und was steckt dahinter?" „Schau nach Frankreich und England. So meine Informationen stimmen die ich erhalte und zum Teil auch in Zeitungen zu lesen sind, vollziehen sich gewaltige Veränderungen in der Bevölkerung dieser beiden Länder. Dort entsteht eine völlig neue Form der Herstellung von Gütern und Waren für den täglichen Gebrauch. Man nennt das jetzt, neumodisch ausgedrückt, industrielle Produktion. Jetzt guck mich halt nicht so komisch an, ich kann nichts dafür. Jedenfalls ist es nicht mehr die Großmutter die Socken, Pullover und Hemden strickt, sondern das übernehmen jetzt Maschinen. Frag mich nicht wie das funktionieren soll, es ist so." „Ich glaube, ich werde langsam für die Zeit, die da kommen soll zu alt, Lynhart." „Nein, Mertlin! Keine Sorge, die Zeit versucht nur schneller zu rennen und wir müssen uns halt daran gewöhnen, damit sie uns nicht davon eilt." „Gut – ich versuch es! Ich habe ja einen guten Freund, der sich mit solchen rasanten Entwicklungen besser auskennt als ich." „Laß gut sein, Mertlin, wir überstehen das. Und warum, weil wir einen wachen Geist haben und nicht stehen bleiben wollen, sonst rennt uns beiden die Zeit wirklich davon und das lassen wir auf keinen Fall zu. Wieder zurück zum Thema Bildung.

Viele Menschen werden in den kommenden Jahren aus den Dörfern in die Städte abwandern und bekommen in den Fabriken, die wie Pilze aus dem Boden wachsen, jede Menge bezahlte Arbeit. Von dem verdienten Lohn werden sie sich ein bescheidenes Leben leisten können. Das ist jedenfalls besser, als das der Leibeigenen oder Knechte bei den Bauern im Dorf.

Ohne Bildung können sie an den Maschinen natürlich nicht arbeiten. Also wird sie ihnen beigebracht. So entsteht eine völlig neue Bevölkerungsschicht, mit der die Kirche nicht mehr so umspringen kann wie bisher. Verbrennungen auf dem Scheiterhaufen und andere Foltereinrichtungen zur Schikanierung der Menschen werden verschwinden müssen." „Bist du da so sicher, Lynhart?" „Absolut! Die Kirche möchte das sicherlich gern verhindern, kann aber diese Entwicklung nicht mehr aufhalten oder sogar rückgängig machen." „Wieso nicht, Lynhart, was macht dich in deiner Überzeugung so sicher?" „Es ist das Geld und die Gier, lieber Mertlin, die durch diese industrielle Produktion zum Lebensinhalt vieler Menschen wird. Nicht zu vergessen der wachsende Handel, der die Menge des verdienten Geldes regelrecht explodieren lässt. Kapital, Mertlin, das an der Kirche grüßend vorüber ziehen wird, das sie aber gern selber besitzen wollen. Mit Scheiterhaufen und ähnlichen Mordwerkzeugen wird das mit Sicherheit nicht gelingen. Sie werden ihr Verhalten zu den Menschen völlig ändern müssen, wenn sie nicht leer ausgehen wollen. Und glaube mir, Mertlin, die Kirche mag ja möglicherweise auf manche Relikte der Vergangenheit verzichten wollen. Also wie schon gesagt, Scheiterhaufen, Gottesurteile, Inquisition und solche Sachen, aber auf das liebe Geld auf keinen Fall.
Früher, in der Blütezeit der christlich katholischen Kirche, galt der Satz - „Ohne Kirche kein Geld, ohne Geld keine Kirche." Diese Zeiten sind vorbei! Ganz sicher und endgültig! Sollten die Menschen diese sich abzeichnende Entwicklung mit tragen und fördern, wird das funktionieren. Glaube mir, ich weiß was ich sage und denke. Für unsere Gesundheit und unser Leben wird es besser sein, lieber Mertlin, wir beide lassen diese Gedanken noch eine Weile dort wo sie nur Gott erkennen kann." „Gut Lynhart, machen wir für heute Schluss. Bevor wir uns hinlegen, sollten wir Joseph fragen, ob er uns einen kleinen und flüssigen Betthupferl bringen kann, damit sich unsere aufmüpfigen Gedanken wieder in ihr Versteck zurück-

ziehen." „Eine gute Idee, Mertlin. Hast du noch ein Ohr für eine kleine Bitte von mir?" „Weil du's bist, also, was gibt es so zum späten Abend, was dich bedrückt?" „Es geht um eine größere Feierlichkeit." „Ach was und wo und bei wem?" „Jetzt frag nicht so viel, kommst du mit?" „Gegen eine Feier habe ich nichts. Gut, ich bin dabei! Wer und warum gibt hier jemand ein Fest? Kannst du mir das sagen, du Heimlichtuer von einem Mönch?" „Das verrate ich dir morgen, du neugieriger Mensch von einem Bader. Gute Nacht, Mertlin." „Ich kann darüber nicht lachen – gute Nacht, Lynhart."

„Was streitet ihr beiden zu so später Stunde noch rum?" „Ach du bist das, Joseph. Kannst du uns bitte einen kleinen Müdemacher bringen und weißt du zufällig was von einer größeren Feierlichkeit? Lynhart behält das bis morgen zum Frühstück für sich. Wie soll ich das meiner Neugier erklären?" „Nein, weiß ich nicht, Mertlin, bei uns im Dorf ist demnächst kein Fest, da bin ich absolut sicher. Im Spätherbst gibt es hier im Ort schon eine große Familienfeier." „Angeber!" „Na, na – Mertlin, du hast das ja alles erst eingefädelt." „Was heißt hier eingefädelt? Ich habe dir nur ein paar Ratschläge gegeben, wie man nachts im Schlafzimmer „einfädelt" und die Langeweile aus dem Bett vertreiben kann. Also gut, bring uns bitte zwei von den kleinen, klaren und flüssigen Pflaumen, damit schläft sich's spürbar besser.

Eine gute Stunde später löscht Joseph alle Kerzen, legt noch ein paar große Holzstücke in den Ofen, verschließt die Eingangstür und macht sich auf den Weg zur Schlafkammer, wo Johanna schon sehnsüchtig auf ihn wartet.

Eine Dorfhochzeit

Das einzig Wichtige im Leben sind die Spuren der Liebe, die wir hinterlassen, wenn wir gehen müssen.

Dietmar Dressel

Lynhart, der Mönch, überwintert gelegentlich in einem Dorf nahe bei Mussbach im Vogtland. In diesem ansehnlichen Rittergut zu Chrieschwitz residiert der Baron Dietrich und die Baronin Christina von und zu Kneisel, schon seit siebzehn Jahren mit strenger Hand. Alte Bräuche werden strikt eingehalten, so sie den beiden Adligen Vorteile bringen. Strenggläubig wie er und seine Frau sind, jedenfalls tun sie in der Öffentlichkeit so, werden schon die einfachsten Vergehen streng bestraft.

Als oberster Richter im Ort bestimmt er das Recht und die Strafen, die bei einer Verurteilung verhängt werden oder dafür in Frage kommen. Natürlich hält er einen engen Kontakt zur Geistlichkeit und überhäuft sie großzügig mit viel Geld und Sachgeschenken. Dafür übersehen die Herren der Kirche und des Klosters das ausschweifende Leben der beiden. Dieses krampfhafte Festhalten an alten Strukturen ist natürlich im Wesentlichen geprägt von dem Wissen, dass die Zeit ihres absolutistischen Herrschens sich dem Ende zuneigt.

Die Französische Revolution, das aufstrebende Bürgertum, gestützt auf dem Fortschritt der beginnenden Industrialisierung, wird diese Klasse von Menschen mit ihrer abartigen, mittelalterlichen Verhaltensweise in die Bedeutungslosigkeit verschwinden lassen. Noch, und dessen ist sich Lynhart bewusst, hat der Klerus und der Adel eine beträchtliche Macht. Zumindest auf dem Land, weniger in den schnell wachsenden Städten. Dabei fällt ihm ein bekanntes Sprichwort ein - „Der bessere Teil der Tapferkeit, ist die Vorsicht." Sein Leben kann man in dieser Zeit schnell verlieren und oft genügen dafür kleine Vergehen. Die Gesundheit ist sowieso jeden Tag durch Krankheiten gefährdet.

Räuberbanden und herumstreunende Gruppen von Soldaten sind ständig auf der Suche nach etwas Essbarem. Mit ihrem rücksichtslosen Vorgehen gegen wehrlose Bewohner machen sie es den Menschen fast unmöglich, ohne Schaden an Leib und Gut davonzukommen. Laufend sind die Bauern mit ihren Knechten darum bemüht, Vorräte und Saatgut für das kommende Jahr zu verstecken und das Vieh zu beschützen. Gerechtigkeit und Moral haben die Herren des Adels und der Geistlichkeit aus ihrem Wortschatz ersatzlos entfernt.

Die Kostbarkeit von einem menschlichen Leben hat man auf dieser Erde nur ein einziges Mal. Also, überlegt Lynhart, sollte man es auch nicht so einfach aufs Spiel setzen, so lange man noch etwas Gutes für die Menschen tun kann.

Unter der Federführung des Barons wollen zum kommenden Osterfest die Tochter des Bäckers und der erstgeborene Sohn des Schmieds gemeinsam den Bund fürs Leben schließen und heiraten. Lynhart wird bei dieser Feier natürlich ein sehr gern gesehener Gast sein und ist schon fest eingeladen. Bei einem Gespräch im Gasthof von Mussbach wird Lynhart seinem Freund Mertlin vorschlagen, ihn zur Hochzeit nach Chrieschwitz zu begleiten. Die Brauteltern werden nichts dagegen einzuwenden haben. Ein Baderchirurg ist bei solchen Feierlichkeiten nicht nur ein angenehmer Gast, sondern kann gelegentlich auch von Nutzen sein. Bei der vielen Völlerei kommt es schon vor, dass der eine oder andere Gast mit seinem Magen Probleme bekommt und was hilft da besser als ein Bader mit seinen Erfahrungen, Mittelchen und Arzneien. So eine lustige und ausgelassene Feier, zu der ausnahmslos alle Dorfbewohner eingeladen werden, ist alles andere nur nicht langweilig. Drei Tage und drei Nächte wird nichts anderes gemacht als gegessen, getrunken und getanzt.

Ab und zu sieht man Knechte und Mägde für eine kurze Zeit verschwinden. Sie müssen sich um das liebe Vieh kümmern, sagen sie jedenfalls. Vermutlich bleibt auch noch Zeit für ein kleines Techtelmechtel in der Scheune, denn mit einem traurigen Gesicht kommen sie nicht zurück an die Hochzeitstafel. Für die Hungrigen, die jeden Abend mit knurrendem Magen auf ihren Strohsäcken liegen und von gebratenen Hühnern und anderen Leckereien träumen, ist so ein Fest ein willkommener Anlass, die Fettpolster wieder etwas aufzubessern. Und tanzen und trinken fördert ja bekanntlich die gefühlvollen Beziehungen zwischen dem männlichen und weiblichen Geschlecht. Wer weiß das schon so genau, vielleicht ist so eine Feier der Beginn für ein nächstes großes Ereignis. Viel zu lachen und ständig üppiges Essen gibt es ja auf dem Land und in den Dorfgemeinschaften sowieso nicht. Der Tag ist ausgefüllt mit Arbeit, Arbeit und nochmals Arbeit. Umso mehr freuen sich die Dorfbewohner auf jeden Anlass, einmal die Sorgen und Nöte des Alltags für ein paar ausgelassene Stunden zu vergessen.

Mertlin und Lynhart sitzen beide am Tisch und lassen sich das üppige Frühstück schmecken. „Also, mein lieber Freund, was hast du so Angenehmes für mich, das du gestern Abend nicht verraten wolltest?" „Wie ich dir schon erzählte, überwintere ich gelegentlich in dem nahe gelegenen Dorf und Rittergut zu Chrieschwitz." „Ich erinnere mich und was soll ich damit anfangen?" „Gemach, gemach Mertlin, nicht so schnell mit den jungen Pferden und Kühen. In diesem Jahr zu Ostern werden in Chrieschwitz zwei junge Menschen heiraten. Die Tochter des Bäckers und der erstgeborene Sohn des Schmieds." „Na, da sieht man wieder mal deutlich, wie Geld zu Geld kommt." „Nein, so ist das nicht wie du denkst oder wie man annehmen könnte. Jedenfalls ist das nicht der wirkliche Grund für die Heirat der beiden. Ich kenne sie bereits acht Jahre. Glaube mir, sie sind bis über beide Ohren ineinander verliebt. Die Mutter von Gudrun, so heißt die Tochter, erzählte mir im vergangenen Jahr, dass ihre einzige Tochter und Siegfried, der Sohn des Schmieds und ihr Bräutigam, schon in früher Kindheit unzertrennlich waren. Den Eltern ist das natürlich nicht unrecht, weil wie du so zutreffend sagst, auch damit Geld zu Geld kommt. Die Bäckerei kann an einen Jungmeister verpachtet werden, so der Vater nicht mehr mag und der Sohn vom Schmied bringt eine gut aussehende und fleißige junge Frau ins Haus. Wie ich dir schon sagte, ich kenne die beiden jungen, verliebten Brautleute schon lang und weiß um ihre Liebe und innige Zuneigung." „Woher willst du das wissen?" „Woher? Schon mal was von Beichte gehört, ha?" „Ach so entschuldige!" „Ich bin zu dieser Feier eingeladen und wollte dich fragen, ob du mitkommst?" „Danke für deine Einladung, ich komme mit. Wann sollten wir nach Chrieschwitz aufbrechen?" „Bis Ostern sind es noch sechs Tage. Also noch Zeit, hier unsere Sachen zu packen und dann abzureisen.

In den nächsten Tagen kümmert sich Mertlin noch um seine Kranken. Vor allem um den schwerverletzten Großvater. Schaut bei der Häuslerfamilie rein, die ihr großes Glück mit ihrem Familienzuwachs und einem Kalb noch nicht fassen können und spricht mit Franz, dem Knecht vom Joseph, er möchte doch seinen Wagen wieder flott machen und bei seinem Wallach rein vorsorglich nochmal beim Dorfschmied die Hufeisen prüfen lassen. Und so es notwendig sein sollte, bekommt das Pferd halt neue Eisen.

Abends gibt es bei Joseph und Johanna eine kleine Abschiedsfeier. Mertlin verspricht ihnen, den kommenden Winter wieder in ihrem Gasthof zu verbringen. Außerdem will er ja sehen, was die beiden in ihrer Bettkammer so zusammengebastelt haben.

„Komm, lass dich in die Arme nehmen, du gutaussehende werdende Mutter." „Mein lieber Mertlin, du hast zugelegt. Ich kam schon mal leichter mit meinen Armen um dich herum." „Deine Schuld! Bei der guten Küche ist das ja kein Wunder. Außerdem fehlt mir was, was dein Mann bei dir und mit dir ausgiebig nutzt." „Also Mertlin, wir haben doch eine mollige Magd." „Stimmt! Die Gute steht nicht auf korpulente Männer – leider." „Mertlin, du solltest heiraten!" „Laß gut sein, Johanna. Die Arbeit, die jetzt auf mich zukommt, wird mich von meinen vielen Pfunden befreien und für mein Gemüt wird sich auch hie und da eine Frau finden. Das Heiraten, liebe Johanna, läuft mir so schnell nicht weg. Also, bleibt gesund, in spätestens acht Monaten sehen wir uns wieder."

Franz hat bereits den Wallach angespannt und Lynhart, der sich von Joseph und Johanna schon verabschiedet hat, sitzt bereits auf dem Kutscherbock und wartet auf Mertlin, damit sie aufbrechen können.

Nach gut einer Stunde treffen sie im Chrieschwitzer Gasthof ein, packen ihre Sachen aus, lassen vom Knecht das Pferd versorgen und den Wagen unterstellen.

„Was hältst du von einem Spaziergang durch den Ort, Mertlin?"
„Keine schlechte Idee, Lynhart, hier wird ja in wenigen Tagen allerhand los sein. Also los, auf was warten wir noch? Gehen wir!"

Es ist spät geworden und beide kommen müde vom vielen Laufen im Gasthof an. Im Schankraum bestellen sie das ausgefallene Mittagessen plus Abendessen gleich zusammen. Nach zwei Stunden ist alles verputzt und auf dem Tisch stehen nur noch ein großer Krug Rotwein und zwei halbvolle Becher. Mertlin und Lynhart sitzen davor und bemühen sich die beachtliche Menge, möglichst ohne dass die Hälfte dieses edlen Saftes auf dem Fußboden landet, in ihren Mund zu kriegen.

„Du, sag mal Lynhart, ich bräuchte einen guten, brauchbaren Rat von dir." „Ach nein, Mertlin – du bist doch von uns beiden der praktisch denkende Mensch. Du sagst ja immer, dass ich außer beten und kluge Sprüche loslassen, nicht viel von den Dingen des Alltags weiß und weltfremd durch die Gegend wandere." „Ja, ja ist ja gut, sag doch nicht gleich Holzkopf zu mir!" „Entschuldige, war nicht so gemeint. Also, was brennt dir so Wichtiges auf der Seele oder wo auch immer?" „Erstmal danke dafür, dass du mich zu dem Fest eingeladen hast." „Ist für mich eine Herzenssache, du bist doch mein Freund!" „Nun mal Einladung hin oder her, Lynhart, was kann ich dem Brautpaar schenken, ha? Hast du mal daran gedacht, wie ich das organisieren soll? Hier in diesem kleinen Ort, auch wenn es ein Rittergut ist, gibt es nur den Bäcker mit seinem Kramerladen und einen Pferdeschmied gibt es auch noch, na danke! Bei beiden bekomme ich ganz sicher ein passendes Geschenk für das Brautpaar. Bei dem Bäcker ein schön gebackenes Brot und beim Schmied ein Hufeisen - ich lache gleich. Und trenn dich von dem Gedanken, dass ich damit scherze! Oder hast du bei unserem gemeinsamen Rundgang durch den Ort einen Laden gesehen, bei dem man ein Hochzeitsgeschenk kaufen könnte?" „Nun lass mal die Luft ab, Mertlin, was glaubst du für was ich meinen Kopf habe, zum Haareschneiden bestimmt nicht. Lohnt sich bei den paar kleinen kurzen Stoppeln auch nicht. Also, hör zu! Ich spreche morgen mit der Frau des Barons Dietrich zu Kneisel. Sie nennt sich Frau Baronin Christina zu Kneisel. Ein echter Geizknüppel. Ich habe so eine Menge Raffgier auf einem Haufen noch nicht gesehen." „Und mit der soll ich ein Geschäft machen?" „Gemach, gemach Mertlin. Also, ich werde mit ihr darüber sprechen, ob sie für das Brautpaar ein passendes Geschenk hat, das du ihr abkaufen möchtest. Du bist ja kein armer Mensch, das weiß ich. Und glaube mir, wenn sie Geld nur riecht, kannst du von ihr alles haben." „Auf das „Alles" verzichte ich. Aber gut, dein Angebot nehme ich an. Denke bitte daran, ich besitze nur florentinische Gulden und mehr als zwanzig Gulden will ich für das Geschenk möglichst nicht ausgeben wollen. Bei einer Großfamilie hier im Dorf reicht so eine Summe für einen ganzen Monat um satt zu werden." „Gut, Mertlin, ich werde in deinem Sinne so mit der Baronin verhandeln. Übrigens, das „Alles" ist bei der Frau des Barons nicht so „Ohne", wenn du weißt was ich meine. Und wenn ich kein Mönch wäre und die vollbusige Baronin wollte mit mir in ihr Bett schlüpfen und so. Also, ich weiß nicht?" „Na, na Lynhart, denk gefälligst an dein Gelübde und halte dich mit deinen Gedanken zurück. Ach, apropos mal schnell ins Bett schlüpfen und so. Bekommst du bei deinem Gelübde nicht hie und da mal Ärger mit deinem besten Stück?" „Mertlin! Wir sind doch gut miteinander befreundet. Könnten wir das Thema aus unseren gemeinsamen Gesprächen heraushalten – bitte!" „Entschuldige Lynhart, war nicht so gemeint und kommt auch nie wieder vor. Fest versprochen! Also gut, morgen nach dem Frühstück werden wir die Dame mal aufsuchen. Wenn du mich mitnimmst und jetzt lege ich mich auf meinen Strohsack. Gute Nacht, Lynhart." „Habe ich nichts dagegen. Gute Nacht, Mertlin."

Frühstückszeit, der Schankraum ist so gut wie leer. Allein sitzt Lynhart vor seinem Frühstück und wartet darauf, dass Mertlin mit seiner morgendlichen Katzenwäsche fertig ist und an den gemeinsamen Tisch kommt.

„Endlich, was machst du denn so lange im Waschhaus?" „Na, du bist ja lustig. Weißt du schon nicht mehr wen wir heute aufsuchen wollen? So viel Rotwein hast du doch gestern Abend nicht getrunken oder doch?"

Lynhart schaut zu Mertlin, der frisch geschniegelt und gebügelt vor ihm steht. Angezogen mit einer dunkelblauen Wollhose, einem hellgrauen Hemd und darüber ein leichter heller Mantel aus gutem Stoff, feste Lederstiefel an den Füßen und einen schwarzen Filzhut auf dem Kopf macht er einen guten Eindruck auf seine Umwelt.

„Ja, ja ist ja alles richtig! Aber Frühstück ist Frühstück, mein Lieber. Außerdem erfordert meine Berufung nur eine saubere, dunkelgraue Kutte über dem Körper und einfache Stiefel für die Füße. Ich muß mich nicht aufputzen und wie ein Hahn auf dem Misthaufen daher stolzieren. Nimm es nicht persönlich, war nur so daher gesabbelt. Ohne Frühstück im Bauch bin ich nicht zu gebrauchen. Also los, komm endlich an den Tisch und setz dich hin. Vergiss bitte nicht deinen schönen Mantel auszuziehen, nicht das du ihn noch mit der Marmelade bekleckerst. Na, kleiner Scherz!"

Der Mönch hatte schon vorsorglich in der frühen Morgenstunde den Diener der Herberge, natürlich mit Einwilligung des Wirts, zur Baronin geschickt um sein Kommen und sein Begehren anzumelden. Nach dem Frühstück machen sich die beiden gemeinsam zu Fuß auf den Weg zum Herrenhaus im Rittergut zu Chrieschwitz. Es sind nur wenige hundert Meter bis zur Baronin und extra den Wallach Moritz anzuspannen, lohnt sich nicht. Die Ortsstraße ist vom schlechten Wetter noch stark aufgeweicht. Kleine Regenpfützen sind noch nicht gänzlich ausgetrocknet und sie müssen aufpassen, dass sie mit ihrem Lederschuhwerk nicht im Straßenschlamm versinken. Am Eingangstor angelangt, bitten sie den Diener um einen Eimer Wasser, damit sie ihr Schuhwerk reinigen können. Was soll die Frau Baronin sagen, wenn sie mit völlig verschlammten Schuhwerk ihr Haus betreten. Wie heißt es im Volksmund – „Der erste Eindruck soll ja immer der beste sein".

Nachdem ihre Stiefel so leidlich sauber sind, nimmt sie der Diener mit ins Haus und weist ihnen einen Platz in der komfortabel eingerichteten Empfangshalle zu.

„Es wird etwas dauern, die Frau Baronin ist noch bei ihrer Morgentoilette. Weist er die beiden noch darauf hin und fordert sie auf, sich zu gedulden und in der Halle nicht umher zu laufen.

Die Uhr auf dem Kaminofen schlägt bereits elfmal. Eine ganze Stunde sitzen sie bereits auf den Stühlen und rühren sich nicht vom Fleck. Die Anordnung des Dieners war ja unmissverständlich. Na Endlich. Eingehüllt in einem rosafarbenen Morgenmantel mit tief ausgeschnittenem Dekolleté, sicherlich aus einer französischen Kollektion, die Haare mit einer schwarzen, langhaarigen Perücke verdeckt, kommt sie, umnebelt von einer unsichtbaren Wolke süßlichem Parfüms, auf die beiden Männer zu.

„Schau dir diese Frau genau an." Flüstert Lynhart seinem Freund Mertlin unauffällig zu. „Der Körper ist ein einziger Schrei nach sexueller Lust und in ihren Augen spiegeln sich die Geldstücke wider. Um so ein Weib sollte man lieber einen großen Bogen machen. Kein Wunder, dass der Baron auf das Recht der ersten Nacht besteht. Vor den unschuldigen Bauernmädchen braucht er sich nicht zu fürchten. Wenn der Hausverwalter einen schlaffen Eindruck machen sollte wissen wir, wer hier den Ehemann für bestimmte Dienste der Baronin ersetzt."

Wenige Meter vor den beiden wartenden Männern, die bereits stehend und in einer leicht gebeugten Haltung darauf warten von ihr angesprochen zu werden, bleibt die Baronin stehen und wendet sich in einem leicht herablassenden Tonfall an Lynhart und Mertlin. „Der Diener teilte mir mit, dass sie auf der Suche nach einem Hochzeitsgeschenk für das Brautpaar wären. Mein Verwalter wird ihnen ein paar Stücke zeigen, die sich für so einen festlichen Anlass gut eignen und die sie bei mir kaufen können. So sie den Preis dafür bezahlen wollen. Haben sie sonst noch ein Begehren?" „Nein, Frau Baronin und innigen Dank für ihre gütige Unterstützung und für ihre Zeit." Antwortet ihr Lynhart mit leiser demutsvoller Stimme. Eine leichte Geste mit ihrer rechten Hand und schon schwebt sie davon. Minuten später meldet sich der Gutsverwalter und führt sie, etwas müde auf den Beinen, in sein Büro. Auf einem kleinen Tisch sind bereits einige Gegenstände aufgebaut, aus denen sie sich das eine oder andere passende Stück aussuchen dürfen. Gegen sofortige Bezahlung, versteht sich.

„Haben sie schon eine bestimmte Vorstellung, was sie dem Hochzeitspaar schenken wollen? Ich habe hier drei wirklich sehr wertvolle Stücke aus dem Bestand der Frau Baronin, die als Hochzeitsgeschenk dem jungen Brautpaar sicherlich große Freude bereiten würden." Und damit zeigt der Verwalter auf eine wunderschöne französische Kaminuhr, eine sehr schöne verzierte Obstschale aus Meissner Porzellan und auf ein sechsteiliges Essbesteck aus feinstem Silber. Eigentlich habe ich keine Ahnung, was ich schenken könnte. Murmelt Mertlin leise vor sich hin und ahnt bereits, dass seine zwanzig florentinischen Gulden wohl nicht reichen werden, die er eigentlich für das Geschenk eingeplant hat. In seiner Unentschlossenheit wendet er sich an seinen Freund, der die Brautleute ja persönlich kennt, was wohl das passende Geschenk sein könnte. Lynhart weist auf das Essbesteck hin und meint - „Es ist praktisch, braucht man immer und wertvoll ist es auch. Du solltest es kaufen."

Der Verwalter meldet sich. „Ich kenne die zukünftigen Eheleute und deren Eltern, sie würden sich bestimmt auch für das Besteck entscheiden." In Mertlins angespanntem Gesicht kann man gut erkennen, dass er schon ahnt auf was er sich da einlassen wird. „Also, Herr Verwalter, was werden sie mir dafür abknöpfen wol len?" „Gedulden sie sich bitte, ich muß mit der Frau Baronin kurz darüber sprechen und bitte, rühren sie hier nichts an." Sagts, und geht mit eiligen Schritten aus dem Zimmer. Wenige Minuten später kommt er mit einem strahlenden Gesicht wieder in sein Büro, und wendet sich direkt an Mertlin. Vermutlich ahnt er schon, wer hier der Zahlemann sein wird.

„Ich kann ihnen eine erfreuliche Zusage machen. Die Frau Baronin ist ausnahmsweise bereit, weil es um ein junges Brautpaar aus dem Ort geht, ihnen einen besonders günstigen Preis für das edle Geschenk zu bieten." „Jetzt machen sie daraus keine spannende Geschichte und lassen einen armen Baderchirurg nicht so lange zappeln. Wie ist der Preis für das Besteck?" Der Verwalter setzt sein verbindlichstes Lächeln auf, zu dem er vermutlich imstande ist und nennt den Preis. „Fünfundsechzig Gulden und sofort zahlbar." Das ist nicht ihr Ernst?" „Nein – das ist er nicht!" „Na, Gott sei Dank." „Das ist der Preis." „Ach nein!" „Aber ja!" „Fünfundsechzig Gulden? Ich bitte sie, ich will doch nicht das ganze Dorf kaufen. Kleiner Scherz. Ist der Preis noch verhandelbar?" „Nein!" „Das ist für mich und für meine Geldbörse ein denkbar schlechter Tag, Herr Verwalter." „Seien sie froh, dass die Baronin in guter Laune ist. So günstig gibt sie solche Sachen sonst nicht her." „Dann habe ich den Preis wohl im gewissen Sinne ihren anstrengenden Bemühungen zu verdanken." „Ja! In einem gewissen Zusammenhang kann man das so sehen." „Wie kann ich mich dafür erkenntlich zeigen?" „Ich wäre dem Geistlichen in ihrer Begleitung dankbar, wenn er mir die Beichte abnehmen könnte und dabei, so möglich, Nachsicht walten lassen würde." Mertlin wendet sich mit einem fragenden Blick an seinen neben ihm stehenden Freund. Der nickt kurz und meint - „Kommen sie morgen gegen zehn Uhr in die Herberge. Wir haben dort einen kleinen Raum, der sich für die Beichte ganz gut eignet. Anschließend können sie uns ja beide zum Frühstück einladen." „Danke für ihre Zusage, sie nehmen mir eine schwere Last von meiner Seele." „Also gut, dann sind wir uns ja alle einig, na wenigstens etwas Gutes an diesem Tag." Und damit zieht Mertlin seine Geldbörse aus der Manteltasche und zählt die geforderte Summe auf den Tisch. „Jetzt schau nicht so verzweifelt drein, es ist wirklich ein wunderbares Geschenk. Glaube mir, ich versteh was davon. Und die Geldausgabe hast du in den nächsten Wochen durch die Behandlung der kranken Menschen und mit dem Verkauf deiner Mittelchen schnell wieder reingeholt."

Der Verwalter ruft nach einer Dienerin und lässt das Geschenk verpacken. Drückt es Mertlin in die Hand und verabschiedet sich mit den Worten - „Ich sehe sie morgen in der Herberge." Sagt's und geht. Die Dienerin begleitet sie noch bis zum Tor, verabschiedet sich und wünscht ihnen einen guten Weg.

„Alles in allem hast du ein sehr schönes Geschenk für die jungen Leute gekauft. Jetzt lach halt mal, es ist doch nur Geld was du scheinbar verloren hast. Stell dir lieber vor, welch große Freude du den beiden bereiten wirst." „Es stimmt ja was du sagst und eigentlich freue ich mich ja darüber etwas Gutes tun zu dürfen. So, jetzt aber Schluss mit dem Thema, ich habe Hunger. Komm mein lieber Freund, legen wir ein paar Schritte zu, damit wir noch rechtzeitig zum Essen da sind."

Beide kommen pünktlich zum Mittagessen in der Herberge an und genießen sichtbar nach diesem aufregenden Vormittag ein ausgiebiges Mittagsmahl. Es gibt Spanferkel vom Kohlegrill, Kartoffelklöße und Blaukraut. Ein Humpen Bier darf natürlich auch nicht fehlen. Ein lauter Rülpser und ein kräftiger Furz der beiden satten Männer schließt das opulente Mittagessen ab.

Mit müden Schritten bewegen sie sich in die angrenzende Kammer zu ihren Strohsäcken. Immerhin hat sie der Fußmarsch zur Baronin und wieder zurück in die Herberge, anschließend das kräftige Essen doch erheblich mitgenommen. Ein kleines geruhsames Mittagsschläfchen kommt da gerade recht. Es dauert auch nicht lang und von beiden ist nur noch ein lautes Schnarchen zu hören.

Es mag zwei Uhr sein und Mertlin überlegt noch etwas schläfrig, wie sie den Rest des Tages verbringen könnten. Kurzerhand weckt er mit leichtem Rütteln den Mönch aus seinem seligen Schlaf.

„Du, Lynhart, von Leuten aus dem Nachbardorf erfuhr ich, dass in der nahe gelegenen Stadt Plauen eine so genannte „Französische Schenke" eröffnet wurde. Was hältst du davon, wenn wir uns das mal genauer ansehen. Außerdem bin ich neugierig, wie so ein echter französischer Kaffee, zusammen mit so ganz neuartigen süßem Gebäck schmeckt." „Keine schlechte Idee von dir. Du lädst mich ein und ich komme dafür mit. Was hältst du davon?" „Umgekehrt würde mir deine Idee besser gefallen. Aber gut, meine Einnahmen im vergangenen Jahr waren nicht übel und so viel wird ja ein Kaffee mit so süßem Zeug dazu nicht kosten. Also los, machen wir uns auf die Socken, Lynhart." „Zu Fuß wird uns das ganz schön anstrengen. Ich bin als Mönch ja viel Laufen gewöhnt, aber du sitzt ja nur auf deinem Wagen. Besser wird sein, wir fahren." „Stimmt was du sagst. Also gut, rollen wir los, der Wallach kann etwas Bewegung nach dem langen Winter gut vertragen."

Mertlin wendet sich an den Wirt, er möge doch vom Knecht seinen Planwagen anspannen lassen. Der Braune braucht seinen Auslauf und sie wollen sich mal Plauen ansehen. Für einen Ausflug ist das Wetter nicht so schlecht. Eine halbe Stunde später bewegt sich Moritz mit dem Wagen des Baders und seinen beiden unternehmungslustigen Männern in Richtung Stadt.

Am Stadttor müssen sie sich einer kurzen aber umfassenden Kontrolle unterziehen und einen Zoll bezahlen um überhaupt eingelassen zu werden. Sie fragen einen der Wächter, wo denn diese neue so genannte französische Schenke sei. Der erklärt ihnen den Weg und meint noch salopp, als Leute vom Dorf sollten sie aufpassen damit sie vom Stadtverkehr nicht erdrückt werden. Dabei grinst er spöttisch über sein ganzes von Narben entstelltem Gesicht und kümmert sich um die anderen, die auch die Stadt wollen.

Und tatsächlich, es ist wie eine andere Welt. Fährt man auf der Landstraße in ein Dorf, ist man nach ungefähr zweihundert Metern in der so genannten Ortsmitte. Also Dorfschenke, Dorfbäckerei und Dorfschmiede. Das war's dann schon. In der üblichen Dorfschenke wird nicht nur getrunken, gegessen und getanzt, sondern auch über die Dorfentwicklung, die Arbeit, das Heiraten und das Kinderkriegen und sonstiges unwichtiges Getratsche gesprochen. Nicht zu vergessen, die schönen Gerüchte, die bei solchem Gerede in die Dorfwelt gesetzt werden.

Der Mittelpunkt einer Stadt, wo sich alles trifft und wo auch jeder aus dem Ort hingeht, ist das Rathaus, die Kirche und das herrschaftliche Schloss. Der Wohnsitz des Stadtadels. In einer Stadt geht es natürlich nicht so gemütlich wie auf dem Dorf zu. Wie sollte das bei den vielen Menschen auch anders möglich sein? Das Rathaus ist ein zentraler Ort für Besprechungen und Entscheidungen, für die Stadtverwaltung und für das Gericht. Außerdem, rein vorsorglich, sind dort auch die Korn- und Salzspeicher untergebracht. Getreu dem alten Sprichwort - „Korn und Salz - Gott erhalts."

„Sag mal, Lynhart, von deinen Erzählungen weiß ich, dass du ja öfters das eine oder andere Kloster in einer Stadt aufsuchen musst. Wie halten das die Menschen in diesem unerträglichen Gestank und dem Lärm aus? Wir haben ja in den Dörfern auch schlechte Straßen, aber eben nur Sand, Steine und zum Teil etwas Morast. Auf keinen Fall findest du dort Abfälle und entleerte Nachttöpfe. Die werden auf dem Misthaufen entsorgt, dafür wird er ja auch gebraucht. Dort vermodern sie im Laufe der Monate und werden dann als Dünger auf die Felder gebracht. Bei den wenigen Menschen im Dorf ist das jedenfalls keine Belastung für die Wiesen und Felder. Und die Menschen nehmen davon auch keinen Schaden, ist ja alles Natur." „Es ist wirklich schlimm in den Städten, Mertlin und ein Ort für Krankheiten und für die Pestilenz. Was soll ich dir dazu sagen? Es wird, so schätze ich jedenfalls, noch viele Jahre dauern, bis sich das spürbar bessern wird. Es ist ja nicht nur ein bauliches Problem. So eine Stadt wächst und wächst, weil die Menschen in den Dörfern keine Arbeit finden und in die Städte abwandern. Die auf dem Land anfallenden Tätigkeiten, also Feld- und Wiesenarbeiten die dafür in Frage kommen, haben immer den gleichen Umfang. Dann säen, ernten und das Vieh versorgen, dafür reichen die Menschen, die sich in einem Dorf angesiedelt haben leicht aus, mehr Arbeit gibt es nicht. Grund und Boden wachsen ja nicht nach. Es gibt nur das, was der liebe Gott geschaffen hat. In den Städten ist das was anderes. Ständig entstehen neue Handwerksbetriebe und es wird immer mehr gebaut. Der Handel, mit allem was die Menschen so nötig brauchen und natürlich auch von der Gier getrieben haben wollen, wächst von Tag zu Tag. Dagegen gibt es auch nichts zu sagen, Was diese Entwicklung so erschwert ist, dass alles ohne eine strikte, umfassende und vor allem vorausschauende Ordnung, Planung und Kontrolle geschieht. Jedenfalls in Bezug auf den Städtebau, Straßenbau, Wasserver- und Entsorgung und was die Hygiene betrifft." „Übertreibst du da nicht im hohen Bogen, Lynhart?" „Na, von wegen! Das Resultat kannst du sehen und riechen. Die Menschen sind krank. Es herrschen teilweise Gewalt und Anarchie. Die Bewohner, von der reichen und wohlhabenden Bevölkerungsschicht einmal abgesehen, versinken im Schlamm und in ihren eigenen Abfällen. Einige Bürger in den Städten kaufen sich so genannte Laufstelzen, mit deren Hilfe sie sich durch den Straßenschlamm und durch die Abfälle bewegen können ohne dabei ihre Schuhe und ihre Kleidung zu beschmutzen. Praktisch gesehen sind das verlängerte Füße aus Holz, damit sie ihre Klamotten nicht versauen. Ist doch witzig, oder? Jetzt lach halt mal, Mertlin." „Ha, ha – kann ich darüber nicht besonders gut! Eins verstehe ich nicht, Lynhart, wieso werfen die Leute alles au die Straße? Gibt es dafür keinen anderen Platz, wo sie ihren Müll hinbringen können?" „Aber ja, haben sie." „Na also, geht doch!" „Nicht na also! Die Fleißigen entsorgen die Abfälle im Fluss und die faulen Bürger schmeißen alles auf die Straße. Ist doch einfacher so und geht schneller." „Davon wird der Fluss allerdings auch nicht begeistert sein und die Menschen, die in der nächsten Stadt wohnen auch nicht." „Was glaubst du, warum wir Geistlichen unsere Klöster weit ab von großen Ansiedlungen gebaut haben und bauen? Schon seit vielen Jahrzehnten sehen wir mit Entsetzen diese Entwicklung, ändern aber nichts daran. Im Gegenteil! Mit unserem Verhalten schüren wir noch die Ängste der Menschen, lassen sie mit ihrem Leid vielerorts allein, ziehen ihnen mit teilweise hundsgemeinen Methoden das letzte Geld aus der Tasche und trösten sie mit dem erlösenden und wunderbaren Leben im himmlischen Jenseits, so es das in dieser Form überhaupt geben sollte. Ich habe jedenfalls erhebliche Zweifel daran. Versuch das mal zu ändern oder gar dagegen anzugehen, dann landest du ruck zuck auf dem Scheiterhaufen oder wirst einem Gottesurteil unterzogen. Wie das ausgehen soll, wissen wir ja. Ich habe mich für die Seelsorge in den Dörfern entschieden, das ist noch zum Aushalten. In diesem Punkt, lieber Mertlin, sind wir beide und zwar ohne wenn und aber ganz sicher einer Meinung." „Stimmt, Lynhart! Ehrlich gesagt, freut mich das auch." „Wieso?" „Ganz einfach, weil wir zwei uns auf dem Weg durch die Dörfer immer wieder treffen werden. In die Städte wandere ich nicht und du ja auch nicht." „Lass gut sein, Mertlin. Ich glaube, dass auch die Menschen, wenn sie eine Besserung erreichen wollen, sich in ihrem Denken und Handeln grundsätzlich ändern müssen, ob sie wollen oder nicht. Tun sie es nicht, wird sie die Pest dahinraffen." „Ist ja richtig was du sagst, Lynhart, dafür müssen sie allerdings die Möglichkeit erhalten, sich zu informieren und sich Wissen um diese Sachverhalte aneignen zu können." „Dafür gibt es einen Hoffnungsschimmer, Mertlin."

Lynhart erinnert sich an eine neuartige Zeitschrift, die er in einem Kloster zu lesen bekam. In einem der Artikel lobte man sehr ausführlich die bahnbrechende Erfindung von Gutenbergs Druckmaschine. Mit dieser technischen Erfindung besteht die Möglichkeit, von einem Schriftstück, dass vor seiner Erfindung per Handschrift in sehr kleinen Stückzahlen vervielfältigt werden musste, dank der neuen Technik in wesentlich größerer Auflage und in sehr kurzer Zeit kopiert werden kann. Nur, nützt das alles nichts, wenn viele Menschen nicht lesen können. Zwei Dinge müssen sich in Bezug auf die Entwicklung der Menschen ändern. Erstens brauchen wir eine umfassende Bildung, kostenlos versteht sich und für alle Bürger des Landes. Zweitens brauchen wir entsprechende Einrichtungen für eine Grundversorgung für die medizinische Behandlung und Pflege alter und kranker Menschen.

Gut, stellen wir diese problembehafteten und auch ziemlich anstrengenden Überlegungen zurück, grübelt Lynhart und sehen zu, dass wir heil, sauber und unversehrt diese französische Kaffeebude erreichen. Mir läuft vor lauter Appetit schon das Wasser im Mund zusammen.

Gemeinsam rutschen sie auf ihrem Sitz unter die Plane des Wagens und hoffen so von herunter geworfenen Abfällen und von Inhalten der Nachtgeschirre nicht getroffen zu werden. Der Wallach ist nicht zu beneiden, er muß nicht nur den schweren Wagen ziehen, sondern auch noch durch den ekligen Schlamm stampfen. Immer wieder schüttelt er ablehnend seine dichte Mähne, so als ob er sagen will - „jetzt reicht es langsam!"

Endlich erreichen sie die Uferstrasse. Hier soll ja angeblich das Haus mit dem feinen französischen Kaffee und den vielen süßen Leckereien stehen.

Nach wenigen Minuten halten sie vor dem Haus, gemeinsam mit einigen anderen gut angezogenen Bürgern dieser Stadt und bemühen sich einen Sitzplatz im Raum zu ergattern. Nach einer geschlagenen Stunde sitzen sie endlich im großzügig eingerichteten Kaffeehaus am Tisch ähnlich wie bei ihnen im gemütlichem Gasthof von Chrieschwitz. Ungeduldig warten sie darauf, dass der Wirt kommt und ihnen was für ihren hungrigen Magen bringen wird. Na endlich!

In einem halbwegs verständlichem Deutsch fragt sie ein kleiner Mann mit einer blauen Schürze um den Bauch und einer weißen Mütze auf dem Kopf, was er ihnen bringen kann. Dabei zählt er alles auf, was seine Küche zu bieten hat. „Es wird eine kleine Weile dauern, bis ich alles bringen kann. Meint der kleine Mann noch beim Weggehen. Leise sagt Lynhart zu Mertlin - „Das ist kein Franzose!" „An was merkst du das?" „Er spricht mit einem griechischen Akzent." „Ach so – na, mir ist das egal. Hauptsache wir müssen hier nicht stundenlang hungrig rumsitzen und auf das Essen und den berühmten Kaffee warten."

Nach einer guten viertel Stunde kommt der so Beurteilte mit eiligen Schritten an den Tisch. Einen Kupferkessel in der einen Hand und in der anderen ein Tablett mit zwei Tassen und zwei Büchsen, unter dem Arm eine Flasche stellt er alles erstmal ab. „Haben sie schon einmal französischen Kaffee getrunken?" „Nein, es ist für uns das erste Mal." „Ich werde ihnen kurz zeigen, wie sie den Kaffee zubereiten müssen." Mit flinken Händen stellt er beiden das Kaffeegeschirr hin, nimmt jeweils zwei Löffel braunes Pulver aus der mitgebrachten Büchse und füllt beides, erst das braune Pulver und anschließend das heiße Wasser in die Tassen. „Hier ist noch eine kleine Büchse mit Zucker, wenn sie den Kaffee süß trinken wollen. Das Gebäck kommt sofort.“ Bevor er wegläuft, stellt er noch eine Flasche mit einer klaren hellbraunen Flüssigkeit auf den Tisch und meint - „Französischer Cognac, das Beste von allem was es in dieser Klasse gibt. Gießen sie sich einen kleinen Schluck in den Kaffee, bevor sie ihn trinken aber nicht zu viel, sonst schmeckt der Kaffee nicht so gut.“

Lynhart und Mertlin probieren ausgiebig von dem Getränk und sind von dem Geschmack begeistert. Wenige Minuten später bringt der kleine Mann mit dem griechischen Akzent das süße Gebäck.- Alles zusammen - ein echter Gaumenschmaus. „Mein lieber Lynhart, obwohl mir ein Spanferkel mit Rotkraut lieber ist, kann man über die flüssigen und knusprigen, französischen Delikatessen nicht meckern. Wir sollten Joseph, unseren Gastwirt in Mussbach, einen Tip geben. Für seine Gaststätte könnte das ein echter Renner werden.“

Der Kaffee ist ausgetrunken, die Süßigkeit vollständig verputzt und bezahlt ist auch alles. „Zeit dass wir wieder nach Hause fahren.“ Flüstert Mertlin Lynhart zu. „Alles in allem, schmeckt gut aber billig ist es nicht.“ „Einmal im Jahr kannst du dir das leisten, Mertlin. Jetzt jammere nicht rum! Ich kann darauf verzichten, mir ist eine Tasse Tee lieber. Gut das wir im Gasthof Chrieschwitz auf dem Klo waren.“ „Wieso, was soll daran so gut sein, Lynhart?“ „Weißt du wie die Leute hier in der Stadt kacken und pinkeln gehen?“ „Ich habe schon davon gehört. Angeblich sollen die einfachen und armen Leute zu so genannten Sammelklos am städtischen Fluss gehen, wo sie wie die Hühner im Stall nebeneinander sitzend ihren Darm und ihre Blase entleeren. Dabei unterhalten sie sich über das Wetter und sonstiges Tagesthemen. Sind sie damit fertig, wird der Rest, wenn überhaupt, mit einem Lappen abgewischt, Hose hoch und fertig ist der Spaß. Warst du schon mal in einem Ziegen- oder Schweinestall, Lynhart?“ „Ja, war ich, Mertlin.“ „Na, dann kannst du dir den Gestank der Menschen, den sie verbreiten, vorstellen.

Seien wir froh, dass uns der Weg zum Fluss erspart bleibt. An jeden Samstag, ein Tag vor dem gemeinsamen Kirchgang, gehen die Männer ins städtische Badehaus zum Waschen." „So weit so gut und was machen die Frauen und die Kinder, Lynhart?" „Die Frauen schleppen vom Stadtbrunnen eimerweise Wasser in ihre kleine Wohnung und waschen sich und die Kinder so gut es eben geht. Das verschmutzte Wasser wird im hohen Bogen aus dem Fenster auf die Straße geschüttet – wohin auch sonst."

Genauso läuft das jeden Tag ab. Die ganze Kacke und der Urin landen im Fluss und in der nächsten Stadt ist es halt prima Trinkwasser. So ist das! Man muss sich nicht wundern, wenn die Menschen krank werden und an der Pest qualvoll sterben.

Mertlin kann das ganze Elend nicht nur riechen, sondern förmlich fühlen. Auf den Dörfern mag es ja möglicherweise einfach zugehen. Keine Geschäfte, wenig Kultur, kaum jemand der Bücher und Zeitungen lesen kann. Aber auf keinen Fall ein Ort der Krankheiten. Die Pest und ähnliche schlimme Krankheiten wüten in den Städten, nicht in den Dörfern. Natürlich nur, wenn sie weit genug von den Ballungszentren entfernt liegen. Das Leben in den Städten spielt sich auf den Straßen und Plätzen und besonders am großen Stadtbrunnen ab. Bei der dichten Bebauung und den engen und verwinkelten Gassen, in denen das Sonnenlicht kaum eine Chance hat die Menschen mit ihren warmen Strahlen zu erfreuen, ist das auch nicht möglich. Dafür riskiert man, dass einem der Müll und die Inhalte der Nachttöpfe um die Ohren geschüttet wird. Aufgrund von Straßenschlamm und den Abfällen ist es teilweise nur mit Stelzen möglich, sich auf dem Gassenpflaster zu bewegen, ohne dass man mit den Schuhen dabei im Morast versinkt. Am Brunnen besorgen sich die Leute den lebensnotwendigen Saft, das Wasser zum Trinken und Kochen, kaufen die Dinge für das tägliche Leben ein, verabredet sich mit anderen Menschen, Freunden und Verwandten und schauen gelegentlich zu, wenn irgend so ein armer Teufel öffentlich geviertelt, verbrannt, ans Kreuz genagelt oder nur geköpft wird. Hat man ein wichtiges Anliegen an die Stadtverwaltung oder will eine Nachricht an seine fernen Verwandten senden, trifft man am Brunnen Schreiber, die einem diese Arbeit gegen eine geringe Gebühr abnehmen. Denn lesen und schreiben ist nur wenigen Männern vorbehalten und erlaubt.

Lynhart und Mertlin fahren wieder gemeinsam nach Chrieschwitz. Jede Stunde länger in dieser Stadt wird für die beiden zu einer echten Zumutung. Zwei Stunden später sitzen sie im Gasthof und freuen sich über ein leckeres Abendbrot. Zwei Humpen Bier schaffen die nötige Bettschwere um sich anschließend im Nachbarzimmer auf ihren Strohsäcken ins Traumland zu verkrümeln.

Es ist noch früher Morgen und der Wirt kann mit seinen Dienern keine Rücksicht auf die beiden Schlafenden im Nebenzimmer nehmen. Nach dem Vollzug der Trauung, so gegen vierzehn Uhr, beginnt die Schlemmerei und bei dem kühlen Wetter im großen Schankraum. Das einfache Volk aus dem Dorf, die Mägde und Knechte müssen draußen an bereitgestellten Bänken und Tischen ihre Plätze suchen.

Mertlin und Lynhart durch den Krawall munter geworden, verschwinden im Waschhaus und genießen ein warmes Bad, dass ihnen schon von einer Magd hergerichtet wurde. Der Holzbottich ist zwar nicht groß, für ein gründliches Bad mit warmem Wasser und Seife reicht er allemal.

Frisch rasiert, gewaschen und festlich angezogen warten beide auf das Brautpaar mit seinen Brauteltern und den geladenen Gästen um sie in das nahe gelegene Kloster zu begleiten. Sechs Pferdegespanne stehen bereit, damit keiner zu Fuß gehen muß. Das Sitzen auf den Wagenbänken ist zwar bei der holprigen Fahrt beschwerlich aber besser als laufen ist es auf alle Fälle.

Am Kloster angekommen, bewegt sich der Hochzeitszug langsam in Richtung Gebetsraum der Mönche. Der große Saal ist mit vielen Kerzen erleuchtet und erstrahlt im festlichen Glanz. Die Heirat ist für Gudrun und Siegfried ausschließlich eine Sache der Kirche und beide, das Brautpaar und die Brauteltern verzichten auf die neumodische Möglichkeit im städtischen Standesamt, unabhängig vom weltanschaulichen Bekenntnis, die Ehe zu schließen. Sie wollen ja in ihrem ganzes Leben, so wie von Gott gewollt, zusammen bleiben.

Als Hochzeitsgeschenk und Mitgift für seine Tochter hat der Vater von Gudrun beim Goldschmied in Plauen zwei goldene Ringe anfertigen lassen. Den für Gudrun mit einem wunderschönen blauen Stein. Der Ring für Siegfried ist ohne Stein, dafür mit einer sehr aufwendigen Schlangengravur versehen. Der Abt des Kloster streift erst der Braut und dann den Bräutigam in einem bewegenden Zeremoniell die Ringe über den Mittelfinger und segnet feierlich ihren Bund fürs Leben. Man muß die beiden Glücklichen nicht lange ansehen um ihre Freude zu fühlen, als sie gemeinsam mit dem Hochzeitsgästen das Kloster verlassen.

Ohne weitere Verzögerung steigen alle auf die Wagen und fahren gemeinsam mit dem frischvermähltem Paar zurück nach Chrieschwitz zum Gasthof. Unter den festlich geschmückten Eingang zur Wirtsstube steht schon der Wirt und beglückwünscht Gudrun und Siegfried zu ihrer Eheschließung.

Die Hochzeit soll ein rauschendes Fest werden und dank der guten finanziellen Verhältnisse der zwei Familien, drei Tage und drei Nächte dauern. Für die gesamten Dorfbewohner, besonders für die Kinder eine Zeit, in der sie sich einmal so richtig satt essen können.

Gudrun und Siegfried, die beiden Verliebten kennen sich, wie sollte das in einem Dorf auch anders sein, schon von Kind auf und mögen sich sehr. Es war nicht nötig, dass hier die Eltern von Braut und Bräutigam nachhelfen mussten, was eigentlich sonst nicht ungewöhnlich ist. Beide freuen sich auf das gemeinsame Leben miteinander und auf eine Familie mit mindestens vier Kindern – will jedenfalls Gudrun. Siegfried ist davon nicht begeistert aber für seine Frau gibt es in diesem Punkt kein „Nein". Der Abend rückt näher und in dem Gesicht von Gudrun versuchen die Sorgen den glücklichen Gesichtsausdruck zu verdrängen. Es fällt ihr unsagbar schwer, gute Miene zum bösen Spiel zu machen, das noch auf sie zukommen wird.

Nach dem Abendbrot wird sie ihr Vater mit einer geschmückten Kutsche zum Baron und obersten Richter im Rittergut fahren, damit der Fettsack an ihr das Recht der ersten Nacht vollziehen kann. Je näher der Zeitpunkt rückt, umso unruhiger wird sie. Lynhart, der unabhängig von dem lustigen Treiben immer ein Blick auf sie wirft, weiß ja was auf die frisch vermählte Braut zukommt.

Gudrun hat ihr liebendes Herz mit allem was dazu gehört Siegfried geschenkt und muß doch, so verlangt es das Gesetz, sich einem fremden Mann hingeben. Ein Aufbäumen dagegen ist zwecklos. Der Baron ist nicht nur der Herr im gesamten Dorf, sondern auch der alleinige Herrscher über Recht und Ordnung. Bis auf den lieben Gott im Himmel – versteht sich. Aber der kümmert sich um solche Kleinigkeiten wie Liebe und Wertschä5tzung ja nicht.

Ein Widersetzen gegen dieses Vorrecht des Barons endet unweigerlich mit einer Zelle im Gefängnis für den Bräutigam und mit dem Kloster für die Braut. Die Brauteltern der beiden werden auch nicht ohne Strafe davonkommen, sollte sich Gudrun diesem Akt verweigern wollen. Sie wissen das! Alle wissen das, doch keiner getraut sich gegen den Baron anzugehen. Die Mutter von Gudrun kann die Ängste und Sorgen ihrer Tochter gut verstehen, sie musste es ja auch am eigenen Leib ertragen. Mit Abscheu und Ekelgefühl muß sie daran denken. Alle geladenen Gäste wissen um dieses Gesetz und mögen es innerlich vielleicht widerlich, ungesetzlich und barbarisch finden aber keiner lehnt sich ernstlich und öffentlich dagegen auf. Für Gudrun gibt es keine andere Lösung, sie muß diesen Leidensweg gehen.

Das Recht der ersten Nacht

Gewalt ist die letzte Zuflucht des Unfähigen.

Isaac Asimov

Das Abendbrot ist vorbei und Gottlieb nimmt seine Tochter an die Hand und führt sie zum Pferdewagen um sie zum Baron zu bringen. Sein Inneres, vor allem sein Herz, wehrt sich mit ganzer Kraft dagegen. Er hat schon versucht mit einer Sondersteuer, die er bereit ist an den Baron zu zahlen, ihn von seinem Vorhaben abzubringen. Er hat abgelehnt. Obwohl seine raffgierige Frau das Geld sicherlich gut gebrauchen könnte. All seine anderen Bemühungen und Bitten waren eine vergebliche Mühe und scheiterten an seiner Sturheit. Er bestehe auf sein gesetzliches Recht und dabei bleibt es. Aus und Ende! Sollte er oder seine Tochter sich dem widersetzen, werden er, seine Frau und Gudrun streng bestraft. Schweren Herzens muß er denken und grübeln - Was kann ich in so einer Situation als Vater gegen diese abstruse Macht unternehmen - nichts!

Kurze Zeit später halten sie am Schlosstor und Gudrun geht, ohne sich nochmals umzusehen, auf zwei wartende Bedienstete zu. Ihr Vater ruft ihr noch nach, dass er sie morgen nach dem Frühstück abholen werde. Am späten Abend davor wird sie sich vom Baron ihre Unschuld nehmen lassen müssen, ob sie nun will oder nicht. Die Handlung, die sie ertragen muß, ist für ihre Seele sicherlich sehr verletzend und für ihren Körper mehr als nur schmerzhaft.

Eine konkrete Vorstellung von dem was auf sie zukommt hat sie sowieso nicht. Das Zusammensein mit Siegfried ist für sie wie der Himmel auf Erden. Wenn sie seine Hände berühren, entfacht er in ihrem Körper ein wildes, ungezähmtes Feuer. Es gibt keine Minute in ihrem Leben, in der sie sich nicht nach ihm sehnt und bei ihm sein will. Wie soll sie das, was sie jetzt tun muss, Siegfried erklären. Ihm will sie sich schenken, nur ihm. Inbrünstig haben sie sich diesen Tag herbeigesehnt. Denn vor der Ehe ist der untere Bereich von

Gudruns Körper tabu. Was beiden bei ihren Liebesspielen nicht immer leicht fällt sich auch daran zu halten. Gott sei Dank hat sie ihre Mutter über solche Spielereien mit Händen und Lippen gut aufgeklärt. Trotzdem – die Sehnsucht, sich endlich mit Siegfried zu vereinen ist unvergleichlich groß.

Lynhart erklärte ihr einmal in einem vertraulichen Gespräch die Hintergründe für dieses abartige Verhalten der Feudalherren. Die meinen, das Herrenrecht der ersten Nacht sei nach allgemeinem Verständnis ein Recht der mittelalterlichen Obrigkeit auf den Beischlaf mit den Bräuten ihrer abhängigen Bauern in der Hochzeitsnacht. Im Übrigen ist es eine Methode des Klerus und des Landadels, das Alter der herrschaftlichen Rechte, und vor allem der niederen und mittleren Gerichtsherrlichkeit zu demonstrieren.

Einige dieser Machtbesessenen sind auch bereit, für die Abgabe einer hohen Steuer, auf ihr gutes Recht zu verzichten. Je nach dem wie alt sie sind und wie sich die eigene Ehefrau dazu verhält. Baron Dietrich zu Kneisel jedenfalls besteht auf dieses Recht. Das vermutlich nur, weil er bei der Baronin mit seiner schlappen Fettleibigkeit keine Chancen hat und sie ihn gar nicht erst in ihr Bett winken würde..

Die Diener fordern Gudrun höflich aber mit Nachdruck auf ihnen zu folgen. Im ersten Stock ist das Badezimmer der Baronin und dahin soll es ja wohl gehen. Zwei ältere Dienerinnen stehen schon bereit um ihr beim Entkleiden behilflich zu sein. Hochrot im Gesicht steht sie Minuten später splitternackt vor den Frauen und bemüht sich mit ihren Händen das zu verdecken, was die beiden nicht unbedingt sehen müssen.

Ohne sich um Gudruns Gefühle Gedanken zu machen, nehmen sie die Nackte an den Armen und bringen sie zu einem großen Holzbottich. Dampf steigt aus der mit Wasser gefüllten Holzwanne und es riecht aufdringlich nach Lavendel. „Steig schon in die Wanne oder denkst du wir heben dich rein?" „Was soll ich da drin?" „Waschen und zwar gründlich! Vergiss nicht deinen vorderen und hinteren Bereich. Der Herr Baron hat es dort gern sehr sauber." „Ich habe bereits heute früh gebadet – ausgiebig!" „Halt die Klappe und steig in die Wanne." „Nein! Ich mach das nicht. Die beiden Mägde gehen kurz raus aus dem Bad und kommen mit einem der Diener wieder zurück.

„Du hast die Wahl, entweder du wäschst dich wie wir dir das gesagt haben oder der Diener übernimmt das." Vor Entsetzen bleibt Gudrun die Sprache weg. Nur mit großer Mühe kann sie sagen, dass sie sich selber waschen werde. „Na also, geht doch!"

Der Diener verlässt den Raum und beide Frauen setzen sich auf eine Bank und überwachen mit strengen Blicken, dass Gudrun beim Waschen ihres gesamten Körpers auch nichts übersehen möge.

Gudrun nimmt sich Zeit. Hier in der Wanne ist sie vor dem Baron vorerst sicher – hofft sie wenigstens. Plötzlich ein Schrei, von einer der Hausdienerinnen. „He, schlaf nicht ein, der Herr Baron hat nicht ewig für dich Zeit. Los, los – wär fertig, sonst helfen wir nach. Oder sollen wir den Knecht holen?!"

Bei Gudrun beginnt sich langsam der ganze Körper zu verkrampfen. Nur mit großer Mühe gelingt es ihr ohne Hilfe aus der Holzwanne zu steigen. Kaum steht sie draußen, nehmen die Frauen Handtücher und reiben sie trocken. Anschließend wird sie auf eine Pritsche gelegt und von oben bis unten mit einer süßlich duftenden Creme eingerieben. Die Haare werden leicht gepudert und ihr Intimbereich wird ausgiebig mit Öl eingerieben.

„So, fertig du kleine Jungfrau. Noch bist du ja eine. In einer Stunde wirst du erleben was ein richtiger Mann alles mit dir machen kann. Die Wonnen des Glücks werden dich durchfluten und deinen Siegfried, diesen Grünschnabel von einem Mann, wirst du bald vergessen. Um eine Frau im Bett glücklich zu machen, musst du dich mit einen richtigen Mann einlassen und nicht mit jungen Burschen, die keine Ahnung von so gewissen Dingen haben."

Gudruns Gedanken bewegen nur noch eins, hoffentlich ist das bald zu Ende und ich kann nach Hause zu Siegfried und meinen Eltern. Das ist alles so ekelhaft schmutzig, dass ich es kaum noch ertragen kann. Diese Leute preisen sich als ehrbar, gottesfürchtig und anständig an. Dabei ist dieses achtbare Ritterschloss, mit allem was darin wohnt, nichts weiter als ein dreckiger Misthaufen.

„Ich muß mich übergeben!" Schreit Gudrun und presst ihre Hand auf den Mund. „Auch das noch!" Plärrt sie eine der Dienerinnen an und hält ihr schnell einen Eimer hin. „Jetzt stell dich nicht so unbeholfen an du dumme Kuh, und mach uns wegen so einer Lappalie nicht das Leben schwer. Du wirst von einem Baron entjungfert, was ist denn daran so fatal? Andere Frauen wären glücklich, wenn sie mit ihm ins Bett steigen könnten. Hier ist ein Krug Wein! Nimm einen Schluck oder besser nimm ein paar mehr, und spül dir deinen Mund aus. Am besten ist, du trinkst den Krug leer, dann geht der ganze wilde Ritt mit dem Baron grüßend an dir, und in dir vorüber. Na, jedenfalls geistig. So, und jetzt los und ab ins Schlafzimmer zum Herrn Baron, der wartet sicherlich schon sehnsüchtig auf seine kleine Jungfrau, die von ihm verführt werden will." Damit streift sie Gudrun ein Nachthemd über ihren nackten Körper und zerrt sie gemeinsam mit der anderen Dienerin ins besagte Zimmer.

„So, du kleine beneidenswerte Jungfrau. Du legst dich jetzt aufs Bett, ziehst dein Hemd hoch und machst deine Beine schön breit. Rühr dich nicht von der Stelle, bis der Herr Baron kommt. Hast du das verstanden?" Gudrun kann nicht einmal nicken und bleibt in steifer Haltung auf dem Rücken liegen.

Eine Seitentür öffnet sich und der Baron, eingehüllt in einem Morgenmantel, steht im Zimmer. Auf die beiden Dienerinnen weisend meint er leise - „Ihr könnt verschwinden, ich rufe euch, wenn es notwendig sein sollte."

Kaum sind die Dienstmädchen draußen, zieht der Baron sein Gewand aus und steht splitternackt am Fußende vom Bett. Bei seinem Anblick würde jede Frau eher einen Brechreiz als Gefühlsanwandlungen für einen Beischlaf bekommen. „So, und jetzt zu uns beiden. Du weißt warum du hier bist?" Keine Antwort! „Mach gefälligst deinen Mund auf, wenn ich mit dir rede!" Wieder rührt sich bei Gudrun kein Muskel. „Dann eben nicht, auch gut! Zu viel Gerede lenkt mich nur von dem ab, was ich gleich mit dir machen werde. Wenn du schon nicht reden willst, dann sei willig und stell dich nicht so unbeholfen und widerwillig an."

Bei diesen Worten klettert der Baron mühsam mit seinem großen Gewicht aufs Bett und versucht das Nachthemd von Gudrun nach oben zu schieben. Was ihm nicht gelingen will. Ihre Hände pressen das Hemd fest an ihren Körper und die heftigen Bemühungen des nackten fetten Mannes gehen ins Leere.

„Jetzt stell dich nicht so an!" Schreit er Gudrun zu und versucht mit aller Kraft das Hemd nach oben zu schieben. Er schafft es einfach nicht! „Du wirst jetzt sofort das Hemd ausziehen" „Nein!" Wimmert Gudrun mit letzter Kraft. „Niemals!!! Lieber will ich sterbe!" Der Baron holt mit seiner Hand aus und haut ihr eine kräftig ins Gesicht. Gudrun schreit vor Schmerzen. Nase, Mund und Lippen bluten sofort stark.

„Mach deine Beine auseinander – sofort, sonst gibt's noch mehr davon du dumme Bauernschlampe." Mit Gewalt presst er mit seinen Händen Gudruns Oberschenkel auseinander und zwängt sich mit seinem dicken Unterleib zwischen ihre Beine. Mit der rechten Hand stützt er sich im Bett mühsam auf und seine linke Hand bemüht sich sein bestes Stück dorthin zu bringen, wo er es gern hinhaben will. Dank des Öls, das die Dienerinnen in diesem Bereich ausgiebig verschmierten, scheint ihm das auch nach einer Weile zu gelingen. Ein kräftiger Stoß mit seinen Hüften, ähnlich wie ein Stier der eine Kuh bespringt, ein paar kurze Zuckungen und alles ist erledigt. Gudrun ist keine Jungfrau mehr.

Ihr ganzer Körper bäumt sich vor Schmerzen auf und ist nur noch ein schreiendes Bündel. Der Baron hat an dem Gewaltakt sichtbare Freude. Noch ein paar kurze Stöße und fertig ist für ihn der Spaß.

Leicht schmatzend und mühsam schnaufend rutscht er von ihrem Körper, krabbelt sichtlich müde vom Bett und verlässt das Zimmer.

Gudruns Seele schreit ihren Schmerz zu Gott und ihr Unterleib brennt wie Feuer. Der Körper windet sich im qualvollen Leid. Alles in und an ihr ist wie eine große Wunde. Von Weinkrämpfen durchgeschüttelt muß sie sich übergeben. Seele und Körper können die Belastungen nicht mehr ertragen und der Geist flüchtet sich in eine erlösende Ohnmacht. Eine scheinbar friedliche Ruhe erfüllt das Schlafzimmer, das sich vermutlich schämt, für solche schlimmen, abartigen Handlungen benutzt zu werden.

Gudruns Bewusstsein zieht es wieder in die Wirklichkeit zurück. Der Unterleib schmerzt schlimmer als zuvor und ihre Seele will sich nicht beruhigen lassen. Nur ein Gedanke sucht sich in ihrem Kopf einen Platz. Sie muß hier weg, sofort! Das Gesicht und ihr Körper blutverschmiert steht sie mühsam auf und streift behutsam das Nachthemd glatt. Noch vor Stunden war sie eine glückliche, gutaussehende junge Braut. Jetzt, nach der Schandtat, ist sie ein Bild des Grauens, bei dessen Anblick jeder anständige Mensch vor Leid erschauern würde.

Leise geht sie aus dem Zimmer und läuft die Treppe nach unten. Nur raus aus diesem Haus. Andere Gedanken haben in ihrem Kopf keinen Platz mehr. Barfuss und nur mit dem Nachthemd bekleidet läuft sie in die kalte Nacht und verlässt den Ort ihrer Demütigung und Entehrung.

Der Weg in den Tod

Mich lässt der Gedanke an den Tod in völliger Ruhe, denn ich habe die feste Überzeugung, daß unser Geist ein Wesen ist von ganz unzerstörbarer Natur: es ist ein fortwirkendes von Ewigkeit zu Ewigkeit. Es ist der Sonne ähnlich, die bloß unseren irdischen Augen unterzugehen scheint, die aber eigentlich nie untergeht, sondern unaufhörlich fortleuchtet.

Johann Wolfgang von Goethe

Geschändet an Körper, Herz und Seele - verletzt und blutend im Unterleib, abgefertigt wie ein Stück Vieh und am ganzen Körper zitternd, schleppt sie sich nach dem Gewaltakt wieder in Richtung Elternhaus. Gudrun ist nur noch eingehüllt in das Grauen an sich. Fortwährend kann sie nur noch denken - "Lass mich gehen, denn alles was ich habe sei dein", mein liebster Siegfried, gleich wo unsere Liebe uns hinführt. Ich muß dich, ich muß meine Eltern und unser gemeinsames zu Hause verlassen und werde in eine andere Welt gehen, auch wenn ich nicht weiß, was dort auf mich wartet oder sein wird. Ich muß, mein liebster Siegfried, ich kann nicht anders! Verzeih mir, ich bitte dich innig, verzeih mir!

Gudrun will ihr Leben opfern, damit die Reinheit ihrer Seele keinen Schaden nehmen soll. Mehr und mehr sehnt sie sich nach überirdischem Glück, das ihr und Siegfried hier auf der Erde verweigert wird.

Vorbei gehen ihre langsamen Schritte am Friedhof und weiter in Richtung Feuerlöschteich. Es ist ein ehemaliger Steinbruch, den man flutete um so eine Wasserreserve zu haben, sollte es auf einem Bauernhof einmal brennen. Quälend langsam tragen sie ihre Füße am felsigen Ufer entlang und bleiben in der Mitte des Teiches am steilen Uferrand stehen, als ob sie zu müde sind um weiterzugehen. Auf der Wasseroberfläche erscheinen ihr Elfen, die mit dem Spiegelbild des Mondes scherzen. In der Mitte dieses märchenhaften

Treibens, Gudrun, die sich mit der ganzen Kraft ihres gequälten Herzens nach Siegfried sehnt und doch eine Entscheidung trifft, die ihr gemeinsames Leben hier auf der Erde beenden wird. Der Mond spiegelt sich in dem dunklen Wasser und scheint sie anzulächeln. Sein Mund ist leicht geöffnet, so als wolle er ihr verlockend zurufen - „Komm zu mir, ich beschütze dich vor allem Unheil."

Wie von Geisterarmen gezogen, nähert sie sich diesem freundlichen Gesicht immer mehr. In ihrem Bewusstsein melden sich leise die angstvollen Stimmen ihres Vaters und ihrer Mutter, als ob sie ahnen und fühlen was ihr geschehen wird. „Komm nach Hause, bitte, liebe Gudrun, Komm nach Hause!" Rufen sie mit der ganzen Kraft ihrer Seele. Wie sollen wir ohne dich weiter leben? Lass uns nicht allein!" Die schreckgeweiteten Augen ihrer Mutter drängen sich in Gudruns Blickfeld und verdecken die Strahlen des Mondes. Ihre flehenden Blicke versuchen sie fest am Ufer zu halten – vergebens!

Langsam neigt sich ihre Gestalt zum Wasser und ihre Arme breiten sich weit aus, als ob sie den Mond mit seinem lachenden Gesicht umarmen wollen. Ein quälender Schrei des Entsetzen und des furchtbaren Leides von Siegfrieds Seele, die ihr hilflos nacheilt und versucht sie auf dem Weg nach unten aufzuhalten um sie vor ihrer verzweifelten Tat zu schützen. Es ist zwecklos.

Ein leichter Aufprall auf der Wasseroberfläche, die Wellen machen eilig ein wenig Platz und langsam sinkt der Körper einer jungen Braut, die nach so einer furchtbaren Tat des Barons ihren Eltern und ihrem Bräutigam nicht mehr in die Augen schauen kann, auf den Grund des Teiches.

Das eindringende Wasser verdrängt die wenige Luft in Gudruns Lunge und lässt sie langsam als schwebende Blasen zur Wasseroberfläche aufsteigen. Ihr Herz schreit vor Schmerzen, denn es braucht die Luft um Leben zu können. Und es will mit ihr so gern zusammen sein, auch wenn das Leben im Dorf und bei ihrer Familie nicht immer nur rosige Zeiten hatte. Weinend und mit einem letzten kraftlosen Schlag bleibt es für immer bewegungslos stehen. Für Gudruns Seele ist es nun Zeit, in eine andere Welt zu gehen, in der sie endlich Liebe und Frieden finden wird.

Langsam und mit einem letzten Blick auf ihren leblosen Körper, schwebt sie nach oben. Auf der Oberfläche des Teiches haben sich die Wellen wieder beruhigt und der Mond spiegelt sich mit seinem Gesicht im Wasser, als sei nichts geschehen. Eine unbändige, hoffnungsvolle Kraft beginnt Gudrun in eine andere Welt zu ziehen. Sie kann sich nicht dagegen wehren und sie will es auch nicht.

Ein helles Licht kommt schnell auf sie zu und umhüllt sie mit seinen warmen Strahlen. Freundliche und beruhigende Gedanken strömen vorsichtig und behutsam auf sie ein und betten sie in einen erholsamen Schlaf.

Eine Weile wird sie sich wohl auf Siegfrieds Kommen gedulden müssen aber was ist schon Zeit, wenn sie auf das gemeinsame Glück eine Weile warten müssen?

Gudruns sehnsüchtige Rufe bahnen sich ihren Weg durch die unendlichen Weiten des Universums und suchen den Liebsten und ihre Eltern die noch auf der Erde eine Weile bleiben müssen.

Die Tochter des Bäckers und die Braut vom Sohn des Dorfschmieds hat sich in den Dorfteich gestürzt und ist ertrunken. Wie ein Lauffeuer breitet sich diese furchtbare Nachricht im Dorf aus und erreicht die Gäste der Hochzeitsfeier, die schon sehnsüchtig, besonders der Bräutigam, auf die Rückkehr von Gudrun warten um ihr für ihr tapferes und selbstloses Verhalten zu danken. Stattdessen, blankes Entsetzen, die Gesichter angstvoll verschlossen und eine unbeschreibliche Stille erfasst den großen Gästeraum im Gasthof zu Chrieschwitz.

Nach einiger Zeit verlassen die ersten Gäste das Haus. Schnell weg von diesem Ort, von den Brauteltern, der Selbstmörderin, die mit ihrer schändlichen Tat eine große Schuld auf ihren Vater, ihre Mutter, ihren Ehemann und auf das Dorf geladen hat. Die Eltern sitzen wie versteinert am Tisch und können das schreckliche Ereignis, den Tod ihrer geliebten Tochter, noch nicht fassen. Die Eltern von Siegfried sind bereits auf dem Weg nach Hause und von ihrem Sohn selbst fehlt jede Spur.

Nur mit großer Mühe gelingt es dem Wirt mit seinen Dienern Gudruns Eltern nach Hause zu bringen. Statt einem rauschenden Hochzeitsfest wird es eine Beerdigung geben, was bei einer Selbstmörderin, die dem Baron vermutlich das Recht der ersten Nacht verweigern wollte, neue Probleme aufwerfen wird.

Blutige Rache

Das Wasser haftet nicht an den Bergen, die Rache nicht an einem großen Herzen.

Konfuzius

Lynhart und Mertlin sitzen wie versteinert in der Schenke an ihrem Stammtisch und können das unfassbar schreckliche Ereignis noch nicht verstehen. Tiefe Betroffenheit bringt jeden Gedanken zum Schweigen.

„Was soll nun werden, Lynhart? Als Bader werde ich keine große Hilfe für die betroffenen Eltern und Schwiegereltern sein. Für den Schmerz ihrer Seele habe ich keine helfenden Mittel um ihre Verzweiflung und ihr Leid zu lindern." „Wie es weitergehen wird kann ich dir auch nicht sagen, Mertlin. Gut wäre es, du könntest noch ein paar Tage hier im Dorf und in meiner Nähe bleiben, allein wird das zu viel für mich." „Versprochen, Lynhart, ich bleibe!" „Als erstes werden wir uns um Gudruns Eltern und um Siegfried, ihrem frischvermählten Ehemann und jetzt Witwer kümmern müssen. Die Gefahr, dass sie sich in ihrer seelischen Not auch das Leben nehmen wollen um bei Gudrun zu sein, ist groß." „Dann lass uns gehen, sie werden unsere Hilfe dringend brauchen."

Siegfried sucht man in diesen Stunden vergebens in der Gemeinschaft oder bei seinen Eltern. Als er die Nachricht vom Tod seiner geliebten Gudrun hört, läuft er völlig verzweifelt weg in Richtung Wald. Sein Leben ist für ihn zu Ende. Ohne Gudrun – nein! Er will nicht mehr! Sein Herz, nicht sein Verstand, lassen seine Beine durch den Wald gehen. Vorher läuft er noch in die Schmiede und nimmt sich ein passendes Seil mit auf den Weg. Auf einer kleinen versteckten Waldlichtung bleibt er stehen und sinkt zu Boden. Es ist als ob er Gudruns Nähe auf und in dem Moos spüren kann. Wie oft lagen sie hier um miteinander zu schmusen und zu kuscheln, von der Zukunft zu träumen oder einfach nur zusammen neben einander zu liegen und den Himmel zu bewundern.

Langsam, ganz langsam wandern seine Gedanken in eine andere Richtung. Seine tiefen Gefühle weichen anderen Regungen. Zorn steigt langsam in ihm auf und macht einem Wort Platz, das in seinem bisherigen Leben keinen Raum in seiner geistigen Verfassung fand. Mit immer wilderen Bemühungen versucht es in seinem Denken und Fühlen die Vorherrschaft zu gewinnen. Die Frage nach dem „Warum" gewinnt die Oberhand in seinem Denkzentrum.

Warum hat Gudrun uns beiden das angetan? Warum hat sie diesen schrecklichen Weg gewählt? Sie war ihm mit Gottes Segen zugesprochen worden und Gott hat sie mit seinem Segen zu einem Paar vereint, das nur durch den Tod getrennt werden kann. Was hat der Baron in unserer Ehe zu suchen? Was nimmt sich dieser Mensch heraus und handelt gegen den Willen Gottes? Hass steigt mit der ganzen Kraft, die dieses Wort entwickeln kann, in ihm auf und verdrängt kraftvoll alle anderen Gedanken. Tief verletzt in seinen Gefühlen, denen er ohnmächtig ausgesetzt ist und die er aus eigener Energie nicht besänftigen kann, wachsen seine Hassgefühle immer wilder und suchen eine Möglichkeit, sich mit aller Gewalt zu verwirklichen. Das nicht gerächte Leid setzt Siegfried in seiner Wertschätzung herab und es drängt ihn zur Rache. Obwohl solche krassen Regungen überhaupt nicht zu seinem Wesen passen.

Zweifel kommen im Dorf auf. Ein Teil der Bewohner verurteilt den Selbstmord Gudruns. Besonders die älteren Frauen und die alten Männer unter ihnen, können ihre Ablehnung für so ein Handeln nicht verbergen. „Sie bringt Schande über unser Dorf!" Rufen sie entsetzt und heben schützend ihre Hände über den Kopf, als würde der Baron persönlich wie ein Racheengel angeflogen kommen um sie alle zu züchtigen. Es gibt bestimmt etliche Frauen im Dorf, die sich sofort zu ihm ins Bett legen würden. Was ist daran schon so schrecklich? Halt mal seine Beine breit machen und dem Baron eine Freue schenken. So schlimm kann doch das nicht sein?! Und umbringen muß man sich doch deswegen gleich gar nicht. Fünf Minuten stillhalten, wesentlich länger dauert das alles bei so einem Fettwanst sowieso nicht. Es ist doch eine große Ehre, dem Baron für ein paar Minuten zu gehören – oder etwa nicht? Sich einfach aus dem Leben zu stehlen - nein! Für diese schändliche Tat wird die Bäckerstochter bestimmt in der Hölle schmoren müssen. Darüber ist sich der gewisse Teil der Menschen im Ort einig, die Gudruns Selbsttötung strikt ablehnen und verurteilen. Es gibt auch andere Stimmen, vor allem unter den jungen verheirateten Frauen, die dem Baron nichts Gutes wünschen. Sie erinnern sich noch sehr gut an die Nacht bei ihm – einfach abscheulich! Auch die jungen Ehemänner dieser Frauen wünschen dem widerlichen Baron die Pest an den Hals. Am liebsten würden sie ihn an den nächst passendem Baum aufhängen.

Wer wird die Oberhand bei dieser Auseinandersetzung im Dorf gewinnen und was wird man der Minderheit antun, ganz gleich für was sie sich entscheidet? Wie werden sich die beiden Familien des Brautpaares verhalten? Werden sie gemeinsam das große Leid ertragen und sich gegenseitig stützen? Oder wird jede Familie seine eigenen Wege für die Zukunft gehen müssen?

Zwei Tage war Siegfried unauffindbar. Völlig verändert in seinem Verhalten, steht er wieder in der Schmiede bei seinem Vater und geht in gewohnter Weise seiner Arbeit nach. Fragen, die seine Mutter und sein Vater an ihn richten, bleiben unbeantwortet. Auch Lynhart und Mertlin, die sich immer wieder bemühen Zugang zu seinem Herzen und seiner Seele zu finden, kommen bei ihren Gesprächen mit Siegfried nicht weiter. Wenn sein Vater nicht in der Schmiede ist, bemüht sich Siegfried aus einem Stück Eisen einen einfachen, langen Dolch zu schmieden. Abends in seiner Kammer helfen ihm nur die Tränen. Er müsste loslassen, denn Gudrun kann er nicht zurückholen. Seine Sehnsucht und eine immer stärker werdende Kraft ziehen ihn unaufhaltsam zu ihr. Das unbändige Gefühl der Rache zwängt sich immer ungestümer in seine Gedankenwelt und nimmt von Tag zu Tag konkretere Formen an. Er will nicht mehr hier auf dieser Erde leben und bei Gudrun sein, die bestimmt schon in einer anderen Welt sehnsüchtig auf ihn wartet. Sein Plan steht fest, er wird diesen Baron in die Hölle schicken, dort gehört er auch hin, das steht für ihn fest. Seine ganzen Gedanken beschäftigen sich nur noch mit dem - „Wie"? Das „Warum" ist für ihn bereits abgehandelt. Von einem Diener, der die Deichsel an der Kutsche des Barons reparieren ließ, erfuhr er heute, dass der Baron morgen Vormittag zum Stadtrat nach Plauen fährt. Das ist die Gelegenheit, denkt Siegfried, sich an ihm zu rächen und ihn für immer zu vernichten.

Abends sitzt Siegfried zusammen mit seiner Familie, Mertlin und Lynhart am Küchentisch um über die Beerdigung von Gudrun zu sprechen. Als Ehemann trägt Siegfried gemeinsam mit Gudruns Eltern die Verantwortung dafür, dass ihr Leichnam, soweit zulässig, beerdigt werden kann. Noch liegt Gudruns Körper im Sarg aufgebahrt in ihrem Zimmer und wartet darauf, in die Erde eingebettet zu werden. Streng betrachtet, meint Lynhart, ist nach allgemeinen kirchlichen Grundsätzen die Selbsttötung eine große Sünde, die ein Mensch begehen kann. Glaubt er doch mit dieser Handlung nicht an die Gnade Gottes, die ihm helfen wird, seine Not zu lindern. Üblich in dieser Zeit ist das so genannte Eselsbegräbnis. Es ist ein Relikt aus uralter Vergangenheit. Die Beisetzung von Gudruns Körper wird also ohne jegliche kirchliche Zeremonie sein. Mit der Stadtverwaltung in Plauen muß besprochen werden, auf welchen Friedhof und an welcher Stelle im Friedhof, die Beisetzung zulässig ist.

„Das könntest du doch übernehmen, Siegfried?" „Ich übernehme das selbstverständlich und reite morgen nach Plauen um eine Lösung mit der Friedhofsverwaltung zu besprechen." „Brauchst du Hilfe? Soll ich mitkommen, Siegfried?" „Nein danke, Lynhart, ich schaff das schon allein." Und damit verabschiedet sich Siegfried von den beiden und will zeitig schlafen gehen, damit er morgen für die anstrengenden Verhandlungen ausgeschlafen ist. „Nimm einen größeren Geldbetrag mit, das hilft bei der ständig knappen Stadtkasse immer." Ruft ihn Mertlin noch nach. „So furchtbar das alles auch für euch ist." Und damit wendet sich Lynhart an die Eltern von Siegfried. „Wir sollten gemeinsam alles tun, damit auch Gudruns Körper Ruhe und Frieden finden kann." Gemeinsam essen sie noch eine Kleinigkeit und danach machen sich Mertlin und Lynhart auf den Weg zum Gasthof.

Nach dem Frühstück sattelt Siegfried sein Pferd, versteckt seinen Dolch am Körper, verabschiedet sich von seinen Eltern ohne dabei irgendeinen Verdacht aufkommen zu lassen. Ohne sichtlicher Eile macht er sich auf den Weg zur Stadtverwaltung nach Plauen. In Wirklichkeit jagt er dem Baron nach um sich an ihm zu rächen. Siegfried weiß, dass er seine Eltern lebend hier auf der Erde nicht mehr sehen wird. Der Abschied musste kurz sein, so schmerzhaft das auch für ihn ist. Merken dürfen seine Eltern auf gar keinen Fall, was er wirklich vorhat. Auf dem Weg in die Stadt reitet er noch kurz am Schloß vorbei um sich zu vergewissern, dass der Baron mit seiner Kutsche noch nicht abgefahren ist.

Die Straße nach Plauen führt außerhalb von Chrieschwitz an einem kleinen Wald vorbei. Im dichten Unterholz versteckt, wartet er auf den Mann, der den Tod Gudruns zu verantworten hat und dafür heute und jetzt büßen muß.

Noch mit seinen Rachegedanken beschäftigt, sieht er den Wagen vom Baron auf der Straße in Richtung zu seinem Versteck fahren. Als sie bei ihm vorbei sind, steigt er auf sein Pferd und reitet ihnen nach, holt sie schnell ein und ruft dem Kutscher zu, er möge doch kurz anhalten, er muß zum Rathaus nach Plauen und möchte vorher noch mit dem Baron ein paar wichtige Dinge wegen der Beerdigung seiner Braut besprechen. Mühsam kann der Diener auf dem Kutschbock die Pferde zügeln und kurze Zeit später bleibt der Wagen stehen. Siegfried reitet zur Rückseite und meint zu den zwei Bediensteten, sie mögen doch bitte kurz sein Pferd halten. Die beiden sind ahnungslos, greifen eilig nach dem Zügel, während Siegfried seinen Dolch zieht, und mit wenigen wuchtigen Stichen die beiden Uniformierten, noch ehe sie einen Laut von sich geben können, ins Jenseits befördert.

Mit einem kräftigen Ruck öffnet er die Seitentür der Kutsche und schaut seinem Erzfeind direkt in die Augen. Am Gesichtsausdruck von Siegfried und an dem noch vom Blut besudelten Dolch in seiner Hand, erkennt der Baron sofort was Siegfried vorhat. Schnell zieht er seinen Degen und bemüht sich mit ganzer Kraft auf ihn einzuschlagen. Bereits an mehreren Stellen schlimm getroffen, gelingt es Siegfried mit letzter Kraft und Todesverachtung sich auf den Baron zu stürzen, um ihm dabei den langen Dolch tief in seine Brust zu stoßen. Gerade noch rechtzeitig, denn der Kutscher, vom lauten Kampfgetöse aufgeschreckt, bohrt ihm von hinten eine Lanze in den Rücken. Siegfried bäumt sich noch auf und bleibt dann bewegungslos auf dem Baron liegen, ohne dabei den Griff des Dolches loszulassen. Kurzerhand zerrt der Kutscher Siegfried vom Baron runter und wirft ihn neben der Kutsche achtlos an den Straßemrand.

Mit wenigen Blicken erkennt er, dass für den Baron jede Hilfe zu spät kommt. Die Verletzung, die ihm Siegfried zufügte, ist tödlich. Den Dolch, der noch tief in der Brust in der Höhe des Herzens vom Baron steckt, getraut er sich nicht herauszuziehen und belässt ihn da wo er ist. Die beiden getöteten Bediensteten legt er auf die Rückbank der Kutsche und bindet Siegfried, mit einem Seil um die Füße, an der Rückseite der Kutsche fest um ihn bis zum Schloss hinterher zu schleifen. Einen Platz in dem Wagen bekommt der Meuchelmörder des Barons jedenfalls nicht, da ist er sich sicher.

Im Schloss angekommen, lässt er nach der Baronin rufen, die nun alles weitere selbst in die Hand nehmen sollte. Das Gesicht der Baronin ist, als sie ihren Mann so sieht, wie versteinert. Kein Muskel regt sich in ihrem Gesicht und keine Tränen sieht man in ihren Augen. Zum Hausverwalter gewandt, der eben eintrifft, gibt sie lautstarke Anweisungen. Ihr werdet sofort einen Trupp Soldaten zur Schmiede beordern, den Vater, die Mutter und den zweiten Sohn verhaften und hier im Schloß einsperren. Die Schmiede ist vollständig abzubrennen. Sollte jemand auch nur versuchen das Feuer zu löschen, wird er von unseren Soldaten auf der Stelle erschlagen. Schicken sie sofort einen Diener zur Kirchenverwaltung nach Plauen, sie möchten den Bischof bitten morgen Vormittag hier im Schloss zu sein. Er soll die drei Sündigen von der Schmiede einem Gottesurteil unterziehen. Fällt Gott ein Urteil gegen die Sündigen und gewährt ihnen keine Gnade werden sie hier im Dorf öffentlich hingerichtet. Das „Wie" werde ich mir noch überlegen. Der

Hausverwalter nickt nur kurz und eilt davon, um die Befehle der Baronin in die Tat umzusetzen. „Und keine Gnade!" Ruft sie ihm noch laut und energisch nach.

Mertlin und Lynhart sitzen noch beim Frühstück, als mit einem lauten Krach die Eingangstür aufschlägt und ein Dorfbewohner, kalkweiß im Gesicht ruft - „Der Baron ist eben umgebracht worden! Angeblich soll es Siegfried, der Sohn des Schmieds gewesen sein."

In den Gesichtern der Menschen im Schankraum sieht man nur noch blankes Entsetzen. Niemand kann sich erinnern, jemals so etwas in ihrem Dorf gehört zu haben. Erst stürzt sich die Tochter des Bäckers in den Teich und nimmt sich selbst das Leben, und jetzt das noch!

Mertlin schaut kurz zu Lynhart und beide wissen sofort wo sie hin müssen. Den Weg den sie gehen wollen, ist umsonst. Schon vom weiten sehen sie das Gehöft des Schmieds in Flammen stehen. Jede Rettung käme da zu spät und beide erkennen das sofort. Ein Diener der Gräfin kommt auf Lynhart und Mertlin zu und fordert sie beide auf, morgen zehn Uhr im Schloss zu sein. Die Frau Baronin hat, gemeinsam mit dem Herrn Bischof, ein Gottesurteil angeordnet. Sie werden beim Vollzug der erforderlichen Handlungen gebraucht. Sie nicken nur und sagen ihr Kommen zu.

„Die Baronin wird in den nächsten Tagen mit Feuer und Schwert über das Dorf ziehen und großes Unheil über die Menschen bringen, Mertlin. Wir sollten uns beide bemühen, auch wenn es für uns gefährlich sein kann, das Elend zu mildern." „Komm, Lynhart, ich ahne was du vorhast. Wir werden heute Abend im Schutze der Dunkelheit das Bäckerehepaar aufsuchen, und mit ihnen besprechen, was sie umgehend tun sollten, um von der Rache der Baronin möglichst verschont zu werden." „Genau das denke ich, Mertlin, und ich habe dafür auch einen Plan."

Ohne dass sie jemand bemerkt, gehen sie abends in der Dunkelheit zur Bäckerei. „Warum kommt ihr zu so später Stunde uns besuchen?" Wendet sich der Vater von Gudrun an Lynhart. „Ihr habt sicherlich die schreckliche Nachricht vom Tod des Barons gehört?" „Ja, haben wir! Eine ganz schlimme Sache!" „Das ist es wirklich und es wird noch schlimmer kommen. Vor allem ihr zwei seid in großer Gefahr." „Aber wieso, Lynhart? Wir haben doch nichts getan? Ihr Mann hat große Schuld auf sich geladen, als er unsere Tochter in den Tod trieb." „Das alles interessiert die Baronin nicht, sie sieht nur noch sich und das Leid anderer ist ihr völlig egal. Die Frau kennt nur noch ein Wort und das ist Rache. Morgen wird es im Schloss ein Gottesurteil für die Eltern von Siegfried und seinem Bruder geben. Wie solche Urteile ausgehen sollen, wissen wir ja aus Erfahrung. Das der Bruder von Siegfried in das Gottesurteil mit einbezogen werden soll, sollte euch beiden klar machen, wie gefährdet ihr ebenfalls seid." „Ich verstehe das ja, aber was sollen wir machen? Wo sollen wir so schnell hin?" „Ihr werdet morgen, noch bei Dunkelheit, nach Mylau reiten und dort den Juden Mirdon Askiran aufsuchen. Sagt ihm einen Gruß von mir, dann habt ihrs leichter und werdet nicht so übers Ohr gehauen. Er hat sein Geschäft direkt in der Nähe des Stadtbrunnens. Ihr könnt es nicht verfehlen, notfalls könnt ihr ja im Ort nach ihm fragen." „Und was sollen wir in Mylau und bei dem Juden?" „Ihr werdet ihm eure Bäckerei verkaufen. Askiran, der jüdische Kaufmann, hat sehr gute Beziehungen zur Zunft der Bäcker. Die Kasse dieser Gilde ist immer prall gefüllt und an Jungmeistern fehlt es nicht, die sich eine neue Existenz aufbauen wollen. Er wird euch ganz sicher einen guten Preis für euer Anwesen hier in Chrieschwitz bezahlen. Mit dem Geld könnt ihr euch in Amerika, und dorthin sollte eure zügige Flucht gehen, ein neues Geschäft aufbauen. Ihr seid nicht die einzigen Deutschen, die ihre Heimat, aus welchen Gründen auch immer in Scharen verlassen. Geht ihr diesen Weg nicht, kommt das nächste Gottesurteil und euer Tod, das ist sicher! Wollt ihr das?" „Nein, Lynhart, der Tod unserer lieben Tochter ist uns Qual genug. Hast du dir auch überlegt, wie wir nach Amerika kommen sollen?" „Das ist leichter, als man denken mag. Durch den Verkaufserlös eurer Bäckerei könnt ihr euch die Reisemittel leisten, die ihr braucht, um die weite Strecke zu überwinden." „Mertlin, bitte etwas konkreter! Wie kommen wir in dieses Land? Das ist doch kein

Ort, der gleich um die Ecke liegt?" „Also hört gut zu!" Der Fluss, der durch Plauen fließt, bringt euch auf kleinen Umwegen bequem, zügig und ungefährlich auf einem Flussboot in eine Stadt, die weit oben im Norden unseres Landes liegt. Die Stadt ist eine Hafenstadt, in der viele Schiffe ankommen und wieder ablegen. Jeden Tag gehen von dort große Segelschiffe nach Amerika. Keine Sorge, das ist alles gut organisiert und wird schon seit vielen Jahren praktiziert. Über die Details unterhalten wir uns morgen. Jetzt verkauft erstmal die Bäckerei, bevor die Baronin auch noch euer Haus niederbrennen lässt. Bis das Gottesurteil ausgesprochen werden kann, müssen drei Tage vergehen. In dieser Zeit solltet ihr bereits aus dem Herrschaftsbereich der Baronin und auf dem Weg in Richtung Amerika sein. Und zu keinem, und ich meine zu keinem Menschen ein einziges Wort was ihr wirklich vorhabt. Euren Dienern sagt ihr, dass du mit deiner Frau deinen Bruder in Hof besuchen willst. Er wohnt ja dort, soweit ich mich erinnern kann. Ihr habt drei Pferde. Eins werdet ihr als Packpferd benutzen. Die Sachen, die ihr mitnehmen wollt, packt ihr selbst zusammen. Die Diener müssen nicht alles wissen. Auch der jüdische Händler muß nicht wissen was ihr vorhabt. Sucht euch irgendeine plausible Ausrede. Ihr seid zu alt für die viele Arbeit in der Bäckerei, und so ähnliche Begründungen mehr. Vergesst nicht eure Eigentumsurkunde für die Bäckerei, die Heiratsurkunde und die Taufbescheinigung einzupacken. Ihr werdet sie brauchen. Wenn Askiran, der jüdische Kaufmann, euch den Kaufpreis ausgezahlt hat, übergebt ihr ihm die Urkunde und reitet nach Plauen. Dort nehmt ihr ein Quartier im „Gasthof zur grünen Schenke" und wartet auf mich und Mertlin. Ich denke, zum Abendbrot sind wir da. Wir helfen euch beiden früh beim Einschiffen auf ein Flussboot und organisieren euch alle notwendigen Papiere für die Reise.

„Habt ihr das wirklich gut verstanden? Das alles ist mehr als ernst. Wenn ihr nicht schnell handelt, ist euer Leben keinen Gulden mehr wert." „Ja, Lynhart! Wir wissen jetzt, wie es um uns bestellt ist. Morgen früh, in der Dunkelheit, machen wir uns sofort auf den Weg nach Mylau und gehen für immer von hier weg. Auch wenn unsere liebe Tochter hier auf dem Friedhof allein bleiben wird."

Lynhart und Mertlin verabschieden sich und verlassen leise, so wie sie gekommen sind, die Bäckerei in Richtung Gasthof. Beim Wirt bestellen sie sich zwei große Humpen Bier, um überhaupt einschlafen zu können. Die Gedanken an das morgige Leid, was auf die Schmiedfamilie zukommt, muß erstmal in eine geistige Schublade verbannt werden.

Nur mühsam kann sie der Wirt am Morgen aus ihrem Schlaf schütteln. Es graut den beiden aufzustehen und dorthin zu gehen, wo sie hinkommen sollen. Eine Stunde später treffen sie mit Mertlins Wagen auf dem Gelände des Schlosses ein. Die Frau Baronin, dass Schlosspersonal, bewaffnete Soldaten und Schaulustige aus dem Ort sind bereits anwesend. Die Baronin begrüßt sie kurz und weist sie ausführlich in ihre Aufgaben ein.

„Sie, Lynhart, werden sich um das seelische Befinden der Beschuldigten kümmern. Sie, Mertlin, achten auf den Gesundheitszustand der drei Delinquenten. Sollten sie sterben bevor der Bischof das Gottesurteil aussprechen kann, hat das erhebliche Konsequenzen für sie. Haben sie mich verstanden?" Beide, Mertlin und Lynhart, nehmen eine tiefe Verbeugung ein und nicken nur bejahend „Trennen sie sich beide von dem Gedanken, dass ich damit spaße!"

Bei diesen Worten dreht sie sich um und geht langsam auf den Schlossplatz zu, um auf die Geistlichkeit zu warten, deren Ankunft mit lauten Trompetentönen bereits angekündigt wird.

Kurze Zeit später kommt der Bischof mit großem Gefolge auf dem Schlossgelände an. Beide - das geistliche Oberhaupt und die Baronin ziehen sich zurück, um sicherlich ihre gemeinsamen Gräueltaten zu besprechen, die sie an den wehrlosen, unschuldigen Opfern in den folgenden Stunden vollziehen wollen. Es dauert nicht besonders lang und das Ergebnis der Besprechung wird sichtbar.

Drei Kessel, gefüllt mit Holzkohle, werden aufgestellt und ein Diener bemüht sich sofort, mit etwas Stroh und Holzstücken, in allen drei Behältern ein kräftiges Feuer zu entfachen. Damit ist festgelegt, in welcher Weise das Gottesurteil an Vater, Mutter und Sohn vollzogen werden soll. Zwanzig Meter hinter den Kesseln ist bereits ein Zelt aufgestellt, in dem die Gefangenen die drei Schontage, bis Gott sein Urteil gefällt hat, auf einer Holzpritsche ausharren dürfen. Für die Baronin und für den Bischof werden Stühle aufgestellt, alle anderen müssen stehen.

Laute Trommelwirbel ertönen und aus einer Kellertür des Schlossgebäudes werden drei Menschen, angezogen mit einem Büßerhemd, in Ketten gefesselt, zu den drei Feuerstellen geschleppt. Ihr Anblick lässt jeden mitfühlenden Menschen vor Entsetzen erschauern. Vermutlich durch Foltermaßnahmen sind ihre Gesichter blutig, geschwollen und entstellt. Jeder von ihnen wird einzeln an die Feuerkessel gebracht und muß liegend, mit dem Kopf nach unten darauf warten, was er in den nächsten Minuten tun muß, um Gottes Gnade zu erlangen.

Der Bischof erhebt sich aus seinem Stuhl, nimmt feierlich eine Papierrolle, die ihm ein Mönch reicht, in die Hand und beginnt die Anklage gegen Heinz, dem Vater Siegfrieds, gegen Gisela, die Mutter Siegfrieds und Klaus, dem Bruder Siegfrieds zu verlesen. Eine ganze Stunde dauert sein Vortrag und alle Zuhörer auf dem Hof sind erstaunt darüber, was der Schmied so alles verbrochen haben soll. Es ist unglaublich, überlegt Lynhart, was man erfinden kann, um einen Menschen hinzurichten. Darauf läuft ja das ganze Gelabere hinaus.

In der Bibel steht nicht ein einziges Wort darüber. Jedenfalls sucht man in dem Buch vergebens nach einem Präzedenzfall, für die Anwendung eines so genannten Gottesurteils. Außerdem steht es den Menschen nicht zu, im Rahmen eines Gottesurteils ein göttliches Wunder zu erzwingen. Das würde ja bedeuten, dass Gott gefälligst das machen soll, was wir als Menschen bestimmen. Lynhart kann nur mit dem Kopf schütteln über das, was sich die Baronin und besonders der Bischof anmaßen. Und Gott wollen die Baronin und der Bischof heute und hier zwingen, ob er nun will oder nicht, ein Wunder zu vollbringen. Wie sollte auch eine Hand, noch dazu eine geweihte, ein rotglühendes Eisen eine Weile halten, ohne dabei starke Verbrennungen zu erleiden? Das kann nur ein Wunder bewirken. Und Wunder lässt, wenn überhaupt, nur Gott geschehen und nicht der Bischof oder die Baronin. Lynhart muß sein Gesicht abwenden, damit der Bischof nicht seine tiefe Ablehnung gegen den Schauprozess erkennen kann.

„Komm Mertlin, lass uns ins Zelt gehen, ich kann das nicht mehr länger ertragen, ohne der Baronin oder dem Bischof an die Gurgel zu gehen." „Das halte ich auch für besser, sonst bist du das nächste Opfer, das an der Feuerschüssel liegt. Das Verwerfliche an diesen Gottesurteilen ist, das sage ich mal als Bader und nicht als Christ, dass der Bischof und natürlich auch die Baronin ganz genau wissen, dass kein Mensch ein glühendes Eisen in die Hand nehmen kann, ohne starke Verbrennungen zu erleiden." „Natürlich wissen sie das, Mertlin. Es gibt in der christlichen Geschichte nicht einen einzigen Fall, bei dem Gott die verbrannte Hand nach drei Tagen wieder wie unverletzt aussehen ließ. Sie ist und bleibt verbrannt. Damit ist erwiesen, der Beschuldigte ist schuldig – Punkt." Daraufhin wird der Mensch, ob Mann, Frau oder Kind exkommuniziert und anschließend öffentlich hingerichtet. Das ist ja auch das Ziel des ganzen Theaters. Bei einem Gottesurteil, was auf dasselbe für den Delinquenten hinaus laufen würde, entscheidet das allerdings Gott, und wer mag dagegen schon angehen. Würde man Angehörige der Geistlichkeit und des Adels einem Gottesurteil unterziehen dürfen und davon gäbe es genügend, die sich mit Schuld beladen haben, gäbe es solche grauenhaften Handlungen nicht mehr, und zwar ab sofort nicht mehr! Stell dir vor, ein Bischoff, der große Schuld auf sich geladen hat, müsste sich einem Gottesurteil unterziehen – na, ich darf doch mal lachen! Was mich so verzweifeln lässt, Mertlin, ist die dreiste und grenzenlose Verlogenheit. Dabei hat Gott in Bezug auf Lügerei ein klares Gebot erlassen. Wer sonst als die Geistlichkeit und ihre Diener sollten sich wenigstens daran halten. In bestimmten Kreisen wird geflüstert, dass, sollten die Kirchenfürsten bei ihren Predigten in den Gotteshäusern nicht lügen dürfen, nur eisiges Schweigen herrschen würde.

„Komm Lynhart, lass uns ins Zelt verschwinden, sonst merken die noch was. Dieses sadistische Theater und der abgeschlagene Kopf von Siegfried, aufgespießt auf einer Stange mitten auf dem Platz, kann meine Seele und mein Verstand nicht länger ertragen."

Beide verschwinden im Zelt und bereiten sich darauf vor, die Verbrennungen an den Händen der Schmiedfamilie zu verbinden und den Leidenden Trost zuzusprechen.

Der Bischof des Landes will mit dem Gottesurteil ein Exempel statuieren und die Baronin will ihren grenzenlosen Hass abreagieren. Mit einem lauten Trommelwirbel wird das Theater eingeleitet. Der Beschuldigte Heinz, Siegfrieds Vater, bekommt geweihtes Wasser zum Trinken und ein kleines Stück geweihtes Brot zu essen. Anschließend wird ihm geweihtes Wasser auf die Hand gespritzt, die er selber auswählen darf. Entweder seine rechte oder seine linke Hand. Auf Geheiß des Bischofs muß er nun das glühende Stück Eisen aus dem Feuer nehmen und mit drei Schritten neun Fuß weit tragen. Danach darf er das Eisen, das sich bereits in das Fleisch seiner Hand eingebrannt hat und ihm unerträgliche Schmerzen bereitet fallen lassen, und so er kann ins Zelt laufen. Seine Schmerzensschreie sind grässlich und überschreien das Maß des noch Erträglichen. Das er das Zelt noch erreicht kann, grenzt allein schon an ein Wunder. Kaum ist er drinn, bricht er zusammen und bleibt, wild um sich schlagend, schreiend am Boden liegen. Lynhart weiß was er tun muß, um den Verletzten seine Schmerzen etwas zu lindern. „Schnell Lynhart, halte seine Hand fest, damit ich einen Verband anlegen kann."

Endlich geschafft! „Mertlin, halte den Kopf von Heinz fest und stell dich mit deinem Rücken so, dass keiner ins Zelt sehen kann." „Mach ich!" So unauffällig wie möglich holt er sein Spezialmittel aus der Tasche und träufelt ganz vorsichtig etwas von dem wenig verdünntem Universaltoxikum in den Mund des Verletzten. Sorgfältig darauf bedacht, dass möglichst nichts daneben geht. „In ein paar Minuten wird er ruhig sein und nur noch wenige Schmerzen verspüren." „Was sagen wir dem Bischof, Lynhart?" „Ganz einfach, den Delinquent hat der Geist verlassen. Sollten sie an seinem offenen Mund riechen, schnuppert es nach Alkohol. Wir brauchen uns nicht zu fürchten, Mertlin, das klappt! Ich war schon zweimal bei solchen Gottesurteilen dabei und weiß wie das abläuft. Wichtig ist für die Geistlichkeit und für die Baronin nur, dass Heinz nach drei Tagen noch lebt und sie bei der Abnahme des Verbandes sagen können, dass er schuldig ist. Seine Hand ist ja ganz sicher nicht verheilt. Wie sollte das auch bei so einer Verletzung möglich sein? Die Baronin hat doch die Hinrichtung schon vor Augen. Den beiden Männern, also Vater und Sohn, droht der Tod durch Vierteilung. Bei dieser Todesart wird jeweils an jedem Arm und an jedem Bein des Verurteilten ein Seil geknotet und an einem Pferd befestigt. Auf Kommando rennen die vier Pferde los und reißen Arme und Beine raus. Sollte er dann tatsächlich noch leben, wird ihm der Bauch aufgeschnitten und seine Eingeweide herausgeholt. Das überlebt keiner! Trotzdem schlägt ein zuständiger Scharfrichter dem Verstümmelten noch den Kopf ab. So ein Handeln ist für denkende körperliche Lebewesen der höheren geistigen Ordnung im hohen Maße krank und abartig. Und mit Gott und Glaube hat das bestimmt nichts zu tun. Hoffe ich wenigstens."

„Hör auf Lynhart! Ich bin ja einiges gewöhnt, entschuldige bitte, mir ist kotzübel." „Du musst noch einige Zeit durchhalten, Mertlin. Das nächste Opfer ist Gisela, die Mutter von Siegfried, die das glühende Eisen in die Hand nehmen muss. Ich sehe bereits Furchtbares auf uns zukommen."

Mitten in ihrer Unterhaltung gellt ein angstvoller Schrei durch die Luft. Gisela bäumt sich auf, greift nach dem glühenden Eisen und hält es senkrecht auf dem Boden. Mit dem Blick zum Himmel ruft sie flehend – „Lieber Gott, ich liebe dich, sei barmherzig mit mir."

Bei diesen Worten lässt sie sich in das glühende Eisen fallen, das durch ihre Brust eindringt und am Rücken sichtbar wieder herausspießt. Sekunden später ist sie von ihren schrecklichen Qualen erlöst. In den Gesichtern der Umstehenden ist das Entsetzen und das Mitgefühl zu sehen, während der Bischof und die Baronin mit versteinertem Gesicht dem Soldat, der wartend neben dem dritten Beschuldigten steht, weitere Anordnungen zurufen. Der zerrt Klaus hoch und fordert ihn auf, das glühende Eisen in die Hand zu nehmen und es vorschriftsmäßig drei Schritte zu neun Fuß weit zu tragen.

Klaus steht stocksteif da und rührt sich nicht. Keine Bewegung ist an ihm zu erkennen. Seine Augen schauen starr in den Himmel. Plötzlich nimmt er den Kopf des Soldaten und presst ihn mit aller Gewalt in das glühende Kohlebecken. Sekunden später brennt seine Uniform. Er läuft ein paar Schritte und bricht dann schreiend zusammen. Gleichzeitig hebt Klaus das heiße Becken hoch und wirft es in Richtung Baronin. Ihre Kleider fangen sofort Feuer und nur mühsam gelingt es der Dienerschaft die Flammen mit Decken an ihrem Körper zu ersticken.

Ein Soldat, der die Gefahr blitzschnell erkennt, die von Klaus ausgeht, kommt auf ihn zu und will ihn mit seinem Degen niederstrecken. Doch der schmettert ihn mit einem kräftigen Faustschlag und mit Fußtritten zu Boden, ergreift den Degen des am Boden liegenden Soldaten und läuft in Richtung Bischof.

Mit den Worten - „fahr zur Hölle, du Menschenschinder und elender Satan" - stürzt er sich mit dem Degen auf dem Bischof und bohrt die lange Stichwaffe tief in seine Brust. Als er zum zweiten Mal zustechen will, trifft ihn der Speer eines herbeieilenden Soldaten in den Rücken. Ein zweiter Soldat sticht ihm mit seinem Degen mehrmals ins Genick. Klaus überlebt diesen Gewaltangriff der Soldaten nur wenige Sekunden. Auch die Stichverletzung, die Klaus dem Bischof zufügte, ist für den Geistlichen tödlich.

Eisige Stille auf dem Hof. Alle erfasst blankes Entsetzen, und viele Schaulustige verlassen eilig das Gelände. Die Baronin, getragen von zwei Dienern und eskortiert von sechs Wachen, wird eiligst weggetragen. Mertlin und Lynhart bleiben im Zelt und kümmern sich um den schwerverletzten Schmied.

„Ich glaube nicht, Lynhart, jedenfalls sagt mir das meine Erfahrung, dass Siegfrieds Vater die drei Tage überleben wird. Die Verletzungen sind zu groß, als das der Körper sich allein helfen wird. Selbst wenn er es könnte." „Was also sollten wir deiner Meinung nach unternehmen, damit die Baronin ihre Wut über ihr eigenes Versagen nicht an uns beiden auslässt, Mertlin?" „Wir sollten uns schnellstens aus dem Staub machen, bevor der Schmied an seinen Brandverletzungen gestorben ist." „Da stimme ich dir zu. Also, was machen wir? Du bist doch der, der von uns beiden sehr praktisch denkt." „Ich schlage vor, Lynhart, wir warten erstmal ab, was die Baronin mit Siegfrieds Vater vorhat. In seinem Zustand wird es kein Gottesurteil geben können."

Mitten in ihre Unterhaltung kommt der Verwalter ins Zelt und fragt nach dem Zustand des Beschuldigten. Wobei er sich dabei direkt an Mertlin wendet.

„Wie geht es dem Schmied? Wird er sicher die drei Tage lebend durchhalten können?" „Das liegt in Gottes Hand, Herr Verwalter." „Jetzt lassen sie den lieben Gott mal aus dem Spiel, den brauchen wir vielleicht später. Wird er überleben oder wird er es nicht? Die Frau Baronin will das genau und zuverlässig wissen, Mertlin." „Ich glaube, er wird den morgigen Tag nicht erreichen." „Sicher?" „Ja!" „Gut, sie warten hier im Zelt bis ich zurückkomme!"

Eine ungute Situation für uns, muß Mertlin denken. Vermutlich wird dieser Halunke von einem Verwalter zur Baronin eilen, um ihr zu sagen, dass ein Gottesurteil nicht möglich sein wird, Der Beschuldigte kann die Wartezeit nicht durchhalten und wird schon vorher sterben.

Die Baronin, schon durch den schmerzhaften Brandanschlag vom Sohn des Schmieds völlig außer sich, ist in ihrer Wut unfähig einen klaren Gedanken zu fassen. Mit einem Seitenblick wendet sie sich an den Verwalter. „Ordne sofort die Hinrichtung des Schmieds an – Vierteilung! Bereite alles vor und beeil dich! Ich komme nicht mit runter auf den Platz und schau mir lieber die Hinrichtung vom

Balkon aus an. Los, spute dich! Und bring mir danach den Bader und den Mönch. Ich muß mit den beiden ein paar wichtige Dinge besprechen!"

Gemeinsam mit den Soldaten lässt der Verwalter die Hinrichtung vom Schmied vorbereiten. Der wird kurzerhand auf die Wiese gezerrt und mit den Händen und Füßen an die Pferde gebunden. Der Verwalter schaut zum Balkon, auf dem die Baronin bereits Platz genommen hat. Ein kurzer Wink mit einem Tuch in der Hand und die Pferde rennen los, um ein schändliches Werk zu vollziehen. Anschließend sammelt ein Diener die abgerissenen Gliedmaßen ein und wirft alles achtlos auf einen Haufen. Zum Schluss trennt einer der Soldaten den Kopf ab und beides, der Rumpf und das Haupt des Schmieds werden zu den anderen Körperteilen geworfen.

Die ganze Familie des Schmieds - die Mutter und der jüngere Sohn, die menschlichen Überreste des Vaters und Siegfrieds Kopf und der Rest seines Körpers werden auf einen Holzhaufen geschafft und anschließend verbrannt. Die Asche, so hat es jedenfalls die Baronin angeordnet, soll in alle Winde verstreut werden.

„Wollen wir hoffen, Mertlin, dass das grauenhafte Drama mit der Verbrennung der Überreste sein Ende hat. Gott sei Dank habe ich dem Todgeweihten noch eine größere Portion Opium einflössen können. Ich glaube nicht, dass er die Hinrichtung körperlich spüren konnte. Was seine Seele dazu sagt, möchte ich lieber nicht wissen wollen."

Wieder steht der Verwalter am Zelteingang und fordert beide auf, sie zur Frau Baronin zu begleiten. Sie bestehe darauf! Machen sie ihre Stiefel ordentlich sauber und waschen sie sich ihre Hände gründlich. Das Gespräch wird im kleinen Salon geführt.

Ein Dorf in großer Sorge

Wer in dem Gestern Heute sah,
dem geht das Heut nicht allzu nah,
und wer im Heute sieht das Morgen,
der wird sich rühren, wird sich sorgen.

Johann Wolfgang von Goethe

Die Frau Baronin sitzt bereits am Tisch und fordert Mertlin und Lynhart auf, ihr gegenüber Platz zu nehmen. Der Hausverwalter sitzt neben ihr. Ihre Hände sind mit Verbänden eingewickelt und im ganzen Gesicht und am Hals sind erhebliche Brandspuren zu sehen.

„Wollen sie eine Tasse Kaffee, oder Tee?" „Danke nein, Frau Baronin, unsere körperliche Verfassung ist derzeit zu empfindlich."

Mertlin wendet sich direkt an die Frau Baronin. „Möchten sie, dass ich mir ihre Verbrennungen ansehe? Haben sie Schmerzen? Kann ich ihnen helfen?" „Nein – danke Mertlin! Ich möchte einige Dinge mit ihnen gemeinsam besprechen, und sie in diesem Zusammenhang bitten mir wahrheitsgemäß zu antworten."

Natürlich muß auch ich mich fragen, beginnt die Baronin, wie es nach diesen schrecklichen Ereignissen hier im Dorf weiter gehen soll. Ehrlich gesagt – ich weiß es nicht! Ich weiß es wirklich nicht. Mein Herz schreit nach Rache und mein Verstand sagt mir, dass das nicht helfen wird, das Leben im Dorf wieder zu normalisieren. Die Menschen im Dorf sind verängstigt, weil sie neues Unheil befürchten, das auch sie möglicherweise treffen könnte. Die Schmiede im Dorf wurde auf meine Veranlassung hin zerstört, wird aber dringend gebraucht. Ich weiß das natürlich. Sie werden sich darum kümmern, dass wenigstens eine handwerkliche Behelfseinrichtung geschaffen wird, damit die Bauern hier im Ort keine Probleme mit ihren Pferden und den landwirtschaftlichen Geräten bekommen.

Das ist im Moment ihre erste Aufgabe. Der Bäcker ist derzeit unauffindbar. Nach Auskunft seines Hauspersonals wollte er mit seiner Frau seinen Bruder in Hof besuchen. Ich habe das überprüfen lassen, er kam dort nicht an. Auch die Hausdiener wissen nicht viel mehr. Sie werden sich darum kümmern, dass möglichst umgehend die Bäckerei ihren Betrieb wieder aufnehmen kann. Drei, vier Tage können sich die Menschen im Dorf selbst helfen, danach wird es schwierig und ich möchte nicht, dass die Leute vor meinem Schloß stehen und was zum Essen haben wollen.

„Haben sie mich verstanden und trauen sie sich zu, die Aufgaben zu lösen?" Dabei wendet sie ihr Gesicht direkt Lynhart zu. „Grundsätzlich sage ich ja, auch im Namen von Mertlin. Es wird nicht leicht sein, aber möglich ist es es!"

„Zu ihren Aufgaben, Frau Baronin, und ich spreche auch im Namen von Mertlin. Eine Behelfsschmiede aufzubauen, dürfte in den kommenden Tagen nicht so schnell möglich sein. Wir werden uns mit dem Schmied in Mussbach unterhalten, inwieweit es praktisch machbar ist, für dringende Arbeiten, also zum Beispiel Hufeisen für die Pferde anfertigen, bei einem Großbauern hier im Ort einen Arbeitsplatz einzurichten, der die notwendigen Arbeiten möglichst für alle zulässt. Sollte die Bäckersfamilie bis übermorgen nicht wieder zu Hause sein, müssen wir davon ausgehen, dass sie sich möglicherweise ebenfalls selbst getötet hat. Wir werden mit der Zunft der Bäcker in Plauen sprechen. Es müsste doch Jungmeister geben, die bereit sind, die Bäckerei hier im Ort zu übernehmen. Jedenfalls für eine gewisse Zeit.

Zu ihrer Frage, wie soll es hier im Dorf für die Menschen weitergehen? Mertlin und ich wissen das auch nicht. Für uns beide ist das auch weniger wichtig, wir wohnen ja nicht hier. Bei aller Offenheit, Frau Baronin, die schrecklichen Ereignisse der letzten Tage werden sich nicht einfach wegreden oder wegzaubern lassen. Der Hass, unabhängig von welcher Seite aus, der hier im Dorf wütet, wird einige Zeit brauchen, um sich zu beruhigen, wenn überhaupt. Als Mitglied der Geistlichkeit rate ich ihnen dringend, sich umgehend für einige

Zeit in ein Kloster ihrer Wahl zu verkrümeln. Der Tod eines hohen kirchlichen Würdenträgers auf ihrem Schlosshof wird beim Klerus in Rom einige Fragen aufwerfen – vorsichtig formuliert. Ein Schuldiger oder eine Schuldige für seinen Tod wird hier mit Sicherheit gesucht. Die Personen, die dafür möglicherweise in Frage kommen könnten, haben sie ja bereits ins Jenseits befördert oder haben sich eigenmächtig dorthin auf dem Weg gemacht. Bleiben eigentlich als Zielperson nur sie übrig, ich mein ja nur! Wenn sie meinen Rat hören wollen und das sollten sie, dann spenden sie eine ziemlich große Summe an das Bistum in Plauen. Zeigen sie aufrichtiges Mitgefühl mit dem getöteten Bischof und versprechen innig Buße zu tun. Der Gang ins Kloster ist dafür der beste Weg und auch ein relativ sicherer für sie.

Alles in allem betrachtet, trägt ihr Mann eine erhebliche Portion Mitschuld. Anstatt des erzwungenen Beischlafs, wäre eine saftige Steuer in Geld sicherlich besser gewesen. Der Bäcker konnte das leicht bezahlen und ihre Kasse hätte sich gefreut. Alles was dann kam, war eine Folge seines Handelns, bei der letztlich keiner gewonnen hat – im Gegenteil. Mehr als zehn Menschen haben dabei ihr Leben verloren und ein Dorf an den Rand des Abgrundes gebracht. Vom Leid und Schmerz, das über die betroffenen Menschen kam, möchte ich hier nicht reden. Die Frage muß erlaubt sein - war es das wert, Frau Baronin, war es das wirklich wert?

Lange Zeit herrscht Schweigen am Tisch. Endlich hebt die Baronin ihren Kopf und wendet sich an Lynhart. Ihr Blick ist verschleiert und es ist schwer, in ihrem Gesicht Spuren ihrer Gedanken zu finden.

„Ich werde ihre Ratschläge annehmen, Lynhart. Mein Verwalter bekommt entsprechende Vollmachten erteilt, so dass er in meiner Abwesenheit die Belange im Schloss, und so notwendig im Dorf, regeln kann. Besprechen sie alles weitere mit ihm. Ich erwarte sie, Lynhart, als auch sie Mertlin, in einem Jahr wieder hier im Schloss. Das ist kein Befehl, sondern eine Bitte." Sie nickt beiden kurz zu, steht auf und verlässt den Salon.

Alleingelassen mit dem Verwalter, herrscht erstmal eine Weile Ruhe zwischen den drei Männern.

„Haben sie so etwas wie einen Pflaumenschnaps im Haus?" Wendet sich Mertlin an den Verwalter. „Ich glaube schon. Wenn nicht, dann sicherlich ein ähnliches Getränk dieser Art. Gedulden sie sich ein paar Minuten, ich bin gleich zurück."

Es dauert länger als gedacht. Doch dann kommt er, mit einer verstaubten Flasche unter dem Arm, an den Tisch. Behutsam stellt er drei Gläser auf die kleine Tischplatte und lächelt den beiden Männern erwartungsvoll zu. „Es ist zwar äußerlich eine verstaubte Flasche, der Inhalt ist allerdings rein und köstlich. Ein echter Cognac aus Frankreich, er zergeht förmlich auf der Zunge." „Wenn mich nicht alles täuscht, Herr Verwalter, haben wir so einen kostbaren Tropfen zu unserem französischen Kaffee in Plauen dazu bekommen. Ich kann nur sagen, sehr lecker!" „Dann schlage ich vor, dass wir uns gemeinsam erst mal über den Inhalt der Flasche hermachen und danach über die geschilderten Probleme sprechen. Was halten sie von meinem Vorschlag meine Herren?" „Die Gedanken sind akzeptabel und die Reihenfolge der Vorgehensweise ebenfalls, Herr Verwalter!" „Was meinst du, Lynhart?" „Ich habe nichts dagegen." „Prima, na dann ziehen sie mal den Korken aus der Flasche Herr Verwalter und schenke ein."

Zwei Stunden sind bereits vorbei und den drei Männern merkt man an, dass so ein guter Tropfen auch sehr müde machen kann.

„Also meine Herren, können sie mir sagen, was sie als nächstes unternehmen werden?" „Wir beide, also Mertlin und ich, fahren heute noch nach Plauen, um morgen Vormittag mit dem Obermeister der Bäckerzunft zu sprechen, ob möglicherweise für eine kurze Zeit ein Jungmeister den Betrieb der kleinen Bäckerei hier im Dorf weiterführen könnte. Sollte sich in den nächsten drei Monaten die Familie von Gudrun nicht melden, wird die Stadtverwaltung von Plauen mit der Zunft der Bäcker eine Regelung treffen müssen, damit der Betrieb langfristig weitergeführt werden kann.

Am Abend werden wir beide uns mit dem Schmied von Mussbach treffen und ihn bitten, hier im Ort für kurze Zeit auszuhelfen. Möglicherweise ist er bereit, hier einen kleinen Zweigbetrieb zu eröffnen. In drei Tagen können wir sie hier im Schloss von unseren Ergebnissen informieren. Danach werden wir das Dorf für einige Zeit verlassen. Mertlin muß im Vogtland seine Kranken besuchen und ich werde in Auerbach Kindern Unterricht im Lesen, Schreiben, Rechnen und Latein geben. Im kommenden Jahr, um diese Zeit, sind wir wieder hier bei ihnen im Schloss. Natürlich hoffen wir, dass es der Frau Baronin bis dahin vielleicht gelungen ist, ihre Seele durch eifriges Buße tun zu heilen, das Schloss durch ihre umsichtige Leitung das erforderliche Geld erwirtschaftet und im Dorf wieder ein geregeltes und friedliches Leben einkehrt.

„Was macht sie so sicher, dass die Frau Baronin nicht in die Mühlen einer möglichen Strafverfolgung gerät?" „Ich bitte sie, Herr Verwalter, schauen sie sich den derzeitigen Aufruhr in den einzelnen deutschen Ländern an und die damit verbundene Angst vor möglichen handfesten Veränderungen? Die politischen und wirtschaftlichen Fundamente der katholischen Kirche und des Adels stehen auf sehr wackligen Säulen. Ich sage ihnen ja diesbezüglich nichts, was sie nicht ebenfalls schon wissen. Die Zeitungsblätter sind voll von Informationen. Die Spekulationen treiben ja wilde Früchte und die Gerüchteküche kommt mit dem Kochaufwand nicht mehr nach." „Was meinen sie konkret damit, Lynhart, und welche Schlussfolgerungen ziehen sie daraus?"

„Wie sie wissen oder auch nicht, geschehen in Frankreich zurzeit erhebliche politische und gesellschaftliche Veränderungen. In diesem Land wird, aller Voraussicht nach, die Monarchie stürzen und der König vermutlich hingerichtet werden. Jedenfalls deuten die derzeitigen Schlagzeilen darauf hin. Eine radikal, antichristliche Strömung macht sich, sehr zum Schrecken des Klerus in Rom, in diesem Land breit und zwar mit unabsehbaren Folgen. Das allerdings nicht nur für Frankreich, sondern auch für Europa. Es formt sich eine völlig neuartige Revolutionsarmee, von der man nicht weiß, was sie alles anrichten wird. Bleibt sie in Frankreich oder versucht sie sich über ganz Europa herzumachen. Einige europäische Länder, darunter auch Deutschland, gründen ein Bündnis gegen die aufkommende Gefahr aus Frankreich. Inwieweit es helfen wird, weiß man nicht. Im schlechtesten Fall wird es vermutlich Krieg geben. Stellen sie sich vor, eine große französische Armee zieht mit Feuer und Schwert über die einzelnen Länder und Fürstentümer hier in Deutschland? So eine Armee hat es da nicht besonders schwer, viele Tote und ein verbranntes Land zu hinterlassen. Da wird keine Zeit bleiben, sich um die Frau Baronin zu kümmern. Geben sie einen ordentlichen Betrag an die Kirche und die Frau Baronin verschwindet so schnell wie nötig und so auffällig wie möglich in ein Kloster. Es muß ja nicht gleich ein ganzes Jahr sein. Bringen sie in ihrem Bericht klar zum Ausdruck, dass die Tat vom Sohn des Schmieds, und das bei seinem schlechten Gesundheitszustand, nicht vorhersehbar war. Letztlich galt der Anschlag nicht nur dem Bischof, sondern auch der Frau Baronin, die mit großem Glück und Gottes Hilfe dem Brandanschlag nicht zum Opfer fiel. Ich glaube nicht, dass man sich an ihr rächen wird. Es spricht jedenfalls nicht viel dafür. Das glaube ich nicht nur, ich bin davon auch überzeugt."

„Danke Lynhart und danke Mertlin." Im Namen der Frau Baronin übergibt er Lynhart für sie beide hundert florentinische Gulden für ihre Arbeit. „Ich erwarte sie in drei Tagen wieder hier im Schloss, und jetzt muß ich sie bitten zu gehen, die Frau Baronin wartet auf mich."

Eine Stunde später ist Moritz angespannt und gemeinsam fahren sie nach Plauen zum „Gasthof zur grünen Schenke", um sich mit Gottlieb und Gerlinde, den Eltern von Gudrun, zu treffen.

„Wo hast du deine Geldbörse, Mertlin?" „Warum, was brauchst du?" „Na, schon vergessen? Wir zwei sind um gute fünfzig florentinische Gulden reicher." „Danke, Lynhart. Stell dir vor, die beiden im Schloss wüssten, mit wem wir uns heute Abend treffen werden?" „So wie ich dieses Luder von einer Baronin einschätze, wird sie nur mit sich beschäftigt sein. Sie weiß um die Skrupellosigkeit einiger Kirchenbarone und deren Hang Rache zu üben, auch wenn es dabei Unschuldige treffen sollte, sehr genau, Mertlin." „Vielleicht hilft es, die Baronin auf den richtigen Weg zu führen und für ihr Seelenheil wäre das ganz nützlich. So, jetzt aber los, Lynhart!"

Mertlin treibt seinen braven Wallach zur Eile an, damit sie noch vor Einbruch der Dunkelheit in Plauen ankommen. Die Fahrt wird einige Zeit in Anspruch nehmen und bei den unruhigen Zeiten ist es sicherer, die Straße in der Dunkelheit zu meiden.

Gerade rechtzeitig zum Abendbrot sitzen Mertlin und Lynhart gemeinsam mit Gerlinde und Gottlieb am Tisch und informieren sie über die neuesten Ereignisse aus ihrem Heimatdorf Chrieschwitz, dass sie bald für immer verlassen werden, um einen neuen Mittelpunkt für ihr Leben zu finden.

Aus den Gesprächen mit dem Bäckerehepaar sind die Sorgen leicht zu fühlen. Was wird in dem neuen Land auf sie zukommen? Welche Gefahren lauern dort? Mit welcher Sprache werden sie sich verständigen müssen? Die Fragen wollen kein Ende nehmen. Lynhart kann das regelrecht fühlen und legt seine Hand beruhigend auf Gerlindes Arm.

„Schau mal, Gerlinde, viele tausend Menschen wandern jedes Jahr mit dem Schiff nach Amerika aus. Darunter auch Familien aus deutschen Ländern und kleinen Fürstentümern. Ihr seid ganz bestimmt nicht die einzigen Menschen, die sich eine neue Existenz aufbauen wollen. Geld für den Start habt ihr auch und für das tägliche Essen braucht man immer und überall euren Berufsstand. Das ist so sicher wie das Amen in der Kirche! Auf eine erfahrene Bäckersfamilie wird man sich freuen. Glaubt mir, ich weiß was ich sage. So, und jetzt marsch ins Bett, wir haben morgen alle zusammen einen anstrengenden Tag."

Nach dem Frühstück geht es zum Stadtrat, um sich die notwendigen Papiere zu holen. Am kleinen Hafen am Fluss bekommen sie bei der Bootsverwaltung alle erforderlichen Schriftstücke, um ohne

Hindernisse in die nordische Hafenstadt zu kommen. Das nächste Schiff legt in einer halben Stunde ab. Zeit sich in die Arme zu nehmen und auf Wiedersehen zu sagen. Aus Gerlindes Gesicht sind die Ängste und Sorgen noch nicht gänzlich gewichen, während Gottlieb wahrscheinlich schon plant, wie er die neue Bäckerei aufbaut und einrichtet.

„Gerlinde, jetzt schau halt nicht so ängstlich. Lieber in einem unbekannten Land neu anfangen müssen, als zu Hause in den Tod gehen müssen!" „Es stimmt ja was du sagst, Lynhart, und eigentlich bin ich ja froh darüber, hier wegzukommen." „Einen kleinen Rettungsanker gibt es immer, liebe Gerlinde. Sollte es euch in Amerika nicht gefallen, nehmt ihr das nächste Schiff nach Deutschland, schreibt eine Nachricht zum Wirt „der grünen Schenke" wann und mit welchem Schiff ihr voraussichtlich ankommen werdet und wir holen euch hier vom Hafen ab – fest versprochen! Wir hinterlassen beim Wirt unsere Adresse, unter der wir immer erreichbar sein werden. Alles andere ist nur eine Frage der vernünftigen Organisation. Auch wenn ihr nicht zurückkommen wollt, könnt ihr uns ja gelegentlich einen Brief schicken, damit wir wissen wie es euch geht. Wir schreiben euch auch, sobald wir eure Adresse in Amerika haben und informieren dich, liebe Gerlinde, über die neuesten Ereignisse aus eurem Dorf Chrieschwitz und der bösen Hexe. Entschuldigung, ich meine natürlich die Frau Baronin. So, und jetzt rauf aufs Schiff."

Eine zeitlang schauen sie ihnen noch nach, bis Mertlin zum Aufbruch mahnt. Sie haben noch allerhand zu erledigen und viel Zeit bleibt ihnen dafür nicht. Es ist schon spät, als sie bei Joseph, dem Gastwirt von Mussbach eintreffen. Wenig später steht das Abendbrot und eine große Flasche Wein auf dem Tisch. Kaum ist das Essen verputzt und der Tisch bis auf die Flasche und drei Gläser abgeräumt, setzen sich Joseph, der Wirt und seine Frau Johanna mit zu ihnen an den Tisch. An ihren Gesichtern kann man die Neugier und die Sorgen, die sie bedrücken, deutlich abzulesen. Mertlin erzählt ausführlich alle Geschehnisse der letzten Tage, erwähnt allerdings nicht, was sie auch persönlich bewirkt haben, um noch schlimmeres Unheil zu vermeiden. Es ist ja so schon schrecklich genug. „Ihr könnt froh sein, dass das Dorf dem Kloster Auerbüchel gehört." „Wieso, Mertlin, ich hätte nichts dagegen, wenn unser schönes Mussbach denen gehört die hier leben und arbeiten und das sind alle hier im Dorf." „Ich meinte das nur in Bezug auf das Recht der ersten Nacht. Ich kann mir nicht vorstellen, dass der Abt dieses Klosters mit einer jungen Frau ins Bett huscht, um den ersten Beischlaf mit ihr zu vollziehen. Oder was meinst du dazu, Lynhart?" „Das kann ich mir auch nicht vorstellen. Die Herren dieses Klosters stehen mehr auf Männer. Ich war einige Jahre in diesem Kloster und weiß was ich sage." „Also, halt mal, Lynhart, das verstehe ich nun wirklich nicht. Die Mönche im Kloster stehen auf Männer? Was wollen die miteinander anfangen? Witzig, das geht doch gar nicht." „Es gäbe da schon ein paar Möglichkeiten, Johanna." „Lynhart!" Kommt der mahnende Ruf von Joseph. „Ist ja gut, Joseph, hab schon verstanden. Also, wechseln wir mal lieber das Thema, Johanna." „Schade, wurde gerade so interessant für mich! Würde schon gern wissen wollen „was", und vor allem „wie" Männer so gewisse Dinge bewerkstelligen." „Johanna!" Kommt wieder der mahnende Ruf ihres Mannes. „Ist ja gut, mein lieber Schatz, du hast ja mich und musst dir keinen Mann suchen. Soviel ich weiß, muß der Brautvater für die Heirat seiner Tochter, jedenfalls hier in Mussbach, als Ersatz für das Recht der ersten Nacht, eine Sondersteuer an das Kloster abführen, Lynhart?" „Das ist richtig, Johanna und auch besser so. Der Abt vom Kloster nimmt lieber das Geld. Wir haben ja erleben müssen, was so eine Nacht für Folgen haben kann, wenn ein alter, reicher Fettsack mit einem jungen Mädchen ins Bett steigen will, was sie, ihr Bräutigam und sicherlich auch die Brauteltern nicht wollen, aber wegen der absolutistischen Machthaberei des Adels nichts dagegen tun können."

Gut, lassen wir das schreckliche Thema und versuchen wenigstens den wirtschaftlichen Schaden zu minimieren. Morgen wollen wir hier im Ort mit dem Schmied reden, inwieweit er für eine befristete Zeit in Chrieschwitz einen kleinen Behelfsbetrieb einrichten könnte. Den Bauern muß ja handwerklich geholfen werden. Wie sollten sie sonst ihre Arbeiten auf dem Feld durchführen können. Hoffentlich bekommen wir keine Absage. „Ich denke das klappt!" „Was macht dich da so sicher, Joseph?" „Gotthart, so heißt der Schmied, ist mit mir verwandt." „Das trifft sich gut. Könntest du ihn morgen zum Frühstück einladen und ihn schon mal vorab informieren, was wir uns oder besser die Bauern in Chrieschwitz sich von ihm erhoffen." „Mach ich, Lynhart." „Danke, Joseph." Und an Johanna gewandt meint Mertlin schmunzelnd. „Wie geht es dem Nachwuchs, liebe Johanna?" „Er oder sie strampelt schon in meinem Bauch und wächst und wächst. Aber irgendetwas muß mit den Ohren sein." „Ach was? Wie kommst du denn darauf, Johanna?" „Abends im Bett versuch ich immer ein Gespräch in Gang zu bringen. Manchmal klappt das, manchmal nicht. Du hast ja meinem lieben Joseph erklärt dass, wenn er die Ohren bei unserem Baby macht, sehr vorsichtig und möglichst lang mit mir im Bett daran arbeiten soll, vielleicht übersieht Joseph was?" „Ich möchte nicht daran schuld sein, wenn unser Kind nicht richtig hören kann und halte mich an alles, was du mir erklärt hast." „Euch beide kann ich da beruhigen. Das „Machen" der Ohren braucht sowieso die längste Zeit." „Ach was, Mertlin, ist das wirklich so oder flunkerst du uns beiden was vor?" „Aber nein, Johanna! Überleg mal! Die vielen Kurven und Windungen, das ist nicht so einfach. Ich bin sicher, in spätestens vier Wochen kannst du dich mit deinem Nachwuchs prima unterhalten. So, danke für den guten Tropfen, ich lege mich lang. Komm Lynhart, wir hauen uns auf die Strohsäcke, morgen wird wieder ein anstrengender Tag werden." Beide verabschieden sich von Johanna und Joseph und wünschen ihnen eine erholsame gute Nacht.

Die Verhandlungen am Morgen nach dem Frühstück sind vielversprechend. Gotthart, der Schmied vom Dorf, erklärt sich bereit, in Chrieschwitz eine Zweigstelle für den Notbehelf einer Schmiede einzurichten. Sein ältester Sohn ist handwerklich schon recht geschickt und wird das übernehmen. Mertlin und Lynhart bedanken sich bei dem Schmied und versprechen ihm in Chrieschwitz dafür zu sorgen, dass alle Bewohner die gute Nachricht schnell erhalten, ab wann und bei welchem Großbauern im Ort die Behelfsschmiede eingerichtet werden soll.

Nach dem Mittagessen verabschieden sie sich von Johanna und Joseph und versprechen ihnen rechtzeitig zur Geburt des Kindes wieder hier zu sein.

Auf dem Weg nach Chrieschwitz werden sie von einem heftigen Gewitter überrascht und müssen Schutz unter den Bäumen suchen. Klatschnass, durchgeweicht bis auf die Haut und durchgefroren, freuen sie sich auf ein warmes Bad im Wirtshaus und vor dem Schlafen auf einen ordentlichen Humpen Bier. Hoffentlich, denkt Mertlin, hat der Knecht vom Gasthof das Feuer im Ofen nicht ausgehen lassen. In einem warmen Zimmer schläft sich's besser.

Gut ausgeschlafen laufen sie nach dem Frühstück zum Schloß, um mit dem Verwalter das zu besprechen, was sie durch Verhandlungen bereits erreicht haben. Ein Diener reinigt gründlich ihre Stiefel und bringt sie anschließend in den kleinen Salon. Auf dem Tisch stehen bereits drei Gläser, eine große Flasche mit dem bekannten köstlichen Inhalt und drei Tassen vom wohlriechenden Kaffee runden das einladende Bild ab.

Der Hausverwalter reicht ihnen, für beide völlig ungewohnt, die Hand und bittet sie Platz zu nehmen. Lynhart berichtet ausführlich über das, was sie trotz der kurzen Zeit an Problemen lösen konnten. Der Betrieb der Bäckerei wird in spätestens zwei Tagen beginnen und der Sohn vom Schmied aus Mussbach kann ab morgen bei einem Großbauern in Chrieschwitz wenigstens schon die Hufe der Pferde beschlagen und einfache Schlosserarbeite ausführen.

„Sie, Lynhart und sie Mertlin haben damit der Frau Baronin und natürlich auch mir eine große Sorge abgenommen. Was werden sie jetzt unternehmen Mertlin?" „Ich werde hier im Vogtland nach meinen Kranken sehen und so ich helfen kann, Schmerzen lindern. Den einen oder anderen kranken Zahn werde ich wohl auch ziehen müssen und helfen Kinder auf die Welt zu bringen." „Sie haben einen beneidenswerten Beruf, Mertlin." „Für die meisten Fälle trifft das auch zu, es sei denn, ich muß einem Gottesurteil beiwohnen." „Ich verstehe sie sehr gut Mertlin! Wir sollten die schrecklichen Ereignisse der letzten Tage gedanklich möglichst schnell zur Seite legen. Wie denken sie über die aktuelle politische Lage, Lynhart?" „Es wird Krieg geben, Herr Hausverwalter." „Sicher?" „Ja, es spricht jedenfalls alles dafür. Schon aus diesem Grund, denke ich, wird die Frau Baronin im Kloster sicherer leben können, als hier im Schloss. Sie sollten den Gedanken, bezüglich Sicherheit für sich selbst und für ihre Bediensteten auch nicht einfach so zur Seite schieben, Herr Verwalter." „Ich danke ihnen, auch im Namen der Frau Baronin für ihre tatkräftige und umsichtige Unterstützung. Auf das Wiedersehen im kommenden Jahr freue ich mich aufrichtig." „Danke, und richten sie unsere Grüße an die Frau Baronin aus."

Wieder auf dem Weg zum Gasthof von Joseph und Johanna, meint Mertlin zu Lynhart - „Was bleibt für die Menschen hier im Dorf, Lynhart? Verbrannte Häuser, eingeschüchterte Menschen, eine ganze Familie ausgelöscht und eine Familie die, um am Leben bleiben zu können, ihre Heimat verlassen muß. Es wird Zeit, dass wir diesem Ort für einige Zeit den Rücken kehren."

Kurz nach dem Essen, fahren sie gemeinsam nach Auerbach. Mertlin nimmt diesen kleinen Umweg für Lynhart gern auf sich. Ist es doch eine gute Gelegenheit für ihn, noch ein paar interessante Gespräche mit seinem Freund und Weggefährten Lynhart zu führen.

Hoch über Chrieschwitz schwebt die Seelenfamilie des Schmieds. Gisela, die Mutter - Heinz, der Vater - und Siegfried und Klaus, die beiden Söhne. Die Gedanken von Giselas Seele hüllen sie ein und lassen die Ereignisse der zurückliegenden Tage nochmals geistig aufkommen.

Unsere Körper hat man zu Asche verbrannt und in alle Winde verstreut, damit wir selbst als tote Körper nicht mehr existieren sollen. Wie wollen sie das jemals vor Gott, wenn sie eines Tages vor ihm stehen, verantworten? Was vielen Menschen bei uns im Dorf fehlt, ist der feste Glaube an Gott, verbunden mit dem unbeugsamen Willen, nach seinen Geboten auch zu handeln und zu leben.

Eng umschlungen, wie das einer Seelengemeinschaft nur möglich ist, schauen sie auf das Dorf, das ihnen und Gudrun zum Grab wurde. „Werden wir unsere liebe Schwiegertochter - deine liebe Gudrun, deine Ehefrau wiedersehen, Siegfried?"

Auch wenn sie diese Frage noch nicht beantworten können, sie glauben und fühlen das fest - und - sie werden sie finden!

Sich vom Ort des Grauens abwendend, zieht es sie immer schneller zu einem fernen Licht, in den unendlichen Weiten des Universums.

Der Bader fragt nach

Was nützt mir der Erde Geld?
Kein kranker Mensch genießt die Welt!

Johann Wolfgang von Goethe

Auf der alten Plauener Landstraße verlassen Mertlin und Lynhart mit ihrem Fuhrwagen das Ritterschloss zu Chrieschwitz in Richtung Auerbach. Moritz ahnt vermutlich schon, was auf ihn zukommen wird. Die Berge werden steiler und damit die Straßen zunehmend beschwerlicher. Ständig schnauft er laut durch seine Nüstern und schüttelt sorgenvoll seine Mähne.

„Dem Wallach werden wir wohl öfters eine kleine Pause gönnen müssen, er wird halt älter." „Kein Problem Mertlin, wir haben ja eine Menge Zeit. Wenn wir bis zum Abend nicht in Auerbach sein sollten, übernachten wir ausnahmsweise unter freiem Himmel. Soviel ich weiß, sind hier in dieser Gegend räuberische Überfälle sehr selten. Sag mal, Mertlin, erinnerst du dich noch an unsere Gespräche zum Thema – früher war alles besser?" „Natürlich, Lynhart, das Thema beschäftigt mich ständig. Wie kommen die Leute eigentlich darauf, so was zu behaupten? Das ist doch blanker Unsinn!" „Du musst darüber nicht tiefsinnig grübeln, in den meisten Fällen sind das nur dumme Sprüche oder Ausreden, um von einer momentanen prekären Lage abzulenken." „So, na da bin ich ja beruhigt." „Solltest du Zeit haben, und in unserer menschlichen Geschichte ein paar tausend Jahre zurückgehen, also mindestens bis zu der Zeit, bevor das Christentum entstand, wirst du auch andere Informationen zum Thema - „früher war alles anders", lesen können. So die Geschichtsschreiber nicht lügen. Es gab tatsächlich vor mehr als zweitausendfünfhundert Jahren Gesellschaftsstrukturen, die den Menschen im täglichen Leben, mit heute verglichen, einen viel höheren materiellen und geistigen Lebensstandard einräumten, als unser Christentum zum Beginn des Mittelalters. Teilweise sogar bis in unsere heutige Zeit hinein. Dazwischen liegen schätzungsweise zweitausend Jahre, also genügend Zeit, um im materiellen und vor allem geistigen Leben, in der Medizin und im kulturellen Leben voranzukommen, anstatt auf unwahren und steifen Glaubensdogmen herumzureiten. Die Wahrheit kommt ja doch ans Tageslicht. Mit Gottesurteilen und Scheiterhaufen kann man die Lügerei möglicherweise eine zeitlang aufrechterhalten. Auf Dauer allerdings nicht. Nur wenige Beispiele dazu.“

Und Lynhart erklärt Mertlin, wie die christliche Kirche viele gute geistige, medizinische und wirtschaftliche Entwicklungen bemüht war und heute noch bemüht ist, im Keim zu ersticken. Es sei denn, der Klerus selbst hat einen erheblichen Vorteil davon.

Mertlin, du erinnerst dich doch sicherlich oder hast darüber bereits gelesen, wie die Kirche mit ihrem Folterinstitut, der „heiligen Inquisition“, viele Wissenschaftler verfolgte und sie, bei Androhung des Scheiterhaufens oder anderer qualvoller Tötungsmethoden zwang, ihre wissenschaftlichen Erkenntnisse zu widerrufen, so sie nicht gefoltert und auf die abartigste und unmenschlichste Weise hingemeuchelt werden wollten. Selbstverständlich alles im Namen Gottes. Wie sollte das auch anders sein. In solchen Fällen des Abschlachtens von Menschen waren seine, in Stein gemeißelten Gebote keinen Pfifferling wert, versteht sich. Im Gegenteil! Ein mahnender Hinweis auf seine Gebote wäre unweigerlich Gotteslästerung gewesen und damit Scheiterhaufen. Einfach abartig und im erschreckenden Maße krank! Wer ja auch noch schöner, wenn einem der eigene Gott vorschreiben würde, wie man seine krankhaften Triebe an Menschen austoben kann, die nicht so denken und handeln wie man das will. Dafür hat man ja den lieben Gott nicht geschaffen, jedenfalls nicht den, den man so lobpreist. Wenn Menschen die Hölle suchen wollen, brauchen sie nur in die Kerker der Inquisition hinab zu steigen. Sollte so einen Folterkeller der Teufel persönlich sehen, so es diesen Satansbraten überhaupt geben sollte, würde er vermutlich völlig überrascht darüber sein, was der liebe Gott oder wenn nicht persönlich, so doch seine Helfershelfer für grauenhafte Untaten an den Menschen vollbringen können, die seine angeblich schlimmen Foltermethoden in der Hölle glatt in den Schatten stellen würden.

Dabei war es auch für die Verantwortlichen der Kirche kein Problem, dank der Entwicklung der Mathematik und der Herstellung technischer Geräte, zum Beispiel dem Fernrohr, den Wahrheitsgehalt der wissenschaftlichen Thesen zu überprüfen.

Mein lieber Mertlin, wenn du heute einem halbwegs gebildeten Menschen gegenüber behaupten würdest, mal nur so als Beispiel, die Sonne drehe sich um die Erde oder die Erde ist eine Scheibe und ähnliche Sprüche mehr, müsstest du sicherlich erste Hilfe leisten, damit der sich darüber nicht halbtot lacht.

Sicherlich erkennst du, wie wichtig es ist, den Menschen, und zwar allen Menschen, eine Bildung zu vermitteln. Wir haben beide dieses Thema schon oft besprochen. Die Kirche hatte viele Jahrhunderte Zeit, das zu tun. Stattdessen kamen nur wenige in den Genuss. Nicht weil das unmöglich war, sondern weil es die Kirche so und nicht anders wollte. Das Wissen selbst ist ein arger Gegner für den Glauben. Das hat man im Klerus schnell erkannt und danach gehandelt. Die Menschen sollen ja glauben und nicht alles wissen wollen. Das fehlt ja gerade noch. Die Kirche mag die Ausbildung aller Menschen verzögern können, aufhalten kann sie es niemals. Die Entwicklung in einigen Ländern Europas zeigt bereits, wohin der Weg führt. Soviel zum Umgang mit dem Glauben der Kirche und der praktischen Handhabung.

„Sag mal, Lynhart, wenn ich dir so zuhöre bist du doch, wie man in der Öffentlichkeit so schön sagt, ein Mann dessen Herz, Seele und Verstand Gott gehört? Wie kannst du so denken? Eigentlich ist das schon Ketzerei, mit den Worten der Kirche gedacht." „Du erinnerst dich an unser Gespräch zum Thema Gott, Mertlin?" „Ja, ich erinnere mich. Du siehst das mit Gott völlig anders." „Richtig, Mertlin! Wenn du dich bemühst, den Gott, den wir uns selbst geschaffen haben, um alle unsere Untaten zu rechtfertigen oder zu begründen und den Gott, den wir tief in unserem Herzen fühlen können unterscheidest, wird es dir nicht schwer fallen, das Leben, das wir nur in Gott fühlen können, zu achten. Gott gibt uns dieses Leben nur einmal. Wir sollten mit aller Liebe, deren wir fähig sind, damit umgehen. Entschuldige bitte, kannst du an dem kleinen Waldweg, der da vorn rechts abbiegt, rein fahren?" „Was willst du dort? Pilze gibt es um diese Jahreszeit noch nicht." „Ich weiß! Ich will dir nur was zeigen, mach schon!" „Ach so! Also gut, dann wolln wir mal."

Fünfzehn Minuten später steht der Wallach mit dem Planwagen vor einer Felswand und weiß nicht weiter.

„So, Lynhart, was jetzt? Hier geht's ganz sicher nicht dorthin, wo ich gern mit dir hin will." „Hab Geduld und komm mit, ich zeig dir was. Behalte das bitte für dich! Ich meine das auch so, wie ich es sage!" „Ist ja gut, du Geheimniskrämer, versprochen!"

Lynhart geht auf die Felswand zu und bewegt einen unauffälligen kleinen Felsvorsprung mit einer kräftigen Bewegung nach rechts. Es dauert nicht lang und hinter der Felswand beginnt es eigenartig zu rumoren. Langsam schiebt sich ein Teil des Felsens nach rechts zur Seite. Die Öffnung die dabei entsteht, reicht leicht für Mertlins Fuhrwerk, um hindurch zu fahren. „Jetzt guck nicht so verdattert, fahr rein!"

Kaum ist das Fuhrwerk in der großen geräumigen Felsengrotte, beginnt sich mit leisem Geräusch die Felswand zu bewegen und verschließt den Eingang. „So, und was jetzt, Lynhart?" „Diese Grotte war durch einen unterirdischen Gang mit dem Kloster Auerbüchel verbunden und diente, vor allem zurzeit des Dreißigjährigen Krieges, als heimlicher Fluchtort für die Mönche. Ich habe die Pläne zufällig während meines Aufenthaltes im Kloster gefunden und die Entdeckung schön für mich behalten. Jetzt kann uns dieses Wissen vielleicht einmal das Leben retten." „Wie kommst du denn auf so eine Idee, Lynhart?" „Nicht nur du, lieber Mertlin, kannst praktisch denken, auch ein Mönch mit seinen Büchern hat manchmal gute Einfälle. Die derzeitigen kriegerischen Unruhen in Sachsen, Thüringen und der zu erwartende Feldzug der Franzosen, werden sehr viel Leid und Elend über unser kleines Vogtland bringen. Gut, wenn man weiß, wo man für einige Zeit unauffällig untertauchen kann und auch sicher aufgehoben ist. In dieser Höhle ist alles was du brauchst, um ein paar Monate zu überleben. An deinen Wallach habe ich, als ich die Vorräte anlegte, nicht gedacht. Du solltest, wenn du hier Schutz suchst, auch an dein Pferd denken. Die Vorräte, die du verbrauchst, musst du wieder auffüllen. Denke daran!" „Danke, Lynhart, für diesen Unterschlupf, ich werde an alles denken. So, und wie soll's jetzt weitergehen?" „Es ist schon Nachmittag, wir würden vor Einbruch der Dunkelheit nicht in Auerbach ankommen. Ich schlage vor, wir übernachten hier in der Höhle."

Mertlin nimmt einige Lebensmittel vom Wagen, versorgt Moritz und breitet ein paar Decken für die Nacht aus. Mertlin macht in einem kleinen Ofen Feuer, und zehn Minute später sitzen beide bei einem bescheidenen, aber schmackhaftem Abendbrot.

„Hast du Lust auf eine kleine Unterhaltung, Lynhart?" „Schieß los, Mertlin, was willst du wissen." „Wir beide unterhielten uns mal ganz allgemein über das Entstehen von Glaubensgemeinschaften. Speziell über die Entstehung des Christentums. Weißt du wann und vor allem, wie das geschah?" „Also gut, du neugieriger Mensch. Leg dich lang und mach's dir so bequem wie möglich. Es wird einige Zeit dauern bis ich dir das erklärt habe."

Über das vermutliche „Wann" sind sich die Herrn vom Klerus relativ einig. Ganz genau weiß man das natürlich nicht, aber so ungefähr dreitausend Jahre, eher etwas weniger, ist es schon her, als die ersten Christen durch die Lande zogen, um ihre Schäfchen, die diesen Glauben gut fanden oder gut finden sollten, hinter sich zu bringen.

„Wenn ich dich richtig verstehen soll, haben sich da ein paar ausgepuffte Männer mit einer ganz bestimmten Idee auf den Weg gemacht, um die Leute, auf die sie trafen, anzuquasseln und auf ihre Seite zu ziehen." „Na, ganz so einfach war das vermutlich nicht. Das liegt aber nicht am „Wann", sondern am „Wie". Laß dir das mal so erklären, Mertlin!"

Wenn sich Menschen in irgendeiner Gegend ansiedeln, wo noch

keiner wohnt, müssen ihre Grundbedürfnisse erfüllt werden. Die Leute wollen essen, sie wollen trinken und ein Bett zum schlafen brauchen sie auch. Es muß Männer und Frauen geben, die Häuser und Wohnungen bauen, Kleidung anfertigen, Werkzeuge herstellen, Nahrungsmittel produzieren und vieles andere mehr. Um das alles zu organisieren, sind eigentlich nur wenige Menschen erforderlich die in der Lage sind, aufgrund ihrer besonderen Fähigkeiten und ihres Wissens, alles praktikabel umzusetzen.

Ähnlich verhält sich das auch bei Gedanken, Gefühlen, Sehnsüchten und Hoffnungen der Menschen. Wie du auch aus deinem Beruf weißt, treiben uns Menschen ja nicht nur der Hunger und der Durst an. Viel ungestümer stacheln uns die Gier, der Neid und der Hass an. Diese drei Gesellen haben es faustdick hinter den Ohren. Wer ihnen verfällt, bewegt sich auf einem sehr gefährlichen Weg in Richtung zur Hölle. Zum lieben Gott kommt man mit diesen üblen Burschen bestimmt nicht.

Wenige Menschen können, dank ihres großen Talents, ihrer umfassenden Geschicklichkeit und, vor allem durch ihrer außergewöhnlichen geistigen Begabung und Überzeugungskraft andere dafür begeistern, genau das zu kaufen, was sie verkaufen wollen und an das fest zu glauben, was ihnen so eingeredet wird. So, und nicht anders spielt sich das zwischenmenschliche Leben ab. Und immer und überall spielt der Zaster eine wichtige Rolle. Das Geld befindet sich in einem geschlossenen Kreislauf. Also, Mertlin, wenn wenige aus einem Geldtopf viel haben wollen, bekommen sehr viele daraus sehr wenig.

„Lynhart, entschuldige, das wird mir jetzt zu schwer." „Stell dich nicht so an, du hast doch einen klugen Kopf, Mertlin." „Ja schon, aber ich verstehe wirklich nicht, wie du das meinst?" „Also gut, machen wir ein kleines Beispie dazu. Stell dir vor, tausend Menschen sitzen auf einem Haufen und jeder besitzt einhundert florentinische Gulden. Unsere liebe Frau Baronin aus Chrieschwitz sitzt auch mit dabei. Sie ist es – ihre Gier kennen wir ja, die sich mit einhundert Gulden nicht abgibt und mehr haben will. Sagen wir mal so fünfzigtausend. Dann müssen neunhundertneunundneunzig Männer und Frauen dieser großen Gruppe auf ungefähr die Hälfte ihres Geldes verzichten, damit unsere Frau Baronin stinkreich werden kann. „Na, so verdattert werden doch die Leute nicht sein und der Baronin die Hälfte ihres schönen Geldes schenken?" „Verdattert hin verdattert her. Es sind die wenigen Menschen, wie zum Beispiel unsere Baronin mit ihrem großen Talent, ihrer umfassenden Geschicklichkeit und vor allem ihrer bodenlosen Skrupellosigkeit andere zum Schein dafür zu begeistern, genau das zu tun, was sie von ihnen will. So ist das, mein lieber Mertlin, und nicht anders." „Danke, Lynhart hab's verstanden! Eine hundsgemeine Welt ist dass, das muß ich schon mal loswerden." „Wenn das nicht so wäre, Mertlin, gäbe es zum Beispiel keinen Krieg." „Wie kommst du denn darauf? Krieg hat es schon immer gegeben, weil sich die Landesfürsten, nur mal so als Beispiel, sich miteinander nicht einigen können." „Wenn es nur darum gehen würde, lieber Mertlin, wäre das ein Streit, den man schnell lösen könnte." „Na, na Lynhart, ganz so einfach ist ein Krieg aber nicht." „Richtig, Mertlin, wäre es aber. Die Landesfürsten von zwei Ländern können sich – nur mal so als Beispiel - über den Grenzverlauf ihrer beiden Länder nicht einigen – also Krieg." „Ja klar, was solln sie denn auch anders unternehmen?" „Na, ganz einfach, Mertlin. Was liegt näher, als das die beiden Landesfürsten persönlich mit Schwert und Dolch in eine Arena ziehen und gegeneinander antreten. Wer von beiden siegt, setzt seine Forderung durch. Was für ein Segen für die Bevölkerung und für das Land. Aber, Mertlin, wenn da nicht das leidige „Aber" wäre." „Ehrlich gesagt, lieber Lynhart, ich verstehe dich nicht, was meinst du mit – „Aber"? Ich sehe da kein aber." „Ein Krieg, Mertlin, ist doch nicht nur eine sinnlose Abschlachterei von Menschen – nein! Ganz sicher nicht. Damit das auch gelingt, brauchst du Anführer mit den Fähigkeiten, wie ich sie bereits beschrieben habe. Die Soldaten müssen begeistert werden. Also bitte, wer eignet sich dafür besser als der liebe Gott und der muß ganz sicher dafür herhalten, ob er nun will oder nicht. Weiter geht's! Die Soldaten brauchen Uniformen, sonstige Bekleidung, Unterkünfte, zu Essen und vor allem – Waffen! Das, Mertlin, ist nicht Krieg, sondern ist in erster Linie ein riesengroßes Geschäft. Natürlich nur für wenige

Menschen. Versteht sich! Wobei wir wieder bei dem Topf mit dem Geld wären, und wer sich daraus wie viel entnimmt oder gern entnehmen möchte." „Ach nein, Lynhart, so einfach soll das sein?" „Aber ja, Mertlin! Du hast doch selbst gesagt - Kriege gab es schon immer!" „Also, so weit so gut, Lynhart, und wer bezahlt das alles?" „Das, Mertlin, ist die Krönung von allem. Na, wer wohl? Immer die Kleinen! Also die auf dem Schlachtfeld sinnlos abgemurkst, verstümmelt und verletzt werden und die zu Hause dafür sorgen, dass die Arbeit gemacht wird und keiner verhungert. Dafür zahlen sie kräftig Steuern, damit die wenigen Reichen gut leben können. Und mit dem Krieg, den sie vom Zaun brechen, verdienen sie noch mehr Geld. Wie anders sollte so ein Krieg auch finanziert werden. Die Reichen des Landes bezahlen das bestimmt nicht. Die wollen ja daran verdienen und nicht draufzahlen. Es sind die vielen kleinen Leute, die das ausbaden müssen. Man muß sie nur richtig begeistern können, damit sie nicht merken, wie skrupellos sie ausgenutzt werden. Erinnere dich an den Topf mit dem Geld. Wenn wenige Menschen viel vom Geld besitzen wollen, bekommen sehr viele Menschen sehr wenig. Sollte so ein Krieg gewonnen werden, wird das besiegte Land ausgeraubt und die Menschen versklavt. Da kommt nochmal eine Menge Geld in die Kassen. Natürlich nicht in die Geldbeutel der kleinen Leute. Krieg wird angezettelt, Mertlin, um Geld zu verdienen, so einfach ist das und so läuft das auch ab." „Entschuldige bitte den ketzerischen Gedanken." „Welchen meinst du, Mertlin?" „Ich stell mir eben vor, da zetteln eine handvoll Reiche einen Krieg an und keiner von denen, die ihn ausbaden sollen, geht hin. Was dann, Lynhart?" „Dann, mein lieber Mertlin, sind wir beide wieder bei der Frage nach den Glaubensgemeinschaften und ihren Gott, den sie mal so aus dem Hut zaubern, weil er für die schändlichen und menschenverachtenden Taten gebraucht wird. Mit dem Gott, den wir in unseren Herzen tragen, funktioniert das alles nicht – und zwar grundsätzlich nicht." „Ehrlich gesagt, mir ist hundeelend. Aber was hat das mit der Gründung des Christentums zu tun, Lynhart?" „Dann lies mal nach, was unsere christliche katholische Kirche in den letzten tausend Jahren mit ihren heiligen Kriegern für Menschen abgeschlachtet hat. Wohlgemerkt im Namen Gottes. Wie anders wollte man so gewaltige Kriege führen, wenn man nicht hunderttausende geführte Menschen unter einem Gott, den man dafür extra erfunden hat versammelt, um in seinem Namen alle Schandtaten zu begehen. Der Gipfel dieser abartigen Handlungen ist, dass diese so genannten Sünden gegen Leistung einer Buße im Namen Gottes vergeben wird." „Was ist daran wirklich so schlecht, Lynhart?" „Laß mich das wieder an einem Beispiel erklären."

In einer Ehe verliebt sich die Ehefrau, weil sie unzufrieden mit ihrem Mann ist oder was auch immer für Gründe sind, in einen anderen Mann und schlüpft mit ihm ins Bett. Irgendein Neidhammel petzt das ihrem angetrauten Mann und der erschlägt sie in seiner Wut. Die Ehefrau ist die große Sünderin vor Gott und der Ehemann, der seine Sünde vor Gott bereut, betet fleißig. Natürlich wird ihn der liebe Gott für immer von seiner Schuld erlösen. Die Ehefrau ist ja nur tot, was solls – selber schuld! Das gilt auch für die Anführer unserer christlichen Kirche. Die können Menschen abschlachten lassen, sich unrechtmäßig bereichern und lügen dass sich die Balken biegen, Gott verzeiht ihnen alles. Wenn schon jemand schuldig ist, dann sind das die kleinen und einfachen Leute. Die wenigen Männer, Frauen waren da ja nicht dabei, die sich vor ungefähr zweitausend Jahren das alles ausdachten und fein säuberlich niederschrieben, besaßen einen hellen Kopf und ihre Gedanken waren weit in die Zukunft gerichtet. Das Ziel ihres Denkens und Handelns war und ist auf Macht und Geld ausgerichtet. Das Ergebnis zeigt uns die Geschichte des Christentums bis in unsere heutige Zeit hinein. Mit Gott, den es wirklich gibt, der eben anders ist und vermutlich auch anders existiert als man uns das vormacht, hat das alles nichts zu tun. Andernfalls wäre sonst der liebe Gott nicht „der „Gott", sondern ein Mensch und das einer von der aller übelsten Sorte. So, Mertlin, jetzt aber Schluss für heute. Hauen wir uns aufs Ohr – gute Nacht, Mertlin." „Danke, Lynhart, und schlaf gut."

Lautes Geschnaube und Hufgescharre des Wallachs holen sie aus dem Schlaf. Er hat Hunger und Durst. Ein Diener, der sonst für ihn sorgt, ist ja nicht in der Höhle. Ach, du bist das Moritz, na da will ich mal für dein leibliches Wohl sorgen. Du wirst dich ja heute wieder anstrengen müssen, damit wir nach Auerbach kommen. Lynhart, ebenfalls wach geworden, kümmert sich um das gemeinsame Frühstück. Eine Stunde später sitzen beide auf dem Kutscherbock und lassen sich vom Wallach nach Auerbach ziehen.

„Du könntest doch für ein paar Tage im Ort bleiben? Aufgrund der Größe von Auerbach, immerhin leben fast dreitausend Bewohner in dieser Kleinstadt, ist zwar schon ein Medicus ansässig und hat eine beachtlich große Praxis eingerichtet, aber er kümmert sich meistens um die schlimmen Krankheiten und das bei möglichst reichen Familien. Das Honorar eines Arztes kann sich nicht jeder leisten. Für dich dürften noch genügend kranke Menschen übrig bleiben, die sich freuen, wenn du ihre Leiden lindern kannst." „Also gut, Lynhart, du hast mich überzeugt. Wo kann ich mein Nachtquartier aufschlagen?" „Laß mich überlegen. Ah, ich weiß einen guten Platz für dich und deinen Wallach. In der Nähe vom Schlossturm gibt es den Gasthof zur Post. Die Wirtsleute sind sehr gastfreundlich und der Gasthof hat sogar richtige Gästezimmer. Du wirst dich bestimmt wohlfühlen." „Einverstanden, Lynhart. Also los, Moritz!

Und mit einem leichten Zungenschnalzer spornt er seinen Wallach an, sich mehr anzustrengen. Kurz vor Einbruch der Dunkelheit erreichen sie die Ortsmitte von Auerbach. Lynhart bittet Mertlin ihn bei seiner Wirtsfamilie abzusetzen, deren Kinder er in den nächsten Monaten unterrichten wird.

„Danke für deine Hilfe, Mertlin. Zum Gasthof zur Post fährst du die Straße runter, biegst in die nächste Gasse links ein, dann siehst du schon den Schlossturm und in der Nähe ist der Gasthof. Du kannst ihn nicht verfehlen."

Lynhart holt seine Taschen vom Wagen, verabschiedet sich von Mertlin und beide verabreden sich für den kommenden Sonntag zum Abendessen im Gasthof zur Post.

Ein Gasthof zum verwöhnen

Zur Schenke lenkt mit Wohlbehagen
Er jeden Abend seinen Schritt
Und bleibt, bis dass die Lerchen schlagen.
Er singt die letzte Strophe mit.
Dagegen ist es zu beklagen,
Dass er die Kirche nie betritt.
Hier, leider, kann man niemals sagen:
» Er singt die letzte Strophe mit. «

Wilhelm Busch

Eine halbe Stunde später steht er mit Moritz und seinem Gespann vor dem imposanten Gebäude. Ein schnell herbeieilender Diener übernimmt sein Pferd mit dem Wagen und sorgt dafür, dass beide gut untergebracht werden.

Mertlin holt seine zwei Reisetaschen vom Wagen und macht sich auf den Weg in die Gaststube. Schon die Größe des Raumes unterscheidet sich doch erheblich vom Schankraum in Mussbach. Alle Tische sind mit weißen Tischdecken bedeckt und in der Mitte auf jedem Tisch brennt eine Kerze im Glas. Die Luft in Raum ist sauber und ein prächtig gemauerter großer Kachelofen verbreitet eine angenehme Wärme in der Gaststube. Die Seitenwände und die Decke des Schankraums sind mit verzierten Holztafeln verkleidet und geben so eine wohnliche Atmosphäre ab. Mitten in seinen Betrachtungen spricht ihn der Wirt an.

„Mein Name ist Walter, ich bin der Wirt des Hauses. Was kann ich für sie tun?" „Sie haben eine schöne Gaststube. Mein Name ist Mertlin, ich bin Bader und möchte bis Sonntag bei ihnen bleiben, so ein Platz für mich und mein Pferdegespann frei ist." „Kein Problem. Wenn sie über Nacht bei ihrem Gespann und dem Pferd bleiben wollen, müssen sie mit einem einfachen Strohlager im Stall auskommen. Dafür ist das preiswert, aber nicht besonders bequem. Wenn sie komfortabler schlafen wollen, haben wir für sie ein Einzelzimmer." „Was nehmen sie mir dafür ab?" „Inklusive Frühstück, Mittagessen und Abendbrot bis Sonntag - zusammen zehn florentinische Gulden. Das Unterstellen ihres Wagens und die Versorgung des Pferdes sind bereits mit eingerechnet. Getränke, müssen extra bezahlt werden. Das Essen ist gute Hausmannskost." „Danke, ich nehme an." „Von wo kommen sie und woher kennen sie mein Gasthaus?" „Ich habe den Winter in Mussbach verbracht." „Doch nicht etwa bei Joseph und Johanna?" „Aber ja doch!" „Nein – so ein Zufall! Ich kenne die beiden schon viele Jahre. Sie wünschen sich beide schon seit langem ein Kind, aber der liebe Gott hat wohl kein Einsehen mit ihnen." „Da habe ich eine gute Nachricht für sie. Johanna ist schwanger und wenn keine schlimmen Dinge in dieser kriegerischen Zeit passieren, wird sie Ende November oder Anfang Dezember ein Kind auf die Welt bringen." „Das ist kein Scherz, Mertlin – wie ist so was möglich?" „Kinder kriegen ist nicht natürlich nicht so einfach und Gott sei Dank sind wir Männer dafür nicht zuständig. Wir müssen uns um das „Machen" kümmern und da haben die beiden nicht so richtig zusammengepasst. Also habe ich mit Erklärungen und Ratschlägen ein wenig nachgeholfen. Das Ergebnis schaue ich mir an, wenn ich vor Einbruch des Winters wieder bei ihnen bin." „Sagen sie mal, Mertlin, – ach was – wollen wir beide uns nicht mit „du" anreden?" „Ich habe nichts dagegen." „Warte, ich habe für so einen Anlass was Gutes zum Anstoßen!" „Prost Walter!" „Prost Mertlin! Du bist ein Bader, wenn ich dich richtig verstanden habe?" „Ja, das stimmt." „Wärst du bereit, bis zum Sonntag Menschen zu helfen, die sich den Arzt hier in Auerbach nicht leisten können?" „Kein Problem, Walter, mach ich gern, aber nur bis Sonntag. Ich muß Montag in Falkenbrocken sein." „Noch eine kleine Bitte an dich! Meiner Kellnerin Sieglinde, ihr Mann ist vor drei Jahren auf dem Feld der Ehre von einer Kanonenkugel getroffen worden und hat das nicht überlebt. Ihre kleine Soldatenrente reicht nicht weit und so verdient sie sich hier bei mir noch was dazu. Entschuldige bitte, dass ich dich damit belästige, aber sie wünscht sich so sehr ein Kind, um das Alleinsein für sich erträglicher zu gestalten. Sie hat wohl auch schon so einiges probiert, aber es will nicht richtig gelingen. Kann ich sie dir morgen früh zur Behandlung schicken, die Kosten übernehme ich." Na, schaden kann es ja nicht. Die Kosten kannst du weglassen. Übrigens - den Hinweis für deinen Gasthof bekam ich von meinem Freund Lynhart. Er hat mir dein Gasthaus sehr ans Herz gelegt." „Meinst du den Mönch Lynhart und ist er auch hier in Auerbach?" „Ja – ich habe ihn vor einer Stunde bei seiner Wirtsfamilie abgesetzt." „Ich habe noch nie in meinem Leben einen so aufrichtigen und anständigen Mönch getroffen. Er hat für die Kinder unserer kleinen Stadt sehr viel getan, damit sie nicht unwissend bleiben, Mertlin." „Wir beide treffen uns am Sonntag hier bei dir zum Abendbrot. Wenn du willst, komm an unseren Tisch, ich würde mich freuen und Lynhart sicherlich auch." „Danke für die Einladung, Mertlin, ich nehme an."

Walter, der Wirt, ruft den Diener zu sich und fordert ihn auf Mertlins Taschen auf das Zimmer Nummer sechs zu bringen. Anschließend soll er im Ort zu den Familien laufen, deren kranke Angehörige morgen zum Gasthof zur Behandlung gebracht werden können. Ein Bader ist im Gasthof zur Post bereit, die Patienten zu untersuchen, soweit das seine Zeit zulässt. Er ist nur bis zum kommenden Sonntag hier in Auerbach. Mertlin zeigt er noch kurz den Waschraum, wo er vor dem Essen ein warmes Bad nehmen kann. Mertlin lässt sich das nicht zweimal sagen und macht sich auf den Weg in sein Zimmer, um sich umzuziehen. „Abendbrot in einer Stunde!" Ruft ihn Walter noch nach.

Zimmer Nummer sechs im ersten Stock, na so schwer kann das ja nicht zu finden sein. Kaum steht er in der Tür, verschlägt es ihm für einen Moment die Sprache. Er steht in einem richtigen kleinen Wohnzimmer. Am Fenster ein Tisch mit zwei Stühlen, an der rechten Wandseite eine große Kommode für die Wäsche, darauf eine Schüssel mit Wasser und an der Seite am Haken ein Handtuch. Rechts von der Türe ein Kleiderschrank und auf der linken Zimmerseite ein Bett – ein richtiges Bett. Kein Strohsack auf dem Boden. Vorsichtig setzt er sich drauf und fühlt eine Matratze mit einem weißen Betttuch bespannt. Oben auf ein dickes Federbett mit blauweiß kariertem Überzug und am Kopfende zwei Kissen mit gleichem Bezug. Das alles für zehn Gulden. Na, da kann man nicht meckern, murmelt er erleichtert vor sich hin. Schnell nimmt er sich aus einer seiner Reisetaschen einen Morgenmantel, schlüpft in seine Pantoffeln und macht sich auf den Weg ins Badezimmer. Es geht doch nichts über ein warmes Bad, denkt Mertlin und legt sich erstmal lang, bevor er sich mit Seife und Schwamm seinen Körper zuwendet.

Eine knappe Stunde später sitzt er mit sauberen Sachen am Tisch und lässt sich die Schinken- und die Käsebrote schmecken. „Wann soll ich dich morgen früh wecken lassen, Mertlin?" „Erstmal danke für das gute Essen – bitte so um acht. Ab neun Uhr werde ich die Behandlungen beginnen." „Gute Nacht, Mertlin – schlaf gut." „Gute Nacht, Walter – mein Körper sehnt sich nach diesem wunderbaren Bett in meinem Zimmer – also bis morgen früh."

Es ist neun Uhr und Mertlin betritt einen Raum, den man extra für die Behandlung eingerichtet hat. Nicht übel und Mertlin nickt anerkennend. Alles weiß gestrichen, an der rechten Wandseite eine Bettbank mit weißem Bettlaken überzogen, ein Behandlungsstuhl und ein Tisch. Eine Waschschüssel, zwei Eimer mit heißem Wasser und ein Diener im weißen Kittel runden das Bild ab.

Die kommenden Stunden sind ausgefüllt mit Untersuchungen, Behandlungen von Brandwunden, Schnittverletzungen, Verstauchungen, Hautausschlag und vielen kleinen Wehwehchen, die das Leben nicht unmittelbar in Gefahr bringen, aber schmerzhaft sind. Die Patienten sind froh darüber, dass ihnen ein Bader für relativ wenig Geld hilft, wieder schmerzfrei zu leben.

Es ist sechs Uhr abends und Mertlin will für heute seine Behandlungszeit beenden. Beim Verlassen des Raumes rumpelt er beinahe mit einer jüngeren, kräftig gebauten Frau zusammen. „Wollen sie zu mir?" „Wenn sie der Bader sind, ja" „Na, kommen sie rein, aber bitte nur kurt, mein Magen knurrt." „Keine Sorge, ich serviere ihnen ein ordentliches Abendbrot auf den Tisch." „Dann sind sie Sieglinde, die Kellnerin des Gasthofs." „Ja, bin ich. Vielleicht können sie mir helfen. Krank bin ich nicht, jedenfalls nicht so wie die Patienten, die sie heute behandelt haben. Ich möchte gern ein Kind, aber es will nicht klappen." „Walter hat mich schon unterrichtet. Also, Sieglinde, eine Frau kann nicht an jedem Tag von einem Mann ein Kind empfangen. Das ist klar oder nicht?" „Ich weiß, wenn ich meine Regel habe, geht das nicht." „Eigentlich ist es nur eine relativ kleine Zeitspanne von vielleicht drei bis sieben Tagen im Monat, wo das praktisch klappen könnte, aber ganz genau weiß man das noch nicht." „Wenn das stimmen sollte, müsste ich mir einen Mann suchen, der sich anstrengt und sich bemüht, mit mir an jeden Tag vom Monat ein Kind zu zeugen. Das wird für einen Mann ziemlich schweißtreibend!" „Haben sie Schmerzen?" „Ja, meine Brust wird immer fester und schmerzt." „Wie fühlen sie den Schmerz?" „Es ist so ein eigenartiges Ziehen in beiden Brusthälften." „Aha! Na, machen sie mal den Oberkörper frei und legen sie sich auf die Bettbank."

Mertlin weist auf die Liege und bittet den Diener andere Arbeiten im Gasthof zu übernehmen, im Behandlungsraum wird er nicht mehr gebraucht. Sieglinde zieht ihre Bluse aus, wickelt das Brusttuch vom Oberkörper und legt sich erwartungsvoll aufs Bett, in der Hoffnung, dass der Bader die Ursache für ihr Problem finden wird. Mertlin wäscht sich mit Seife kurz die Hände und tastet danach mit großer Sorgfalt ihre Brust ab.

„Ziehn sie sich wieder an. Wie lange haben sie schon das Ziehen in der Brust?" „Ungefähr seit drei Monaten." „Wann haben sie sich das letzte Mal bemüht mit einem Mann ein Kind zu zeugen?" „Das ist schon eine Weile her." „Wie lange dauerte diese Weile genau?" „Es war im vergangenem Jahr, im Herbst." „Aha! Seitdem nicht mehr?" „Nein!" „Eigentlich müsste bei so einer langen Zeit das Ziehen mehr in ihrem Unterleib sein." „Ist es auch, ich wollte nur nicht darüber reden." „Also, Sieglinde, sie suchen sich in absehbarer Zeit einen Mann, der mit ihnen jede Nacht nichts anderes versucht, als mit ihnen gemeinsam ein Kind zu basteln. So, und jetzt bringen sie mir bitte was zum Essen. Sie finden mich in der

Gaststube." „Mach ich gleich und danke für die Untersuchung und ihre Beratung."

Nach dem Abendbrot nimmt Mertlin noch ein Bad und geht ins Bett, der Tag war anstrengend und ermüdend. Es dauert auch nicht lang und von ihm hört man nur noch leise Schnarchgeräusche.

Warme, sanfte Hände bemühen sich schon eine zeitlang ihn aus dem Schlaf zu holen. Noch halb in einer anderen Welt, hat er den Eindruck, dass sein schönes Bett für ihn zu klein ist und zunehmend schleicht sich bei ihm das Gefühl ein, nicht allein zu sein. Entweder ich träume oder es liegt noch jemand in meinem Bett. Seine suchende Hand berührt einen warmen Körper, was ihn gänzlich munter macht. Schon will er aufschreien, als sich eine Hand behutsam auf seinen Mund legt. „Pst, mach nicht so einen Krach, du schreist sonst das ganze Haus zusammen!" „Bist du das, Sieglinde?" „Was denkst du denn? Wer außer ich sollte es denn sein?" „Was machst du in meinem Bett?" „Ich warte darauf, dass du mir ein Kind machst, du weißt ja, grau ist alle Theorie. Meine Regel habe ich nicht und das Ziehen im Bauch ist auch nicht weniger geworden. "

Und schon schiebt sich Sieglinde mit einschmiegsamen Bewegungen behutsam unter den Körper von Mertlin, was bei seinem Gewicht nicht so einfach ist, sucht sein bestes Stück, bringt es dorthin wo es schon sehnsüchtig erwartet wird und sagt nur wenige Worte: „So – und jetzt mach! Wer anders als du sollte wissen wie man Kinder zeugt. Sollte es kein Kind werden, nimmst du mir wenigstens das ekelhafte Ziehen aus meinem Bauch. Dir schadet das auch nicht - und bitte, mach langsam, wir beide sind ja nicht im Hasenstall und Zeit haben wir auch."

Mertlin sitzt am Frühstückstisch und Sieglinde bringt ihm, fröhlich vor sich hinträllernd, eine große Portion Rühreier mit Schinken, dazu Brot und Kaffee. „Wie geht es dir, Mertlin – gut geschlafen?" „Sehr gut, Sieglinde. Was machst du heute Abend." „Ich habe alles, nur keine Zeit." „Wieso?" „Ich nehme bei einem attraktiven und gut aussehenden Mann Unterricht, damit ich lerne, was man alles beachten muß, wenn man ein Kind haben will." Dabei krault sie ihm liebevoll seine Kopfhaare und geht wieder in die Küche.

Die wenigen Tage und Nächte vergehen viel zu schnell und Mertlin muß Abschied nehmen. Walter, der Wirt, seine Frau Gerda, Sieglinde, die bereits einen festen Platz in seinem Herzen gefunden hat und sein Freund Lynhart verabschieden sich mit schweren Herzen und hoffen, dass die Zeit, die er für die vielen Krankenbesuche in den Dörfern und kleinen Städten vom Vogtland braucht, bald zu Ende ist und er gesund wieder zurück kommt. Sieglinde hält ihn noch fest in ihren Armen und die Tränen in den Augen sagen alles, was eine liebende Frau mit Worten nicht ausdrücken kann.

„Komm bald zurück und pass auf dich auf. Ich möchte ohne dich nicht leben." „Ende November halten wir uns beide wieder fest in den Armen. Ich habe mit Lynhart und Walter schon gesprochen, sie werden dich beschützen." Ein letzter Kuss für Sieglinde, ein Abschiedsgruß an seine Freunde und Moritz zieht los. Die Zeiten sind unruhig geworden und Mertlin schaut mit großer Sorge auf die kommenden Monate, die vor ihm liegen werden.

Ein beschwerlicher Gang durch das Vogtland

Die kranken Menschen in Falkenbrocken werden schon auf ihn warten und hoffen, dass mit seiner Hilfe ihre Leiden wenigstens ein wenig gelindert werden. Seit Jahren haben sich seine Behandlungen in den Ortschaften, in denen er praktiziert durchgesetzt. Auch ein passender Raum für diese kurze Zeit wird in allen örtlichen Gasthöfen extra für ihn so eingerichtet, dass er für die Behandlungen der Kranken geeignet ist. Jedenfalls ist das wesentlich besser für ihn und auch für die Kranken, als im Freien und bei Wind und Wetter. Alle Betroffenen haben dabei einen Vorteil. Der Wirt hat mehr Gäste, die Kranken können in einem warmen Raum behandelt werden und für Mertlin ist es wesentlich leichter, auch komplizierte Behandlungen an den Patienten durchzuführen. Die Freude darüber, anderen Menschen helfen zu können, deckt die Sorgen um die derzeitige politische Lage, mit ihren kriegerischen Unruhen nicht zu. Auch die Diskussionen mit Lynhart, über Gott und die Welt, lässt ihn nicht los.

Ist Gottvater wirklich die wahre Figur, wie sie uns von der katholischen Kirche vorgestellt wird? Oder sollte jeder gläubige Mensch für sich selbst Gott definieren. Wenn ja, wie soll er das tun? Der Verstand, der bei den Menschen eine geistige Hilfestellung sein könnte, ist doch bei allen nicht gleich. Oder etwa doch? Gott gibt es, aber „wie" gibt es ihn und „wo" im Universum hat er seinen Platz? Wo wohnt er, oder hat er kein zu Hause? Das riesige Universum, das kein Ende zeigt, kann doch nicht der wirkliche Ort sein? Oder ist Gott allumfassend? Möglicherweise, grübelt Mertlin unruhig, gibt es außer dem scheinbar unendlichen Weltall, noch eine ganz andere Welt, die wirkliche Welt Gottes? Wie muss man sich so als Mensch, wie ich als leidlich gebildeter Bader, in unserer Zeit am Ende des achtzehnten Jahrhunderts, das alles vorstellen? Irgendwie rumpelt mein Verstand bei dieser Vorstellung an seine Grenzen. So ist das nun mal, was soll ich dagegen machen. Den Bischoff brauch ich danach nicht zu fragen. Für den dreht sich die Sonne ja noch um die Erde. Und die Frage nach dem Universum und wo Gott möglicherweise darin seinen Platz haben würde oder vielleicht nicht, wäre gegebenenfalls schon eine handfeste Gotteslästerung.

Die einfache und holprige Straße führt auf einer geraden Strecke durch ein dichtes Waldgebiet. Mertlin schnalzt mit der Zunge, damit sein Moritz einen Gang zulegt, vorsichtshalber! Man weiß ja nie, was außer Wildtieren, noch alles dort drinnen so herumwildert.

Den Weg, den Mertlin vom Frühjahr bis zum Spätherbst mit seinem Wallach zurücklegen muß, um den kranken Menschen zu helfen, führt ihn mit seinem Gespann durch das Vogtland. Vorbei am Fuße des Erzgebirges und eingehüllt in urwaldähnliche Landschaften, ist das für Reisende nicht besonders leicht und bequem gleich gar nicht. Die Menschen in den Dörfern leben in einem angemessenen Wohlstand. Durch die Anbindung des Vogtlandes an Sachsen, konnte sich der Bergbau sehr lukrativ entwickeln. Gut für die dort lebenden Menschen, die dadurch über ein bescheidenes und sicheres Einkommen verfügen können.

Schon seit vielen Jahrhunderten hat sich im Vogtland der Bergbau schrittweise langsam, aber stetig entwickelt. Die Lagerstätten für Kupfer, Eisenerz und einige Zinngruben sind nicht so üppig, dafür leidet das Vogtland nicht, wenn es einmal in dieser Wirtschaft steil nach unten oder nach oben gehen sollte. Alles vollzieht sich langsamer und bescheidener. Vorteilhaft wirken sich die Nähe zum Erzgebirge, sowie die politische Zugehörigkeit zu Sachsen aus. Im Besonderen hat das Einfluss auf die fortschrittliche Entwicklung des Bergbaus, als auch auf die rechtliche Entwicklung der Besitzrechte.

Nach der Entdeckung des blauen Kobalts für die aufstrebende Porzellanmanufaktur, gewinnt der Bergbau an Bedeutung. Der Nachteil dieser besonderen Entdeckung ist allerdings die hohe Giftigkeit, die bei diesem Herstellungsverfahren entsteht und Menschen, die bei der Arbeit mit dem Zeug zu tun haben, sehr krank werden lässt. Falkenbrocken, die erste Station für Mertlin, ist zwar ein relativ reicher Ort, aber es gibt auch einige Menschen, die unter der Arbeit mit dem Kobalt sehr leiden müssen. Mertlin ist nicht gern hier. Nicht weil er keine Lust hat oder die Menschen nicht besonders mag, sondern weil er gegen die Krankheit nicht ankommt. Auch Ärzte machen einen großen Bogen um diesen Ort.

Am Abend erreicht er den Gasthof von Falkenbrocken, sorgt dafür, dass sein Wallach gut untergebracht wird und der sich für eine Woche von den Strapazen mit der Schlepperei durch die Bergstraßen erholen kann. Seine privaten Sachen, die Medikamente und seine Behandlungstaschen mit den Instrumenten lässt er von einem Knecht in den Behandlungsraum bringen. Anschließend läuft er zum Schankraum und gönnt sich erstmal zwei ordentliche Humpen Bier. Den Wirt befragt er, wie es derzeit im Dorf und um die Kranken bestellt ist und welche Möglichkeiten er für den Bader sieht, praktische Hilfe zu leisten.

Ein beruhigendes Bad sollte vor dem Abendbrot auf gar keinen Fall ausgelassen werden. Also macht sich Mertlin erstmal auf den Weg zum Bad und lässt sich dort von einer Magd richtig abschrubben. Wer anders als ein Bader sollte wenigstens in Bezug auf Reinlichkeit mit gutem Beispiel voran gehen. Haare wäscht sie ihm auch und das Rasieren klappt wider Erwarten gut, ohne ihn versehentlich mit dem Messer zu ritzen.

„Bring noch zwei Eimer heißes Wasser und sorge dafür, dass mich die nächste Stunde kein Mensch stört. Ich will meine Ruhe haben." „Du musst aus der Wanne raus, sonst muß ich dir das heiße Wasser über den Rücken gießen, davon wirst du nicht begeistert sein. Also steig aus der Wanne, du brauchst dich vor mir nicht genieren, ich weiß wie ein nackter Mann aussieht." „Ach was?" „Aber ja!"

Mertlin steigt aus der Wanne und wickelt sich ein Handtuch um seinen Bauch, während sie die geräumige Holzwanne mit heißem Wasser nachfüllt. „Kann ich dir sonst noch was Gutes tun?" Dabei schaut sie ihn an, als ob sie Heilkräuter verkaufen will. „Du könntest für eine Stunde zu mir in die Wanne kommen." „Eine Stunde? Respekt Herr Bader. Nicht übel - leider - es geht nicht, ich habe meine Tage – aber, ich habe zwei fleißige Hände, die ich dir ersatzweise anbieten könnte." „Danke, die hab ich selber." „Ich habe schöne zarte Hände – glaube mir, dir entgeht was. Ich gebe zu, meine Maus ist für die Arbeit mit deinem guten Stück wesentlich besser geeignet, aber das Ergebnis, was du ja gern haben willst, ist das gleiche. " „Also gut, dann mach los." „Wenn du bis zu deiner Abreise mit meinen Händen vorlieb nehmen willst, kostet dich das bis Sonntag einen Gulden, weil du's bist."

Mertlin akzeptiert das Geschäft und lässt sich erstmal genüsslich entspannen. Danach bleibt er gemütlich noch eine halbe Stunde völlig ungestört im Wasser liegen und genießt die angenehme Stille im Raum. Nach so einem langen, warmen Bad schmeckt das Essen gleich viel besser und zwei Humpen finden auch noch ein kleines Plätzchen in seinem Magen.

Zwei Stunden später hört man aus dem Behandlungszimmer nur noch leise Schnarchtöne von ihm. Wie sollte es auch anders sein? Das Behandlungsbett im Arbeitsraum ist gleichzeitig auch sein Bett für die Nacht. Nicht besonders bequem, aber er muß sich dafür im großen Schlafraum nicht das Gegrunze und das Geschnarche der anderen Gäste anhören und ist für sich allein.

Mertlin ist noch beim Frühstück, als sich schon die ersten Patienten vor der Tür zum Behandlungszimmer versammeln, immer mit einem Auge auf das Gästezimmer in der Hoffnung, der Herr Bader ist mit dem Frühstück fertig und kümmert sich um ihre Leiden.

Es ist so weit. „Janosch, lass bitte den ersten Patienten rein." Er ist sein Helfer für die Zeit der Behandlungen. Sie kennen sich schon viele Jahre und sind miteinander sehr gut für die Arbeit mit den Patienten eingespielt. Auf einfachen Krücken gestützt, humpelt eine Frau im mittleren Alter langsam ins Krankenzimmer. „Jetzt sag nicht, dass du über die Schwelle gestolpert bist?" „Nein, bin ich nicht! Mein Mann hat mich heftig verprügelt. Finden sie das etwa komisch? Ich nicht und lachen kann ich auch nicht drüber. Können sie mir helfen, oder nicht?" „Nein!" Das heißt ja. Natürlich kann ich dir helfen. Ich will mit dem „Nein" nur sagen, dass ich das auch nicht lustig finde, wenn ein Mann eine Frau schlägt. Du kannst deinem Mann einen Gruß von mir bestellen und ihm sagen, wenn er das noch mal macht und er verletzt oder gar krank mal in meine Praxis kommt, lass ich ihn in seinem Dreck liegen, bis ihm vom Schreien die Zunge abfällt. So, und jetzt zu dir. Wie ist dein Name?" „Brunhilde!" „Also gut, Brunhilde, dann mach dich mal frei!" „Sie meinen, ich soll mich ausziehen?" „Ja, oder meinst du, ich kann durch deine Kleider sehen?" „Und bitte alles – die Unterhose kannst du anlassen. Anschließend legst du dich mit dem Bauch aufs Bett." „Na – Gott sei Dank." „Jetzt lass den lieben Gott aus dem Spiel, der weiß wie du nackt aussiehst."

Fünf Minuten später liegt vor ihm eine Frau, bei der man nur blaue Flecke und Beulen auf ihrem gesamten Körper sieht. „Du hast ganz sicher große Schmerzen, wie hältst du das aus, Brunhilde? Sie schüttelt nur mit dem Kopf. Ihr blasses Gesicht ist vor Schmerzen verkrampft und sicher kann sie nur mit großer Mühe die Tränen zurückhalten. Mertlin gibt ihr etwas von dem Universaltoxikum, wartet ein paar Minuten und bemüht sich durch vorsichtiges Abtasten der Knochen an Armen, Beinen und Brustkorb, besonders auch am Rücken festzustellen, ob möglicherweise etwas gebrochen sein könnte.

„Ich spüre kaum noch Schmerzen, wie hast du das gemacht? Mertlin muß nur in ihr Gesicht sehen, um zu wissen, dass das Schmerzmittel seine Wirkung nicht verfehlt.

„Das sage ich dir später. An deinem Körper, dem Herrn sei Dank, ist nichts gebrochen. Du hast von den Schlägen viele Prellungen, die brauchen Zeit um sich zu beruhigen. Auch das aufgestaute Blut muss wieder dorthin zurück, wo es hingehört. Alles in allem brauchen deine Verletzungen Zeit und vor allem Ruhe. Janosch bringt dich jetzt ins Bad und setzt dich eine Stunde ins warme Wasser, damit sich die Verkrampfungen lösen. Danach baut er hier in der

Praxis ein kleines Bett – was du die nächsten sechs Tage nicht verlassen wirst. Laß deinen Mund zu und meckere nicht – so machen wir das! Mit deinem Mann spreche ich heute Abend. Ich bin ganz sicher, dass er dich nicht wieder schlagen wird. Janosch wird sich um alles weitere kümmern und auch deinen Angehörigen Bescheid sagen. Hast du schon was gegessen?" Mertlin zeigt sich ein Gesicht, wie er es in seiner ganzen Praxis noch nicht gesehen hat. Tränenüberströmt schüttelt sie nur mit dem Kopf. „Janosch – bitte mach alles so, wie besprochen."

Der nimmt die kleine schlanke Frau ganz vorsichtig auf seine Arme und geht mit ihr in Richtung Waschraum. Mertlin öffnet die Tür zum Hof und ruft - „Der Nächste bitte!"

Mertlin fällt es sehr schwer, seine Gedanken von der verprügelten Frau zu lösen. Es gibt, so weiß Gott, leider viele Verletzungen und Krankheiten, die nur schwer zu vermeiden sind. Einen Menschen schlagen, noch dazu eine Frau, ist eine sehr verwerfliche und verachtenswerte Tat.

Der Tag ist ausgefüllt mit Behandlungen von üblichen Verletzungen und Wehwehchen, die einem Bader zufallen. Auch zwei Zähne mussten gezogen werden und bei drei Männern war Haareschneiden unumgänglich. So einen langen Pelz hatten sie auf dem Kopf, dass sie kaum noch was sehen konnten, so hingen die Haare im Gesicht.

Die verprügelte Frau liegt eingepackt in einem Laken und einer Decke warm zugedeckt ruhig auf dem Behelfsbett und schläft. Der Tag war lang und anstrengend. Janosch will schon die Türe abschließen, als eine junge Mutter mit einem Kind auf dem Arm in der Türe steht. „Was fehlt dir, wie kann ich dir helfen?" „Mir fehlt nichts. Bitte sehen sie sich das Kind an und behalten sie das was sie sehen für sich, wenn sie mein Leben retten wollen." „Leg das Kind auf das Behandlungsbett, ich komme gleich." Ruft ihr leise der Bader zu und wäscht sich erstmal die Hände. Drei Minuten später sieht er ein Baby, was eigentlich kein normales Kind ist. Nur ein einziges Mal sah er so ein missgestaltetes Neugeborene und aus seinen Gesprächen mit dem Mönch weiß er, welch schlimme Folgen das für das Kind, vor allem aber für die Mutter des Kindes hat. Scheiterhaufen! Keine normale Mutter bringt so ein Kind auf die Welt. Nur eine Hexe macht das und deshalb muß sie verbrannt werden. Und das „Etwas" von einem Kind gleich mit dazu. Dieser Weg ist für beide unausweichlich. Der Säugling lebt, hat aber keine Arme, sondern nur kleine Oberarmstumpfe. Mertlin muß nicht viel überlegen welche Folgen das für die Mutter hat, sollte das im Ort oder noch schlimmer, bei den Kirchenvertretern bekannt werden. „Wer weiß davon?" „Nur mein Vater, die Hebamme war im Nachbarort und konnte nicht kommen. Mertlin legt sein Ohr an die Brust des kleinen Jungen, und bemüht sich die Herztöne zu hören, um sich daraus ein Urteil bilden zu können, wie stark das Leben in diesem Körper ist. „Wo ist der Vater des Kindes?" „Ich habe keinen Mann!" „Also sprich schon, wer ist der Vater des Kindes? Es dauert eine Weile, bis sich die Weinkrämpfe, die sie schütteln, wieder beruhigen. „Mein Vater! Er benutzt mich jeden Tag und wenn ich mich weigere, bekomme ich Schläge und kein Essen."

„Die Herztöne deines Kindes sind kaum zu hören und die Atmung ist sehr schwach. Es wird die nächsten zwei Tage nicht überleben, solange bleibst du mit dem Kind hier in diesem Raum hast du den Ernst der Situation verstanden?" „Ja! Ich werde alles tun, was du sagst."

Mertlin wendet sich an Janosch und überträgt ihm die nächsten Aufgaben. „Nimm Moritz den Wallach und reite nach Auerbach. Bring auf dem schnellsten Weg Lynhart den Mönch her. Der Wirt vom Gasthof zur Post wird dir sagen, wo du ihn erreichst – und beeil dich. Den Mönch bringst du zum Vater dieser jungen Mutter. Unterrichte ihn darüber, warum ich seine Hilfe brauche, er wird sich ganz sicher dieser schlimmen Sache annehmen. Und Janosch, zu keinem Menschen ein Wort, verstanden?" „Verstanden – ich bin bald zurück." Mertlin spricht noch kurz mit dem Wirt und lässt von einem Knecht noch ein zweites Behelfsbett im Behandlungszimmer herrichten. Die Mutter fordert er auf, das Kind zu versorgen, damit es nicht unnötig der Kälte ausgesetzt ist. Für Mertlin wird es eine unruhige Nacht. Er ist sich dessen bewusst, dass er mit seinen Handlungen ständig in der Nähe eines Scheiterhaufens wandert und sein Leben und das anderer in großer Gefahr ist, aber er kann nicht anders! Die Ungerechtigkeiten, mit denen er konfrontiert wird, sind für ihn unerträglich.

Kurz nach Mitternacht treffen Lynhart und Janosch im Gasthof von Falkenbrocken ein. Mertlin eilt zu seinem Freund ins Behandlungszimmer. Ein Blick zu ihm – sein Gesicht spricht Bände. „Danke, Lynhart, was hast du erreichen können?" „Der Vater des Kindes und seiner Tochter ist ein Drecksack und hat für mahnende Worte kein Ohr. Ich habe ihm zwei Möglichkeiten angeboten. Das Gottesurteil mit glühendem Eisen oder der sofortige Gang ins Kloster Auerbüchel. Er hat sich für das Kloster entschieden. Morgen früh liefere ich ihn persönlich im Kloster Auerbüchel ab." „Sehr gut, Lynhart und wo ist er jetzt?" „Gefesselt und geknebelt neben deinem Wallach. Janosch wird hier im Raum bis morgen die Wache übernehmen und wir zwei suchen uns einen Platz im Schlafsaal."

Nach dem Frühstück wendet sich der Wirt an Mertlin und fragt ihn, was der gefesselte Mann neben seinem Wallach macht. „Lynhart, der Mönch, hat ihn wegen einer großen Sünde aufgefordert, Busse zu tun. Er musste die ganze Nacht beten, damit er das auch einhält und nicht einfach wegrennt, bleibt er gefesselt. Sein größter Wunsch ist es, ins Kloster zu gehen. Lynhart wird sich dann mit ihm auf den Weg machen, damit sich sein Wunsch erfüllen kann."

Bevor Lynhart mit seinem Gefangenen in Richtung Kloster Auerbüchel aufbricht, verabschiedet er sich von seinem Freund Mertlin und verspricht ihm, dieses Dreckstück dorthin zu bringen, wo er für den Rest seines Lebens hingehört.

Mertlin wendet sich wieder seinen Patienten zu, die schon sehnsüchtig darauf warten, dass die Behandlung beginnt. Bevor er mit den Arbeiten anfängt, schickt er Janosch zum Ehemann von Brunhilde, er soll ihn sofort herholen, ob er will oder nicht.

Mitten in einer Behandlung, Mertlin muß bei seinem letzten Patienten drei kranke Zähne ziehen, steht Janosch mit einem Mann im Raum. Mertlin ahnt schon um wem es sich handeln könnte und ruft beiden zu – „geht einstweilen in den Schankraum, ich komme später nach."

Als Mertlin den dritten Zahn endlich an seiner Zange hat, reinigt er mit Alkohol das blutverschmierte Gesicht eines noch relativ jungen Mannes, lässt ihm seinen Mund mit Schnaps ausspülen und empfiehlt ihm noch, einen größeren Schluck aus der Flasche zu nehmen. Mit schwankenden Schritten verlässt der Mann das Behandlungszimmer, sicherlich froh darüber, dass diese schmerzhafte Tortur zu Ende ist. „Bis morgen nichts essen, trinken nur Alkohol! Ruft er den Davonschwankenden noch nach, bevor der den Raum verlässt.

Mertlin schaut zu seinen beiden weiblichen Patienten und meint kurz, dass er in einer Stunde wieder hier sein wird. Macht euch keine Sorgen, niemand wird euch ein Leid zufügen. Minuten später sitzt er am Tisch, an dem Janosch und der Ehemann seiner von ihm schlimm zugerichteten Frau sitzt. „Wie ist euer Name?" „Herbert! Was wollt ihr von mir? Warum lasst ihr mich hier her holen?" „Also gut, Herbert, ich bin Mertlin der Bader. Deine Frau hat, vermutlich durch sehr kräftige Prügel, lebensbedrohende Verletzungen und muß mindestens für eine Woche hier bei uns im Behandlungszimmer bleiben." „Ich habe damit nichts zu tun." „Das klären wir gleich, erst zum Geld! Die Behandlung ist sehr aufwendig und kostet dich für die Tage, die sie bei uns ist, dreißig Gulden – sofort zahlbar." „Sonst fehlt euch nichts? Dreißig Gulden! Was ist denn an so einer Behandlung so teuer?" „Also, was ist, bezahlst du oder nicht? Umständlich holt Herbert seine Geldbörse aus der Tasche und zählt widerwillig das Geld auf den Tisch. „So, das wäre erledigt. Jetzt will ich wissen, wer die Frau so furchtbar zugerichtet hat, Herbert! Und ich möchte die Wahrheit hören, verstanden?" „Ich war das nicht, so was mache ich nicht! Als ich nach Hause kam, lag meine Frau wie leblos am Boden." „Gut Herbert, ich kenne den Abt vom Kloster Auerbüchel sehr gut, der wird das in die

Hand nehmen." „Wie in die Hand nehmen? Dass verstehe ich wirklich nicht, Bader?" „In solchen Fällen, wo der Ehemann die Tat abstreitet, so wie du, wendet der Abt ein Gottesurteil an, damit deine Unschuld zweifelsfrei festgestellt wird. Du weißt ja, Gott kann man nicht hinters Licht führen. So schlimm ist das alles nicht. Du musst ein glühendes Eisen in die Hand nehmen, neun Fuß weit tragen und wenn nach drei Tagen deine Hand ohne Brandspuren ist, bist du unschuldig und ein freier Mann. Sollte die Hand noch verbrannt sein, wirst du verurteilt und hingerichtet. In der Regel geschieht das durch Vierteilen oder Enthaupten. Ich werde mich am Montag mit dem Abt darüber unterhalten und damit nimmt das seinen rechtlichen Weg." Die Gesichtsfarbe von Herbert ist deutlich blasser geworden, auch seine Hände können nicht mehr ruhig an einer Stelle liegen. Hastig verabschiedet er sich und verspricht sich für das Gottesurteil bereitzuhalten.

Die nächsten Tage sind für Mertlin und Janosch deutlich ruhiger, und sie haben genügend Zeit, sich um die beiden Frauen zu kümmern. Wie Mertlin vermutete, verstarb der Säugling am dritten Tag und die Mutter des Kindes war beides – traurig und wohl auch ein wenig erleichtert. Zusammen mit Janosch begruben sie auf dem Friedhof den kleinen Jungen so, das es niemand bemerkte konnte.

„Was wirst du jetzt tun? Gehst du weg von hier oder willst du allein im Haus wohnen?" „Nein Janosch, ich kann in diesem Haus nicht bleiben, wenn ich das Schrecklichen, das mir mein Vater angetan hat vergessen möchte, damit ich wieder ein normales Leben führen kann. Nein! Ich werde zur Schwester meiner Mutter ziehen. Das Haus bekomme ich ja sowieso nicht überschrieben. Nein Janosch, mich hält hier nichts mehr fest. Nochmals danke für alles was ihr für mich getan habt. Wenn ihr einmal eine Frau sucht, die euch bei der Pflege kranker und alter Menschen helfen kann, ich tue es gern." „Ich bespreche das mit dem Bader. Bleibst du hier im Ort, falls wir dich brauchen?" „Die Schwester meiner Mutter wohnt hier im Ort, ihr werdet mich leicht finden. Gute Nacht, Janosch, und nochmals vielen Dank für alles." „Gute Nacht, und alles Gute für dich."

Janosch macht sich eilig auf dem Weg zum Gasthof und kommt gerade noch zurecht, um mit dem Bader eine Flasche Rotwein zu leeren.

„So, Janosch, ein gefährliches Problem ist soweit gelöst. Auf Lynhart können wir uns verlassen, der wird mit dem Abt alles regeln, damit dieses Dreckstück von einem Vater sich nicht mehr an seiner Tochter vergreifen kann. Unsere schwerverletzte Brunhilde wird bis zu meiner Abreise am Montag noch nicht wieder auf den Beinen sein, dass Übelste wird sie jedoch überstanden haben. Ab morgen wirst du oder die Magd, mit einer leichten Bürstenmassage beginnen. Zwei Mal am Tag! Die Frau bleibt in jedem Fall so lange hier im Behandlungszimmer, bis ihr Mann vor Gericht steht und für seine Misshandlungen an seiner Frau verurteilt wurde. Die dreißig Gulden, die ich diesem Drecksack abknöpfte dürften eine Weile reichen." „Was wird ihr Ehemann unternehmen? Meinst du, er wird sich einem Gottesurteil stellen?" „Nein, Janosch, das glaube ich nicht. Entweder wird er sich davon machen oder er wird versuchen mich zu beseitigen." „Glaubst du das wirklich?" „Ja! Ich habe ihn hier am Tisch beobachtet. In seinen Augen hat er was, das nichts Gutes ahnen lässt. Ich werde morgen mit dem Wirt reden, mal hören, was er von dem Mann hält. So, Janosch, ich leg mich hin – gute Nacht." „Gute Nacht, Mertlin."

Janosch ist schon früh aufgestanden und kümmert sich liebevoll um Brunhilde. Dank des Schmerzmittels und seiner tatkräftigen Hilfe verkrampft sie sich nicht mehr so und kann bereits ohne Krücken vorsichtig laufen.

„Erstmal frühstücken wir zusammen, Brunhilde, und dann ab in die Badewanne und aufs Klo." „Was geschieht mit meinem Mann, Janosch?" „Das liegt bei ihm selbst und natürlich in Gottes Hand. Zeigt er Reue, und verspricht sich zu bessern, kostet ihm das nur Geld. Sinnt er hingegen auf Böses, gleich wem er das zufügen will, verliert er sein Leben – das ist sicher." „Ich kann mir nicht vorstellen, dass er wirklich ein anständiger Mensch werden will, Janosch." „Gut, dann wird er die Folgen seines Handelns tragen müssen, Brunhilde. An beiden kommt er nicht vorbei! Er wird sich entscheiden müssen, was er wirklich will. Ich kenne den Bader schon viele Jahre, er ist sehr hilfsbereit und freundlich. Allerdings kann er auch sehr, sehr unangenehm werden, wenn es sein muß. Du musst dir keine Sorgen machen, bei uns bist du in Sicherheit. Dein Mann hat die Wahl, entweder er wird ein guter Mensch oder er fährt schnurstracks in die Hölle. Sag mal, Brunhilde, ich will ja nicht neugierig sein, wie bist du denn an diesen Burschen geraten?" „Mein Vater war Soldat und ist bei Kämpfen mit Soldaten aus dem Böhmerland erschossen worden. Die winzige Soldatenrente reicht aber nur für eine Person. Also wurde ich kurzerhand verheiratet. Ich kannte Herbert, also meinen Mann, vorher über haupt nicht." „Schwamm drüber, Brunhilde! Du nimmst jetzt ein warmes Bad, das bringt dich bestimmt auf andere Gedanken."

Mertlin sitzt bereits mit dem Wirt gemeinsam am Frühstückstisch und bemüht sich mehr über den Ehemann von Brunhilde zu erfahren.

„Was ist dieser Herbert für ein Mensch, Jonas?" „Es gibt in jedem Ort Rechtschaffende und es gibt auch solche, die es mit Gottes Geboten nicht so genau nehmen. Herbert, der Ehemann dieser schwerverletzten Frau, ist das Hundsgemeine und Schlechte in einer Person. Mit seinen beiden Kumpanen tyrannisiert er die Menschen wo er nur kann, um ohne Arbeit an möglichst viel Geld zu kommen. Man sollte um diesen Halunken einen großen Bogen schlagen. Ich bin sicher, auch wenn ihr seiner Frau helft wieder auf die Beine zu kommen, wird er, wenn du weg bist, seine Frau wieder verprügeln oder sogar erschlagen. Solche Menschen haben keine Skrupel." „Jonas, ich habe einen guten Kontakt zum Abt im Kloster Auerbüchel. Dem Herbert habe ich klar gemacht, dass er sich einem Gottesurteil stellen muß, weil er abstreitet seine Frau halbtot geprügelt zu haben. Dieser Mensch weiß genau, wie so ein Gottesurteil ausgeht und welche Konsequenzen das für ihn hat." „Das wäre nicht schlecht, dann bekommt er wenigstens eine Strafe, die er schon längst verdient hat. Ich vermute allerdings, dass er sich mit seinen Kumpanen davon schleichen wird." „Das glaube ich nicht, Jonas. Ich trau ihm eher zu, dass er versuchen wird mich zu beseitigen. Für ihn bin ich derzeit sein allergrößtes Übel, glaubt er jedenfalls." „Was willst du unternehmen, damit er nicht an dich herankommt? Wenn du magst, kann ich dir helfen! Wie willst du das organisieren, ohne dein Leben zu gefährden? Ich habe hier bei mir vier Knechte auf dem Hof. Es sind ehemalige gute Soldaten. Sie beherrschen alle herkömmlichen Hieb, Stich – und Schusswaffen bestens und haben nebenbei die Aufgabe, ganz unauffällig den Gasthof, meine Familie und alle die hier arbeiten zu beschützen. Das weiß dieser Halunke und deshalb lässt er uns in Ruhe." „Dürfte ich mir, mein lieber Jonas, diese vier Kämpfer ausborgen? Ich werde sie gut bezahlen." „Nein, Mertlin, nicht ausborgen! Ich werde sie dir zum Schutz überlassen. Wie, glaubst du, wird dieser Halunke mit seinen Kumpanen vorgehen?" „Ich habe ihm erklärt, wann ich am Montag aufbreche und zu welchem Dorf ich als nächstes fahren werde. Wald ist ja hier überall. Ich bin sicher, er wird mich mit seinen zwei Halunken, wenn ich Falkenbrocken verlassen habe auflauern und versuchen mich zu töten." „Da hast du ihm einen verlockenden Köder gelegt. Wolln wir hoffen, dass er anbeißt. Zuzutrauen ist ihm das, denn damit hätte er dich für immer los. Gut, Mertlin, so bereiten wir das vor. Meine vier Bewacher werden sich am Montag früh unbemerkt auf deinem Wagen verstecken und dich begleiten. Sollten die drei Halunken auftauchen, werden sie festgenommen oder sie verlieren ihr Leben. Meine Männer werden da nicht lange rumfackeln." „Danke, Jonas, du nimmst mir mit deiner Hilfe eine schwere Last ab."

Sichtlich erleichtert geht Mertlin zum Behandlungszimmer, um sich um seine Patienten zu kümmern. Der Rest der Woche vergeht für Mertlin mit leichten Behandlungen und den üblichen Tätigkeiten, die für einen Bader so anfallen. Janosch bekommt letzte Anweisungen für Brunhilde und für einige leicht erkrankte Männer, Frauen und Kinder vom Ort, denen er mit seinen Kenntnissen und der kleinen Apotheke helfen kann. Mertlin verabschiedet sich bei allen und verspricht im kommenden Jahr wieder hier zu sein. Der Wagen ist gepackt und Moritz der Wallach, legt sich in die Gurte. Mertlin hat zwar keine Angst, denn eine Gefahr die man kennt, ist nur noch halb so groß, trotzdem – die nächsten Stunden werden zeigen, wie das gefährliche Abenteuer mit Herbert und seinen Spießgesellen ausgehen wird. Die vier ehemaligen Soldaten sind im hinteren Teil des Wagens gut versteckt in Lauerstellung. Sie sind wachsam und wissen um ihre verantwortungsvolle Aufgabe. Die heruntergelassene Plane am Ende des Wagenaufbaus versperrt jeden Blick in das Innere des Fuhrwerks.

Der Ort liegt bereits weit hinter ihnen und Moritz trabt auf der geraden Landstraße munter drauf los. Kurz hinter einer kleinen Straßenbiegung liegt ein Baum auf der Straße, der sicherlich so nicht hingehört und die Weiterfahrt blockiert. Das kann Zufall sein oder auch nicht. Normalerweise würde man in so einer Situation absteigen und versuchen, das Hindernis aus dem Weg zu räumen.

Eine Falle, denkt Mertlin! Ganz sicher ist das eine Falle dieser Halunken! Damit er nicht absteigen muß, denn das will man mit der Baumsperre ja erreichen, werkelt er so umständlich mit dem Wallach herum, als ob er an der Sperre vorbei fahren wollte.

Scheinbar dauert es Herbert und seinen beiden Lumpen zu lang oder sie verlieren die Geduld, wer weiß schon was in so einem Verbrechergehirn vorgeht. Jedenfalls verlassen sie den schützenden Wald, ziehen ihre Schwerter und fordern Mertlin lautstark auf sofort abzusteigen oder es setzt was. Die Gesten mit ihren Waffen sind unmissverständlich.

Herbert kennt er ja schon. Die beiden Mittäter sind das Ebenbild eines Schlächters. Groß und kräftig gebaut, in der einen Hand ein Schwert und in der anderen einen Dolch, warten sie nur auf ein Kommando von ihrem Anführer, um sich auf den Bader zu stürzen. Allein, ohne die Hilfe seiner vier Bewacher, würden sie in kurzer Zeit mit ihren Waffen Mertlin zu Hackfleisch zerlegen. Mit seinen Kämpfern im Wagen hat Mertlin abgesprochen, dass er, so ein Überfall erfolgt, Herbert und seine Helfer in heftige Diskussionen verstricken wird, so dass sie genügend Zeit hätten, um sich unbemerkt mit ihrer Armbrust in Schussposition zu bringen.

Mertlin zügelt den Wallach so, dass er stehen bleibt und fordert die drei Halunken auf, die Straße frei zu geben, den gefällten Baum aus dem Weg zu räumen und das alles sofort!

„Ich habe keine Zeit für solche Spielchen und muß mich um die kranken Menschen kümmern, also los!" „Keine Sorge, Mertlin, deine Zeit ist abgelaufen." Meldet sich Herbert aus seiner Gruppe. „Siehst du, was ich hier in der Hand halte?" Damit winkt er mit seiner rechten Hand, die ein großes Seil hält. „Ein prima Strick, an dem du in den nächsten Minuten baumeln wirst. Also los steig ab oder meine Männer holen dich von deinem Bock runter."

Bei diesen Worten erheben sich auf jeder Seite des Wagens jeweils zwei der Wachmänner und zielen mit ihrer Armbrust direkt auf die Halunken. „Was ihr vorhabt wissen wir jetzt. Es wird reichen, euch alle drei an den Galgen zu bringen. Die Waffen werft ihr beiseite und alle drei legt ihr euch mit dem Bauch auf den Boden, Gesicht nach unten. Die Hände ausgestreckt nach vorn und die Beine weit auseinander. Das alles zügig wenn ich bitten darf!"

Mertlin ist mit seinem Satz noch nicht ganz zu Ende, da holen die beiden Helfershelfer von Herbert mit der Hand, in der sie den Dolch halten zum Schwung aus, um die Männer neben dem Wagen anzugreifen. Die Reaktion der Wachmänner erfolgt umgehend. Die Kurzpfeile aus der Armbrust treffen Herberts Kumpane in die rechte obere Brust, eine Handbreit unter dem Schlüsselbein. Beide Halunken sinken langsam zu Boden. Noch ein kurzes Röcheln und aus die Maus!

Unbemerkt von allen zieht Herbert ein Messer und wirft es blitzschnell in Richtung Mertlin. Wie ein Wunder streift es nur sein rechtes Ohr und bleibt, noch leicht schwingend, in der Wagenstütze stecken. Herbert kann sofort sehen, dass er sein Ziel, wenn überhaupt, nur leicht verletzt hat. Hastig dreht er sich auf dem Absatz um und will in den Wald verschwinden. Zwei gezielte Kurzpfeile in seine Oberschenkel beenden seine Flucht. Mit lautem Geschrei wirbelt er mit seinen Armen um sich und fällt zu Boden.

Herbert wird gefesselt und vom Bader notdürftig verbunden. Er soll ja nicht verbluten, sondern von einem ordentlichen Gericht die gerechte Strafe bekommen.

Mertlin bedankt sich bei seinen Männern für ihren mutigen und geschickten Einsatz und lobt ihren trefflichen Umgang mit den Waffen. Die Straßensperre wird von den Männern weggeräumt und Mertlin wendet seinen Wagen, um ins Dorf zurückzufahren. Zwei Männer suchen zwischenzeitlich im Wald nach den Pferden der Halunken, zu Fuß waren die ganz bestimmt nicht unterwegs. Der gefesselte Herbert und seine beiden toten Kumpane werden auf den Wagen verfrachtet. Einer von Mertlins Wachleuten steigt ebenfalls mit auf den Wagen, man weiß ja nie? Vorsicht ist eine Tugend der Tapferkeit - sicher ist sicher.

Die drei eingefangen Pferde der Verbrecher sind ein willkommenes Geschenk für seine Helfer. Zwei Stunden später stehen sie wieder vor dem Gasthof in Falkenbrocken. Mertlin berichtet Jonas, dem Gastwirt, was geschehen ist und schreibt einen ausführlichen Bericht dazu.

„Bitte, Jonas, erledige das für mich, ich muß weiter, Krankheiten warten nicht gern bis ich komme. „Keine Sorge, Mertlin, ich kümmere mich darum – gute Fahrt und komm bald zurück."

Mertlins Gedanken sind noch aufgewühlt und können sich nur schwer von den Ereignissen der letzten Stunden lösen. Meine Arbeit bei den kranken Menschen wird mir helfen, grübelt Mertlin, dieses gefährliche Erlebnis schnell zu vergessen.

Die nächsten Wochen sind ausgefüllt mit der Arbeit, die ihm wirklich Freude macht – die Behandlung von kranken Menschen. Die nächsten Ortschaften - Stützengrün, Schneeberg und Hartstein hat er bereits hinter sich und wieder steht er Anfang Juli, wie in den letzten vier Jahren, an einer Weggabelung und muß eine wichtige Entscheidung für sich treffen. Fährt er nach links, geht es in Richtung Mussbach, seinem Heimatdorf. Hhält er sich rechts, wie vor vier Jahren, führt ihn die Straße zum Schloß Hoheneck zu Hohenstein. Die Neugier zieht ihn dorthin und die Vorsicht zieht ihn nach links in Richtung Mussbach. Dabei muß er an ein bekanntes Sprichwort denken – „Der bessere Teil der Tapferkeit ist die Vorsicht". Der Graf Hugo von Hoheneck zu Hohenstein litt bei seinem Besuch vor vier Jahren, unter einem sehr schmerzhaften Leiden, der Gicht. Seine Frau, die Gräfin Truthilde, sehnte sich nach Kindern und möglichst viele davon - vergeblich. Wie sollte, bei dem Leiden ihres Mannes das auch gelingen. Die Ärzte hatte der Graf vom Hof gejagt. Seine ganze Hoffnung ruhte damals auf Mertlin. Ihm kam vermutlich zu Ohren, dass der Bader über Wunderkräfte verfügen würde, was natürlich Unsinn ist. Mertlin verordnete dem Grafen vor vier Jahren völlig andere Verhaltensweisen. Stellte seinen Lebenswandel um und empfahl ihm, sich an der frischen Luft zu bewegen. Das Wort „Alkohol", ganz gleich in welcher Form, sollte der Graf aus seinem Wortschatz streichen, ohne Ausnahme. Wie werden sich wohl seine Maßnahmen ausgewirkt haben? Wissen würde er es schon gern wollen, wenn das liebe Wort „aber" nicht wäre.

Aus Richtung des Schlosses kommt ein Trupp Reiter auf ihn zu. Mertlin lenkt sein Gespann an den Straßenrand, um keinen Ärger zu bekommen. Es sind Soldaten, die reiten nicht vorbei, sondern bilden mit ihren Pferden einen Kreis um seinen Wagen und bleiben stehen. Einer der Soldaten, vermutlich der Anführer, reitet näher und spricht ihn an.

„Seid ihr Mertlin, der Bader? "„Ja, das bin ich. Was wollt ihr von mir?" „Der Herr Graf will euch sprechen. Kommt mit und versucht nicht zu fliehen, das würde euch schlecht bekommen."

Es gibt zwei Möglichkeiten, entweder ich lande im Kerker oder ich darf, wie vor vier Jahren, ohne Bezahlung versuchen ihn von seiner Krankheit zu heilen. Na, was soll's, denkt Mertlin, schnalzt mit der Zunge und treibt seinen Wallach zur Eile an. Kaum sind sie im Schlosshof, nimmt ein Diener seinen Wallach am Zügel und führt ihn in Richtung Stallgebäude. Am Eingang zum Schloß steht auf einem kleinen Tisch eine Schüssel mit Wasser, Seife und ein Handtuch. „Ziehen sie ihre Stiefel aus! Auf dem Tisch steht ein kleines Waschbecken, waschen sie sich erst mal den Staub aus dem Gesicht, in der Zwischenzeit reinigen wir ihr Schuhwerk." Wie eine Hinrichtung hört sich das ja nicht an. Na, wolln wir mal sehn, was der Graf von mir will.

Eine knappe halbe Stunde später steht er im Salon. Ihm gegenüber sitzt ein gut aussehender Mann mit schlanker sportlicher Figur, braungebranntem Gesicht, langen welligen braunem Haar – keine Perücke. Geschätztes Alter, um die vierzig, älter auf keinen Fall, sinniert Mertlin. Angezogen mit einem weitgeschnittenem weißen Hemd, an den unteren Ärmelenden und am Halsausschnitt mit hellblauen Rüschen besetzt, dunkelblaue Pluderhosen bis zum Knie, darunter hellblaue Strumpfhosen und an den Füßen ein paar leichte Sommerschuhe. Den kenne ich nicht, denkt Mertlin, noch nie in meinem Leben gesehen. Den Grafen, den ich vor vier Jahren behandelt habe, war mindestens um die fünfzig Jahre alt. Na, das kann ja heiter werden.

„Was blicken sie mich so komisch an, noch keinen Grafen auf einem Stuhl sitzen gesehen?" „Doch – schon! Eigentlich habe ich einen anderen Grafen erwartet." „Wenn du den Grafen Hugo vom Schloss Hoheneck zu Hohenstein meinst, habe ich eine schlechte Nachricht für dich. Du bist doch Mertlin, der Bader?" „Ja, bin ich." „Also - der Graf ist gestorben." „Nein! Das ist ja furchtbar! Wie ist denn das passiert? Ist er vom Pferd gestürzt oder hat ihn vielleicht eine feindliche Kugel getroffen?" „Nein, keins von beiden. Wenn ich richtig informiert bin, sollst du ihm ja einen völlig anderen Lebenswandel verordnet haben und daran ist er gestorben." „Ach was? Das ist unmöglich! Wenn er sich strikt an meine Anweisungen gehalten hat, müsste es ihm eigentlich gut gehen. Zugegeben, ich habe seine Mahlzeiten drastisch zusammengestrichen, aber verhungern müsste er deswegen noch lange nicht. Und das Alkoholverbot schadet grundsätzlich nichts, wenn man sich daran hält. Viel körperliche Bewegung – ich kenne keinen meiner Patienten, der daran gestorben wäre. Was den liebevollen Umgang mit seiner

Frau betrifft, müsste er, so er sich wirklich fleißig bemühte, bereits Vater sein – auf keinen Fall tot. Ich kann und will das nicht glauben. Beide, den Herrn Graf und die Frau Gräfin, habe ich fest in mein Herz geschlossen. Sein Tod macht mich sehr unglücklich."

Eine Seitentür öffnet sich leise, und Truthilde, Graf Hugos Ehefrau, kommt mit einem kleinen Kind auf dem Arm in den Salon, setzt sich auf die Oberschenkel des Grafen und krault mit der freien Hand liebevoll seinen Kopf. Das gibt's doch alles nicht. Der Mann tot, schon sitzt sie mit einem anderen auf dem Stuhl und teilt sicher auch das Bett mit ihm.

„Mertlin – du machst einen ziemlich verdatterten Eindruck, so kenne ich dich gar nicht? Hast du heute keinen guten Tag?" „Eigentlich nicht - Frau Gräfin, ich dachte .... „Ja, Mertlin, was dachtest du? Nur raus mit der Sprache, ich beiß dich nicht!" „Na ja, dass sie um den Herrn Grafen trauern würden, wenn er schon tot ist." „Mertlin – jetzt hör mir mal zu! Ich habe gemeinsam mit Hugo, meinem früheren Ehemann, den du ja behandelt hast, besprochen, dass wir beide, nach deinem Abschied von uns, innerhalb von sechs Monaten den bisherigen Grafen vom Schloss Hoheneck zu Hohenstein sterben lassen." „Nein! Das ist ja entsetzlich!" „Doch, Haben wir! Um ihn dann nach dieser Zeit wieder neu auf die Welt zu bringen." „Jetzt versteh ich überhaupt nichts mehr." „Mertlin, jetzt schau dir doch mal meinen Mann richtig an? Erkennst du Hugo nicht mehr?"

Der Graf hebt seine Frau mit dem kleinen Kind von seinem Schoß, setzt beide behutsam auf dem Stuhl ab und nimmt Mertlin in die Arme.

„Du hast mir und meiner Frau ein neues Leben geschenkt, Mertlin. Sprich, was können wir Gutes für dich tun?" „Ich habe sie wirklich nicht erkannt, ihr Aussehen hat sich völlig verändert." „Was haltet ihr zwei Männer von einer Tasse Kaffee und einem Stück Kuchen?" „Zu der Einladung sage ich nicht nein, Frau Gräfin! Und was das „Gute" betrifft, dass sie Herr Graf erwähnten - in meinem Kopf habe ich einen Plan, der aber noch reifen muß. Ich werde sie, Herr Graf und auch sie Frau Gräfin ganz sicher darauf ansprechen und um ihre Unterstützung bitten. Die Zeit ist noch zu früh dafür. Ihr, Herr Graf, seid der lebende Beweis dafür, dass das „Wie" und das „Was" man isst, für das Leben, das man führen will, sehr wichtig ist. Zuviel von allem, besonders Alkohol, macht krank und führt zu einem frühen und meist schmerzhaften Tod." „Mertlin, kannst du noch ein paar Tage bleiben? Während der Ernte haben sich einige meiner Knechte verletzt, die deiner Hilfe bedürfen. Außerdem freuen sich meine Frau und ich auf die gemeinsamen abendlichen Gespräche, die alles nur nicht langweilig sind. Die dunklen Wolken, die über unserem Land aufsteigen, versprechen keine gute Zeit. Wir sollten gemeinsam darüber sprechen!" „Eine Woche kann ich bleiben." „Sehr gut! Ich habe für dich ein Behandlungszimmer ein-richten lassen. Wenn du willst, kannst du gleich anfangen, die Ver-letzten und Kranken warten schon auf dich."

Die Behandlung seiner Dienerschaft und die abendlichen Kamin-gespräche lassen die Woche wie im Flug vergehen. Vieles hat sich an den Tagesabläufen im Schloß geändert. Besonders die Mahlzei-ten sind völlig anders als sonst üblich, wenn man glauben sollte, was so im Volksmund erzählt wird. Es gibt wenig Fleisch, dafür viel schmackhafte Salate und Obst aus den eigenen Gartenanlagen und der Jahreszeit angepasst. Das Herz öffnet sich bei Mertlin, wenn er sieht, wie ausgelassen die Kinder der Bediensteten im Schloss-garten spielen und auch die Erwachsenen ruhig und gelassen ihrer Arbeit nachgehen.

Es ist Zeit für ihn Abschied zu nehmen. Er hat noch einen weiten Weg vor sich und es gibt sicherlich noch eine viele Menschen, die auf seine Hilfe dringend warten. Mertlin verspricht dem Grafen und seiner Frau wieder zum Schloß zu kommen, um mit ihnen ge-meinsam über die Durchführung seines Planes zu sprechen. Alle drei umarmen sich und winken sich zum Abschied lange zu. Voll bepackt mit Lebensmitteln und Futter für seinen Wallach verlässt Mertlin den Schlosshof und fährt in Richtung Hartenstein. Die ver-bleibende Zeit, um bis Ende November in Auerbach zu sein, wird knapp. Viele Dörfer liegen noch vor ihm, in denen die Menschen sicherlich schon dringend auf ihn warten.

Es dauerte länger als er geplant hat. Er kann ja als Bader nicht einfach abreisen, wenn kranke Menschen bei ihm die einzige Hilfe erhalten können, die möglich ist.

Es ist bereits Ende Oktober und die ersten Schneeflocken fallen vom Himmel. Der Herbst ist schon seit einer Woche wie weggeweht. Es ist keine Spur mehr von ihm zu sehen. Still und unauffällig hat er sich in seine Höhle verzogen, um dem Winter freie Bahn zu machen.

Mühsam arbeitet sich Mertlin von Ort zu Ort und ist froh, dass die Entfernung zu Auerbach von Tag zu Tag weniger wird. Diese beschwerlichen Reisen, so notwendig sie auch sein mögen, sind zunehmend nichts mehr für mein Alter. Ich werde mir etwas Sesshafteres suchen müssen, grübelt er vor sich hin. Der Dezember beginnt mit heftigen Schneestürmen und bitter kalten Nächten. Mertlin hofft in drei Tagen Auerbach zu erreichen, um sich von den Anstrengungen der letzten Monate zu erholen. Außerdem ruft, je mehr er sich Auerbach nähert, sein verliebtes Herz nach Sieglinde. Trotz seines Alters, jedenfalls gesteht er sich das ehrlich ein, hat er sich verliebt. Ernsthaft verliebt!

Endlich – es geht bereits auf Mitternacht zu, hält Moritz vor dem Gasthof zur Post in Auerbach. Kein Kerzenlicht schimmert durch die Fenster, vermutlich sind alle schon im Bett. Mertlin geht zum Hauseingang und pocht kräftig an die Tür. Nach einer geraumen Weile bewegt sich ein kleines Kerzenlicht im Schankraum. Wo eine Kerze ist, denkt Mertlin, kann ein Mensch nicht weit weg sein. Geräuschvoll wird von innen die Türe entriegelt und Sekunden später liegt Sieglinde in seinen Armen. Schnell zieht sie ihn ins Haus und meint - „Du willst doch keinen Eiszapfen im Arm halten. Ich freu mich so sehr, dass du da bist. Komm schnell rein, ich mach gleich was Essbares, du wirst bestimm Hunger haben." Mertlin bringt vor Rührung kein Wort heraus und nickt nur mit dem Kopf.

„Du bist so schweigsam, lieber Mertlin, bedrückt dich was?" „Nein, eigentlich nicht. Mein Herz ist nur so anders geworden, ich glaube, es hat sich verliebt." „Ach nein!" „Aber ja!" Ich bin da ganz sicher." „Wer ist denn die Glückliche, du verliebter Gockel?" „Du machst uns beiden was zum Essen – und vergiss bitte nicht zwei Gläser Rotwein mit auf den Tisch zu stellen. Ich werde Moritz zwischenzeitlich im Stall unterbringen. Der arme Kerl wird sich wundern, warum er allein draußen in der Kälte stehen muß und sich niemand um ihn kümmert. Später verrate ich dir am Tisch, zusammen mit einem Schluck Rotwein, in wen ich verliebt bin und das ich sie gern heiraten würde, so sie mich mag." „Weiß die so Beglückte schon davon?" „Nein! Ich kam bis jetzt noch nicht dazu, mit ihr darüber zu reden. Ich denke, in einer halben Stunde werde ich das nachholen."

Sagts, drückt ihr einen Schmatz auf die Wange und geht raus in die Kälte, um Moritz, seinen braven Wallach, die wohlverdiente Ruhe und Wärme im Stall zu verschaffen. Schnell noch ein paar Gabeln voll Heu und Stroh vor seine Vorderhufe und in eine kleine Schüssel zwei Handvoll Hafer. So, mein treuer Freund und hält ihm dabei einen Eimer frisches Wasser hin. Trink und futtere erstmal richtig und dann ruh dich aus. Moritz, als hätte er alles verstanden, schnaubt kräftig mit seinen Nüstern und nickt mit dem Kopf. Minuten später sitzt Mertlin zusammen mit Sieglinde am Tisch und beide lassen sich das reichliche Abendbrot schmecken.

„Du wolltest doch was Wichtiges mit mir besprechen, Mertlin?" „Ja, würde ich gern wollen, es sei denn du bist müde und sehnst dich nach deinem warmen Bett?" „Müde bin ich nicht, aber die Idee mit dem Bett finde ich gut. Außerdem kann man sich im Bett viel besser unterhalten." „Das finde ich auch. Hast du zufällig ein Mittel gegen mein Ziehen in der Lendengegend, Sieglinde?" „Hier am Tisch nicht, aber im Bett werden wir beide was finden, ich bin da ganz sicher!" „Also gut, verlagern wir das Gespräch ins Bett, warum nicht?"

Sieglinde räumt den Tisch ab und Mertlin eilt in der Zeit in den Baderaum. Später, mit Sieglinde im Bett, bemühen sich beide unter heftigem Stöhnen Mertlins Ziehen in der Lendengegend zu lindern und Sieglindes Verkrampfung im Unterleib löst sich dabei auch behutsam auf.

Die Soldaten kommen

Deserteure müsste man gleichzeitig wegen Feigheit erschießen und wegen Klugheit auszeichnen.

Charles Maurice de Talleyrand

Heftiges Rumpoltern an der Eingangstür wecken alle im Haus auf. Walter, der Wirt, holt sich seine geladene Pistole aus dem Schrank und sieht nach, wer da nachts so einen Krach verursacht. Kaum ist die Tür auf, fällt eine Frau in den Eingang und bleibt wie leblos am Boden liegen. Kräftige Arme heben sie hoch und bringen sie erstmal ins Zimmer. Ein großer Schluck Pflaumenschnaps wecken ihre Lebensgeister. Mit Ach und Krach kommt sie auf die Beine und wendet sich hilfesuchend und eindringlich an alle Umstehenden.

„Schnell! Ihr müsst euch alle in Sicherheit bringen. Ich komme aus Plauen! Die Stadt brennt lichterloh und Soldaten töten alles, was ihnen über den Weg läuft. Selbst Frauen und Kinder werden von ihnen nicht verschont. Die Stadtwache haben sie bis auf den letzten Mann niedergemetzelt. In der Stadt selbst herrschen Tod und Entsetzen." „Wie bist du von Plauen hierher gekommen, das ist doch ein ziemlich weiter Weg?" Fragt sie Mertlin. „Ich hab mir ein Pferd gestohlen und bin so schnell das möglich war her geritten. Mein Bruder wohnt hier. Ihr müsst euch retten, diese Mörder in Uniform kennen keine Gnade." „Wie heißt du?" Wendet sich Mertlin nochmals an die Frau. „Käthe." „Also gut, Käthe, du wirst mit deinem Bruder und anderen Männern und Frauen so viele Pferdegespanne wie nur möglich zusammenstellen und alle Kinder, alte und gebrechliche Bewohner hier vom Ort und Frauen auf dem schnellsten Weg zum Kloster Auerbüchel bringen, sofort! Verschwendet keine Zeit mit Packen. Nehmt nur das Nötigste mit, alles andere versteckt ihr so gut es geht in dafür geeigneten Kellerräumen. Alles verstanden, Käthe?" „Ja danke, bin schon auf dem Weg." „Prima, packt die Kranken und die Kinder gut ein, es ist bitter kalt." Ruft Mertlin ihr nach und wendet sich sofort an Walter, dem Wirt des

Hauses. „Jetzt zu dir, Walter und deinen Aufgaben. Deine Frau und deine Mägde, bis auf Sieglinde, machen sich ebenfalls sofort auf den Weg zum Kloster. Die Knechte sollen zwei, besser drei Wagen anspannen und alles aufladen, was ihr später dringend gebrauchen werdet.Vergiss nicht, alle guten Weinvorräte, die in Flaschen abgefüllt sind, mit aufzuladen. Den weniger guten Wein lässt du hier. Ich habe da eine Idee, für was wir dieses alkoholische Getränk verwenden können. Alles richtig verstanden, Walter?" „Ja, habe ich!" „Gut, dann los!"

Vier Stunden später, der Morgen beginnt bereits zu dämmern, ist alles aufgeladen. Die Menschen auf den Wägen sind mit Schaffellen und Decken warm eingepackt und die Gespanne machen sich eilig auf den Weg in Richtung Kloster Auerbüchel.

„So, Walter, jetzt zu diesem Verbrecherhaufen von herrenlosen Soldaten ohne militärischer Führung. Vermutlich werden sie einfache Häuser zuerst anzünden, weil erfahrungsgemäß bei armen Leuten und solche wohnen nun mal in kleinen, spärlich gebauten Häusern, nichts Brauchbares zu holen ist. Das Niederbrennen dieser Häuser werdet ihr nicht verhindern können, aber die Männer, Frauen und Kinder, die darin wohnen, könnt ihr retten. Reiche Leute gibt es in Auerbach nicht so viele. Du mit deinem Gasthof gehörst jedenfalls dazu. Die Wertsachen in diesen Häusern müssen gesichert und gut versteckt werden. Die Bewohner sollen sich ebenfalls ins Kloster aufmachen. Die Alkoholvorräte, die man bei dir vermutet, werden ein Grund sein, dein Haus nicht in Flammen aufgehen zu lassen. Also, wie kriegen wir diese Bande in den Griff. Du lässt alle Bierfässer und die restlichen Weinflaschen, nicht zu vergessen alle Schnapsflaschen, hier in die Gaststube bringen. Den Wein. Den Schnaps und ein Geheimmittelchen von mir, füllen wir sorgsam in die Fässer. Wenn jeder dieser Burschen wenigstens einen Humpen von diesem Gemisch trinkt, knicken sie für ein paar Stunden weg und sind in diesem Zustand relativ ungefährlich. Wenn das so eintritt wie geplant, wirst du mit deinen Männern alle Waffen einsammeln, auf den Rücken ihrer Pferde verstauen und alle, und ich meine alle Reittiere, so miteinander verknüpfen, dass sie eine Herde bilden und sich ein einzelnes Pferd nicht daraus lösen kann und wegrennt. Alles verstanden, Walter?" „Bis jetzt ja, mach weiter!" „Jetzt folgt der schwierigere Teil der Aktion. Habt ihr alles beisammen, müsst ihr mit der Herde in einem ausreichenden Abstand zum Ort Stellung beziehen. Die wenigen, die vielleicht kaum was getrunken haben und im Dorf herumgeistern, sollen in dem Glauben bleiben, dass sie sich ihre Pferde schnell wieder holen können." „Was bezweckst du damit? Ist es nicht viel besser und auch wirksamer, wir schicken die Soldaten gleich in die Hölle, dort gehören sie ja auch hin. Solange wie sie schlafend am Boden liegen und sich nicht wehren können, ist das für uns nicht so riskant. „Nein, Walter, wir sind keine Mörder. Wir legen das in Gottes Hand und auch ein wenig in unser mutiges Handeln" „Wie willst du das anstellen?" „Ohne Waffen und ohne Pferd ist ein Soldat wie ein Schankwirt ohne Bier, Wein und Schnaps Walter." „Da ist was Wahres dran, Mertlin!" „Diese Burschen brauchen ihre Mordwerkzeuge und ihre Pferde wieder. Also werden sich einige deiner Männer in der Herde zwischen den Pferden verstecken und diese so dirigieren, damit die Soldaten meinen und hoffen, sie kommen an die Herde heran. Kommen sie aber nicht, sondern laufen, dank der klugen Taktik der Männer in der Herde, immer weiter von Auerbach weg ihren Pferden hinterher. Dass die Herde geführt wird, wissen sie ja nicht. Das alles sollte möglichst so viel Zeit in Anspruch nehmen, bis die Dunkelheit hereinbricht. Dann verschwindet die gesamte Herde mitsamt deinen Männern in der nächsten Ortschaft und bringt sich mit den Pferden in Sicherheit. Bei ungefähr fünfzehn bis sechzehn Grad minus im tiefen Schnee sich lang quälen, nur angezogen mit ihren dünnen Uniformen, werden sie die Nacht kaum überleben und die es möglicherweise tun könnten, sind von der Kälte stocksteif, wehrlos und damit leicht zu fesseln."

„Deine listige Taktik gefällt mir gut, Mertlin und ist sicher besser, als diese Verbrecher einfach im Schlaf abzumurksen, obwohl sie es verdient hätten." „Da mag schon was drann sein, Walter, besser ist, ihr fesselt sie gründlich, sperrt sie sicher ein und wartet bis die Armeeführung sich um diese Verbrecher in Uniform kümmern wird." „Gut, Mertlin, ich würde diese Halunken zwar gleich abstechen lassen, eine andere Behandlung haben sie nicht verdient, aber du hast recht, das ist eine Sache der Gerichte. Außerdem, deine Idee mit der Pferdeherde ist auch nicht so übel. Erfrieren ist auch nicht so angenehm für den, den es trifft." „Gut, Walter, wir sind uns einig oder hast du noch wichtige Fragen?" „Ja, was wird mit Sieglinde?" „Meine Braut bleibt bei mir." „Braut, hör ich da richtig?" „Hörst du und die Hochzeit würden wir gern bei dir feiern." „Na Gott sei Dank gibt es an diesem Tag nicht nur schlechte Nachrichten. Herzlichen Glückwunsch, Mertlin, ich freu mich schon auf die Feier." „Was hältst du davon, wenn du, deine Frau Gerda und Lynhart unsere Trauzeugen seid?" „Für meine Frau und mich selber sage ich gern ja, Lynhart musst du selber fragen. Danke für dein Vertrauen, Mertlin. Was wirst du jetzt unternehmen?" „Ich warte noch auf den Mönch, ein Bote ist schon auf dem Weg zum Kloster. Sobald er hier ist, machen wir drei - Lynhart, Sieglinde und ich uns auf den Weg nach Chrieschwitz. Ich habe da so eine Idee in meinem Kopf und will prüfen, ob sie nach dem schrecklichen Gemetzel der Soldaten noch zu realisieren ist. So und jetzt, wenn du einverstanden bist, soll uns Sieglinde was zum Frühstück anrichten. Ein starker Kaffee dazu, würde auch nicht schaden. Dein Gespann mit Gerda und ihren Hausdienerinnen ist schon unterwegs und kommt hoffentlich ohne größere Schwierigkeiten im Kloster rechtzeitig an, bevor die Soldatenbande hier in der Gegend auftaucht."

Mertlin ist mit seinen Gedanken schon bei den nächsten Stunden und wartet voller Ungeduld auf die Ankunft von seinem Freund. Die Zeit kann knapp werden. Soldaten sind auf Pferden, angetrieben von ihrer Gier und ihrer Mordlust, schnell wie ein Sturm, der rücksichtslos über das Land fegt. „Sieglinde, hast du alles gut verpackt?" „Ja! Moritz ist auch schon angespannt und wartet ungeduldig darauf, dass es losgeht. Vermutlich spürt er schon die drohende Gefahr, die auf Auerbach zukommt."

Endlich! Lynhart kommt durch die Tür. An seinem Gesicht sehen alle, dass er über die aktuelle Lage informiert ist. Wie sollte das auch anders sein? Im Kloster ist man meistens über alle Ereignisse rechtzeitig unterrichtet. Wir haben höchstens fünf Stunden Zeit, überlegt Mertlin, dann ist die Mordbande hier.

„Walter, du weißt was du mit deinen Männern alles zu tun hast. Euer Leben und das Leben vieler Bürger hier im Ort hängt davon ab, wie klug und listig ihr vorgeht." „Weiß ich, Mertlin, du kannst dich auf uns verlassen. Es ist ja nicht das erste Mal, dass wir uns wehren müssen." „Laß dich in die Arme nehmen. Tief in meinem Herzen fühle ich, Walter, dass wir uns alle wiedersehen werden. Wir melden uns bei dir!" „Ich fühle das nicht so wie du, aber ich glaube fest daran. So, Mertlin, auf geht's, und danke für alles." „Passt gut auf euch auf, Walter. Auf Wiedersehen und das meine ich wörtlich."

Ein lautes Schnalzen mit Mertlins Zunge und Moritz legt sofort den Schnellgang ein. Eine Stunde später stehen sie mit ihrem Wagen am Höhleneingang. Hoffentlich ist der Mechanismus nicht zugefroren, unkt Mertlin. „Keine Sorge, mein Freund, die Technik dafür ist im Innenraum der Höhle und einigermaßen frostsicher."

Schnell öffnet Lynhart den Höhleneingang, damit Moritz mit dem Wagen in der großen Höhle verschwinden kann. „Mertlin, du solltest die Spuren im Schnee mit einem Ast beseitigen. Es muß ja niemand sehen, wo hier möglicherweise ein Versteck sein könnte." „Gut, Lynhart! Ihr beide könnt uns ja eine Kleinigkeit zum Mittagessen herrichten, ich bin gleich fertig. Danach Höhle zu und in Ruhe abwarten was passiert."

Alle drei sitzen auf einer kleinen Holzbank, an einem einfachen runden Tisch und verdrücken ein paar Käsebrote. Dazu klein geschnittene Zwiebeln und ein paar verschrumpelte Möhren. „Sag mal, Mertlin, woher kennt ihr beiden das gute und sichere Versteck? Ich kann mir für gefährliche Zeiten, so wie jetzt, keinen besseren Ort vorstellen?" „Das musst du meinen Freund fragen." „Woher hast du die Kenntnisse, Lynhart?"

Ausführlich erzählt er nun Sieglinde die Geschichte der Höhle und woher er das alles weiß.

„Mertlin, was meinst du, wir sollten Wache halten, wenigstens tagsüber. Nachts geistert, jedenfalls bei diesen kalten Temperaturen, keiner draußen herum und den Höhleneingang halten wir geschlossen. Komm mit, ich zeig dir unseren Ausguck."

Lynhart und Mertlin klettern eine in den Felsen gehauene Treppe nach oben, bis zu einer kleinen Plattform. Dort schiebt Lynhart einen größeren Stein beiseite und beide können durch ein Loch in der Felswand, ohne Sichtbehinderung, den gesamten Eingangsbereich bis zur Straße gut einsehen. „Nicht schlecht, mein Freund, wirklich nicht übel. Ich übernehme bis zur Dunkelheit die Wache. Ihr könnt euch ja in dieser Zeit aufs Ohr legen."

Es ist dunkel geworden und außerhalb der Höhle ist von Soldaten keine Spur. Soweit man das erkennen kann. Mertlin schiebt den Felsbrocken wieder vor die Öffnung und gesellt sich zu Lynhart und Sieglinde. „Was haltet ihr von einem kleinen Schluck Wein? Nach diesen entsetzlichen Nachrichten brauchen unsere Nerven etwas zur Beruhigung und danach ist Bettruhe angesagt. „Ich bin dabei, Mertlin und Sieglinde wird ein kleiner Schluck sicherlich auch nichts anhaben." „Lieber nicht, Lynhart, ich bekomme danach in meinem Unterleib immer so ein komisches Gefühl und hier in der Höhle ist das denkbar unpassend." „Ach nein!" „Doch, doch! Frag mal Mertlin, der kennt sich damit aus." „So, so – Mertlin, also dann sag ich schon mal gute Nacht. Damit ich das nicht vergesse, an der hinteren Höhlenwand ist ein kleiner abgetrennter Bereich, der eigentlich für die Kinder gedacht ist. Vielleicht kannst du dich dort mit Mertlin, zusammen mit der Flasche Wein, um das Ziehen in deinem Bauch kümmern." „Für einen Mönch kennst du dich in Sachen aus, die du eigentlich nicht wissen solltest." „Wer weiß, wer weiß, liebe Sieglinde, ein Mönch ist in erster Linie ein Mann und erst in zweiter Linie ein Sohn Gottes." „Das stimmt auch wieder." „Gute Nacht, Lynhart, schlaf gut!" Eingepackt in dicke Schaffelle, sind zwei Stunden später alle drei in einer anderen Welt.

Ein angenehmer Kaffeegeruch weckt die beiden Männer aus ihrem Schlaf. Ob der Morgen bereits die Nacht ablöste, lässt sich in der Dunkelheit der Höhle ja nicht feststellen. „Frühstück, los aufstehen." „Deine Idee ist zwar prima, aber nicht ganz ungefährlich, Sieglinde." „Wieso, Mertlin? Reinsehen kann hier niemand, ich habe die Felsentüre zugelassen." „Schon richtig, liebe Sieglinde, aber Feuer macht Qualm und den riecht man. Ich schau mal schnell raus, mal sehen was draußen so vor sich geht – bin gleich zurück!"

„Entschuldige, Lynhart, daran habe ich nicht gedacht. Eine Tasse Kaffee zum Frühstück, so meine Überlegung, wäre halt nicht so übel." „Kein Problem, Sieglinde, woher solltest du das auch wissen, du bist ja keine Räuberbraut."

Mertlin kommt von seinem Kontrollgang zurück und meint - „Alles ruhig und von Soldaten keine Spur. Also los, frühstücken wir erstmal und das Feuer im Ofen machen wir vorsichtshalber aus, sicher ist sicher." Genau wissen wir nicht, überlegt Mertlin, ob die Soldaten bereits an der Höhle vorbei in Richtung Auerbach geritten sind. „Hört mal zu!" „Ich werde für kurze Zeit aus der Höhle gehen, auf einen Baum klettern und versuchen einen Blick auf Auerbach zu werfen. Sollte es dort brennen, sind die Verbrecher in Uniform bereits dort. Wenn nicht, müssen wir noch eine Weile in der Höhle ausharren." Beide nicken zustimmend, obwohl sie sich dessen bewusst sind, welcher Gefahr sich Mertlin dabei aussetzen wird. „Pass auf dich auf – bitte Mertlin!" „Mach dir keine Sorgen, Sieglinde und du auch nicht Lynhart, in einer Stunde bin ich wieder hier. Moritz habe ich in seinem Wassereimer etwas von dem Spezialmittel verabreicht. Er wird eine Weile fest schlafen. Es wäre nicht so gut, wenn er hier herumwiehert, bloß weil draußen vor der Höhle oder auf der Straße seine Blutsbrüder langtraben. Also – bis nachher!"

Mertlin, mit zwei Pistolen und einem Dolch bewaffnet, verlässt die Höhle und schleicht sich durch den Wald in Richtung Straße. Vorsichtig, damit er nicht gesehen wird, bleibt er kurz vor der Straße im Wald stehen und schaut sich erstmal alles genau an. Im Schnee erkennt er sehr viele Hufspuren. Da waren eine Menge Reiter in Richtung Auerbach unterwegs. Das allein sagt nicht viel. Überlegt Mertlin. Schnell klettert er eine leichte Anhöhe hinauf und sieht einige Dächer von Auerbach in Rauch und Flammen stehen. Mertlin weiß, was das für die dort gebliebenen Menschen bedeutet. Hoffentlich halten sie sich alle an seinen Plan, sonst wird Schreckliches geschehen. Mertlin macht sich auf den Weg zur Höhle, beseitigt seine Spuren und öffnet das Felsentor, um es gleich darauf wieder hinter sich zu verschließen. „Wie ist die Lage, Mertlin?" „Mit Sicherheit ist ein größerer Reitertrupp auf der Straße in Richtung Auerbach geritten, das ist sicher. Im Dorf selbst brennen einige Häuser. Wir müssen davon ausgehen, dass die Soldaten bereits dort sind. Lynhart und du Sieglinde, ihr bleibt bis morgen früh hier in der Höhle. Ich reite mit dem Wallach nach Auerbach. Wir müssen genau wissen, ob die Soldaten noch ihr Unwesen treiben oder ob es gelungen ist sie zu entwaffnen und die Pferde wegzutreiben. Für die ganze Gegend hier ist das sehr wichtig. Besser ich sage überlebenswichtig dazu. Bis königliche Truppen hier eintreffen und die Soldaten festnehmen, kann noch einige Zeit vergehen." „Wir könnten doch gemeinsam hier in der Höhle warten, Mertlin? Du musst doch dein Leben nicht riskieren." „Es stimmt schon was du sagst, Sieglinde, aber die Ungewissheit kann ich nur schwer ertragen. Jetzt macht euch keine Sorgen, bis zum Morgen bin ich wieder zurück." „Gut, Mertlin, die Ungewissheit macht mich auch ganz krank. Pass auf dich auf und bemühe dich bitte nicht, ein Held zu werden. Du weißt, wir haben noch eine Menge Arbeit vor uns, um den Menschen zu helfen."

Moritz wird gesattelt und mit Waffen, Essvorräten und warmen Decken bepackt. Kurze Kontrolle über den Ausguck und Lynhart ruft ihm zu, dass er nichts Verdächtiges feststellen kann. Mertlin verabschiedet sich von Sieglinde und ruft seinem Freund zu, auf keinen Fall die Höhle zu verlassen, auch wenn er sich um ein bis zwei Tage verspäten sollte. Wenige Minuten später ist er mit seinem Wallach im Wald verschwunden. Die Straße meidend, nähert er sich vorsichtig den ersten Häusern von Auerbach. Einige sind nur wenig beschädigt, andere sind bis auf die Grundmauern niedergebrannt. Moritz stellt er in einem der Häuser ab, die noch unbeschädigt sind und geht zu Fuß, jede Deckung nutzend, in Richtung Gasthof zur Post. Im sicheren Abstand von der Gastwirtschaft beobachtet er eine Weile, ob sich dort was rührt. Eine Stunde hält er das aus, dann treiben ihn die Neugier und die Kälte weiter. Erst schleicht er sich an das Stallgebäude des Gasthofs. Keine Tiere, keine Pferde stehen herum. Das ist schon erstmal nicht so schlecht. Wenige Minuten später läuft er vorsichtig zur Rückwand des Hauptgebäudes und versucht einen Blick durchs Fenster in den Innenraum zu werfen. Plötzlich ergreift eine Hand seinen Oberarm. Mertlin will schon zuschlagen, als er Hans-Gerd, einen Knecht aus dem Gasthof zur Post erkennt. „Was machst du denn hier, Mertlin? ich denke, du bist schon längst nach Chrieschwitz unterwegs?" „Eigentlich wollten wir das auch, Hans-Gerd, aber die Unruhe und die Angst um euch lassen uns nicht weg." „Keine Sorge, Mertlin, es ist so gekommen wie du es geplant hast. Die wenigen Soldaten, die sie zur Wache für die Pferde aufgestellt haben, laufen mühsam im tiefen Schnee ihren Pferden hinterher, in der Hoffnung, sie zu erwischen. In der Zeit haben die Männer von uns alle Waffen der Soldaten im Gasthof eingesammelt, die, wie du angeordnet hattest, durch den konsumierten Alkohol und deinem Geheimmittelchen selig vor sich hinschnarchen. Seit zwei Stunden bringen wir diese Schnarcher in Uniform mit unseren Pferden über sichere Wege ins Plauener Gefängnis. Den Rest erledigen unsere Männer, die zwischenzeitlich auf die eingesammelten Pferde dieser gefangenen Soldaten aufpassen." „Hans–Gerd, ihr solltet die Männer bei den Pferden in bestimmten Abständen auswechseln, es ist bitter kalt draußen." „Machen wir, Mertlin, haben schon daran gedacht. Ein paar ausgesuchte Männer von uns halten Wache, damit uns hier nichts anbrennt. Walter, unser Wirt, ist in der Küche und kümmert sich um das leibliche Wohl von uns allen. Das sind die guten Nachrichten. Hier im Ort haben wir viele tote Männer zu beklagen, Häuser wurden abgebrannt und das Vieh der Bauern wurde sinnlos abgeschlachtet. Das sind die schlechten und schmerzhaften Nachrichten. Ein Kundschafter von uns ist bereits eilig nach Plauen unterwegs, um Verstärkung von der Stadtverwaltung anzufordern. Alles in allem, denke ich, haben wir das Übelste hinter uns gelassen. und den Rest erledigen wir auch noch. Es wird einige Zeit vergehen, bis Auerbach und auch die anderen Dörfer die überfallen wurden, wieder ein normales Leben führen werden." „Das glaube ich auch, Hans – Gerd. Komm, lass uns reingehen, ich möchte nur eine Kleinigkeit mit euch essen und kann mich danach beruhigt mit Lynhart und Sieglinde auf den Weg nach Chrieschwitz aufmachen. "

Mertlin verabschiedet sich nach dem Essen von allen und rät weiter zur größten Vorsicht. „Die Halunken verstehn ihr übles Handwerk!" Ruft er ihnen noch zu. Wenig später sitzt er auf seinem braven Wallach und reitet zur Höhle, in der Lynhart und Sieglinde sicherlich schon mit großer Sorge und Ungeduld auf ihn warten.

Mertlin nähert sich vorsichtig dem Höhleneingang. Als er nichts bemerkt was ihm gefährlich werden könnte, öffnet er die Höhlentür, nimmt Moritz am Zügel und verschwindet schnell im sicheren Versteck. Felsentüre zu und erstmal tief durchatmen. Lynhart nimmt ihm den Wallach ab und führt ihn in seine Ecke, während Sieglinde weinend vor Freude in Mertlins Armen liegt.

Bei einem Becher Wein berichtet Mertlin beiden die aktuellsten Ereignisse und Erlebnisse aus Auerbach. Es wird gut für uns sein, noch eine Nacht hier zu bleiben, sicher ist sicher – ich mein ja nur. „Ist das nur eine Vorsichtsmaßnahme von dir oder gibt es noch Gefahren, die wir nicht kennen, Mertlin?" „Es spricht viel dafür, Lynhart, dass wir das Schlimmste überstanden haben. Ihr kennt ja beide das Sprichwort - „Der bessere Teil der Tapferkeit, ist die Vorsicht". Ruhen wir uns noch eine Nacht hier in Sicherheit aus. Ich habe so ein laues Gefühl im Magen, dass die nächsten Tage für uns alles, nur nicht friedlich oder langweilig werden könnten."

Nach einer kleinen Brotzeit legen sich alle drei schlafen, damit sie für den kommenden Tag ausgeruht sind. Draußen wird es bereits hell und Sieglinde kümmert sich um das Frühstück. Mertlin versorgt seinen Moritz ausgiebig mit frischem Wasser und einer großen Portion Hafer. Der Weg, den sie vor sich haben ist weit und anstrengend für den Wallach. Lynhart steht am Ausguck und kontrolliert die Umgebung vor der Höhle.

Frühstück beendet, Moritz am Wagen angespannt und das Fuhrwerk kann die Höhle verlassen, die ihnen allen in den zurückliegenden Tagen einen sicheren Schutz geboten hatte. Mertlin fährt das Gespann vor bis auf die Straße, während Lynhart die Spuren von der Straße bis zu Höhle beseitigt und ab geht die Fahrt nach Chrieschwitz. Vorher wollen sie noch einen kurzen Umweg über Mussbach fahren, um zu sehen, ob das Dorf von den Gräueltaten der Soldaten verschont wurde.

Mussbach liegt ein Stück weiter von Plauen weg, als Chrieschwitz, insoweit ist zu hoffen, dass sich die Soldaten den weiteren Weg dorthin nicht ausgesucht hatten.

Schon aus weiter Ferne sehen sie leichte Rauchwolken über dem Ort. Das sollten die Öfen der Bewohner sein, hoffen sie wenigstens. Nach der letzten Waldbiegung blicken sie auf das Dorf Mussbach oder besser, was es einmal war. Der Anblick ist wie das Grauen an sich. Bis auf den Gasthof von Joseph und Johanna, sind alle Häuser niedergebrannt. Als sie den Ort erreichen, sehen sie nur tote und bis zur Unkenntlichkeit verstümmelte Männer, Frauen und Kinder auf dem Boden liegen. Offensichtlich wurde von der Mörderbande niemand verschont. Teilweise wurden die Opfer regelrecht zerhackt. Nicht einmal das Vieh wurde so zu tote geschlachtet. Der Anblick ist entsetzlich! Sieglinde wird von Weinkrämpfen geschüttelt und sucht einen Halt an Mertlins Schultern. Trotz allen Elends findet der Wallach den Weg zum Gasthof und bleibt mit hängendem Kopf vor dem Gebäude stehen.

„Kommt, gehen wir ins Haus! Vielleicht schenkt uns der Herr ein Wunder." Lynharts Worte sollen wohl etwas Hoffnung aufkommen lassen, aber so richtig gelingt das auch nicht. Was sie sehen, ist ein total verwüsteter Schankraum Alle Möbelstücke sind zerschlagen, die Küche völlig zertrümmert und am Boden liegen tote Männer und Frauen. Alle halbnackt und an den Körpern erkennt man viele

Hieb – und Stichwunden. Mertlin und Lynhart halten sich den Mund zu und eilen nach draußen um sich zu übergeben. Sieglinde hat den Weg nicht mehr geschafft und windet sich in schlimmen Krämpfen am Boden. Es dauert eine Weile. Beide Männer bemühen sich mit der furchtbaren Situation fertig zu werden. Sie binden sich ein Tuch um den Mund und schaffen aus der Scheune Strohballen auf die Straße. Anschließend bringen sie alle Leichen auf das Strohlager und bedecken sie mit Decken, die in der Scheune noch zu finden sind. In der Kälte kann man die Toten wenigstens einige Zeit bis zur Beerdigung aufbewahren.

„Lynhart, bitte bring uns doch vom Wagen eine Flasche Schnaps, wir werden ohne ihn nicht auskommen." „Sieglinde, wir brauchen deine Hilfe! Kannst du versuchen, in der Küche den Ofen in Gang zu bringen, wir benötigen heißes Wasser?" „Ich kümmere mich darum, Mertlin."

Der öffnet derweil im Raum erstmal alle Fenster, soweit sie nicht schon zerschlagen wurden, schafft alle kaputten Sitzmöbel zu Sieglinde in die Küche, damit sie Holz für den Ofen hat und räumt die restlichen Trümmer gemeinsam mit Lynhart in die Scheune. An den kaputten Fenstern schließt er die Holzläden von außen und deckt sie von innen mit einer Decke ab. In der Scheune sucht er sich ein paar Bretter, Hammer und Nägel und zimmert zwei einfache Bänke und einen Tisch zusammen.

Sieglinde ist es zwischenzeitlich gelungen, den Ofen notdürftig zu reparieren und das erste heiße Wasser dampft auch schon im Kessel. Gemeinsam schrubben sie mit Wasser und viel Seife den Fußboden von der Gaststube und reinigen Fensterbänke und Holzverkleidungen vom Schmutz. Zwei Stunden harte Arbeit und das Ergebnis lässt sich sehen. Der große leere Raum fühlt sich nicht besonders gemütlich an, aber sauber ist er. Mertlin schließt die Fenster, frische Luft ist genügend im Raum, so dass, dank des kräftigen Feuers im Ofen, der große Raum nicht warm, aber doch wenigstens nicht mehr so kalt ist.

„So, Lynhart, wir beide richten, sobald der Fußboden trocken ist, ein großes Strohlager hier im Raum ein. Es kann ja sein, dass einige Leute vom Dorf sich im Wald verstecken und nur darauf warten wieder zurückzukommen, sobald die Verbrecherbande abgezogen sein könnte." „Würdest du das übernehmen?" „Kein Problem, Mertlin, wird erledigt." „Ich werde auf dem Dorfplatz, gleich hier in der Nähe ein Feuer anfachen, um den frostigen Boden aufzuweichen. Wir müssen die Toten beerdigen. Später sollte hier zu Ehren der Ermordeten ein Mahnmal aufgestellt werden." „Sieglinde, du könntest hier im hinteren Raum ein paar einfache Betten herrichten. Decken und Schaffelle findest du in der Scheune." „Mach ich, und denk an Moritz, der steht noch in der Kälte. Begeistert wird er darüber nicht sein." „Ach du lieber Gott, ja danke Sieglinde, den Wallach hatte ich vor lauter Arbeit vergessen. Ich kümmere mich sofort darum." „Wir treffen uns in zwei Stunden wieder hier zum Kaffee, etwas Essbares lehnt mein Magen derzeit ab." Ruft er noch schnell in die Küche und macht sich auf den Weg in die Scheune.

Die zwei Stunden, wie von Mertlin gedacht, reichen für die viele Arbeit nicht aus. Kurz vor Einbruch der Dämmerung sitzen alle drei am Tisch und schlürfen ihren heißen Bohnenkaffee. Bei allem Schmerz und Trauer um die vielen toten Leute vom Dorf, kommt doch so ein kleines zaghaftes Gefühl für einen Neuanfang auf.

„Seid doch mal leise ihr zwei, da kratzt doch was? Hört ihr das nicht?" Flüstert Sieglinde leise." „Was wird das schon sein, Sieglinde? Ratten – nur Ratten! Die riechen doch die Leichen und denken dabei nur ans Fressen. Passt auf, der Spuck ist gleich weg."

Mertlin steht auf und geht in die Richtung aus der die Kratzgeräusche kommen. Stampft mit seinem Stiefel auf den Boden und kommt wieder an den Tisch.

„Sei leise, Mertlin, die Ratten kratzen weiter." „Na, sowas gibt es eigentlich nicht. Mertlin nimmt sich sein Messer vom Tisch und geht an die Stelle, von der die Kratzgeräusche kommen. Vorsichtig klopft er drei Mal auf den Fußboden – Ruhe! „Na, was hab ich gesagt – Ratten!" Plötzlich wieder die gleichen Geräusche, aber mit kurzen zeitlichen Abständen. Sieglinde zählt mit, es sind immer drei Kratzer. „Jetzt erzähl mir bitte nicht, mein lieber Schatz, dass fressgierige Ratten zählen können." „Lynhart, du bist doch unser Höhlenspezialist. Kann es unter dem Schankraum ein Versteck geben?" „Möglich wäre es schon. Ich werde mal nachsehen – wartet hier!."

Lynhart überprüft in dem Raum die Bodenbretter, die ja wieder sauber sind, ob sie Schnittstellen aufweisen, so dass möglicherweise eine Falltüre eingezimmert wäre. Nein! Und Lynhart schüttelt mit dem Kopf, Der Fußboden hat keine typische Stelle, an der man erkennen kann, wo eine Öffnung sein könnte.

Die Scheune! Ruft Mertlin, der Zugang geht von der Scheune aus. Los, lasst uns nachsehen. Eilig laufen sie in die Scheune und suchen an der Wand, die den Schankraum zur Scheune abtrennt, den Boden ab. Und tatsächlich! Die Bodenbretter haben im Abstand von zwei Metern von der Wand ab, eindeutig eine Schnittstelle. Üblich ist, meint Lynhart, bei solch einfachen Verstecken, dass man an der Wand eines der Bretter für das Öffnen der Bodenklappe verwendet. Zieht man das Brett nach außen, wird ein Riegel zurückgezogen und die Falltüre lässt sich öffnen. Sind die Leute unten im Gang, drücken sie das Brett, das bis runter in die Höhle reicht, wieder in Richtung Wand und die Falltüre ist verriegelt. Das mag einfach sein, ist allerdings praktisch und schnell zu handhaben.. Also los, suchen wir das richtige Brett.

Minuten später ist die Bodenplatte geöffnet. Eine Leiter lehnt an der Mauer und Mertlin steigt vorsichtig hinab. Muffige und verbrauchte Luft kommt ihm entgegen und der Geruch ist auch nicht besonders angenehm. „Lynhart, bring mir doch mal die Sturmlaterne mit einer Kerze vom Wagen. Vergiss die Streichhölzer nicht." „Was willst du unternehmen?" „Na, nachsehen wer da kratzt. Los, komm mit, zu zweit sind wir stärker!" Nach ein paar Metern sehen sie im Schein der Lampe sechs Menschen am Boden liegen. Zwei Frauen und vier Männer. Mertlin leuchtet jeden ins Gesicht und erkennt Joseph und Johanna. An zwei Knechte und die Magd kann er sich ebenfalls erinnern. Den dritten Knecht kennt er nicht.

„Lynhart, wir beide tragen mit größter Vorsicht erst Johanna nach oben. Das Kind, das sie erwartet, ist noch nicht geboren."

Nach einer halben Stunde anstrengender Arbeit liegen alle sechs auf den Strohlagern im Gastraum und Mertlin beginnt sofort damit alle zu untersuchen. Joseph ist schwer verletzt. Die Hieb- und Schnittwunden sind unübersehbar. Auch die drei Knechte sind übel zugerichtet. Johanna und die Magd scheinen unverletzt zu sein, sind aber zu schwach um aufzustehen. Die Magd macht mit Gesten klar, dass sie es war, die sich durch Kratzgeräusche bemerkbar gemacht hat.

„Sieglinde, wir benötigen dringend heißes Wasser und Leinentücher. Nimm was du finden kannst. Notfalls musst du alte Lappen auskochen. Lynhart, wir beide holen uns vom Wagen das, was wir hier dringend brauchen werden."

Mit warmen und sehr süßem Tee gelingt es Mertlin, die beiden Frauen soweit zu bringen, dass sie wenigstens allein sitzen können. Nach einer Stunde ist die Magd bereits in der Küche und hilft Sieglinde bei der Arbeit. Eine leise Stimme wendet sich an Mertlin. „Werde ich mein Kind behalten können, Mertlin? Sag mir bitte die Wahrheit - bitte Mertlin!"

Mertlin tastet Johannas Bauch sorgsam ab und spürt leichte Bewegungen des Kindes an der Bauchdecke. „Das Kind lebt, Johanna, und wann es sein schönes warmes Wasserbett in deinem Bauch verlassen möchte, entscheidet es selbst." „Bist du sicher?" „Ja, das bin ich, Johanna! Du wirst die nächsten Stunden warmen Tee mit viel Zucker trinken. Du und auch dein kleiner Strampler im Bauch müsst wieder zu Kräften kommen. So eine Geburt ist eine sehr anstrengende Arbeit für euch beide. Keine Sorge, Sieglinde wird ständig auf dich achten und sofort Alarm schlagen, wenn dein Kind auf die Welt kommen will. Ich werde mich jetzt um Joseph und um die

Knechte kümmern." Mertlin reinigt die Verletzungen bei den Männern sorgfältig mit einer Mischung aus warmen Wasser und Alkohol und behandelt sie anschließend, bevor er sie verbindet, mit einer Alaunflüssigkeit, damit die Blutungen zum Stillstand kommen können und die Wunden sich schließen. Ein sauberer Verband wird die Verletzungen vor Verunreinigungen schützen. Ein warmer Tee mit sehr viel Zucker soll ihre Kräfte mobilisieren und ein paar Tropfen von seinem hilfreichen Universaltoxikum wird den Verletzten die Schmerzen nehmen. Müde, aber glücklich über das was sie erreichen konnten, fallen sie auf die Strohsäcke und sind Minuten später in einer anderen Welt.

Heftiges Klopfen an der Eingangstür schreckt Sieglinde aus dem Schlaf. Mertlin und Lynhart scheinen den Krach überhört nicht gehört zu haben und schlafen weiter. Vorsichtig geht sie zum Eingang. Die Fenster sind mit den Holzläden gut verriegelt, so dass sie eigentlich nicht unbedingt Angst haben muß, dass ihr was passieren würde – es sei denn - Soldaten stehen vor der Tür.

„Wer ist da?" Keine Antwort – noch mal die gleiche Frage. „Wer ist da oder habt ihr keinen Namen?" Eine Frauenstimme meldet sich. „Wir sind vier Frauen und zwei Männer aus dem Dorf. Kannst du uns reinlassen, wir sind am Ende unserer Kraft?" „Wartet einen Moment, ich melde mich gleich wieder." Sieglinde rüttelt Mertlin und Lynhart wach und fragt wie sie sich verhalten soll. „Leg dich hin, ich mach das."

Mertlin greift sich eine Pistole, nimmt seine Sturmlaterne die noch mit der brennenden Kerze auf dem Tisch steht und öffnet die Tür um nachzusehen wer dort steht. Es sind tatsächlich vier Frauen und zwei Männer, die ein erbärmliches Bild abgeben.

„Kommt rein, aber leise, wir haben hier schwer verwundete Männer und Frauen, die Ruhe brauchen." Sieglinde macht schnell für die Neuankömmlinge einen heißen Tee mit viel Zucker. Sie erzählen, während sie den Tee trinken, ihre Erlebnisse und bedanken sich für die Hilfe. Seit Tagen können sie endlich wieder in einem warmen Raum schlafen und sind in Sicherheit. Aus den Vorräten im unterirdischen Raum haben Sieglinde und die Magd ein paar Lebensmittel geholt und für die, die schon essen können, etwas hergerichtet.

Der Raum hat sich, dank des beständigen Feuers im Ofen, gut erwärmt. Die vier Verletzten schlafen und es bestehen gute Aussichten, dass sie in wenigen Tagen mit am Tisch sitzen können. Beides, süßer Tee und ein paar Tropfen gegen Schmerzen werden ihnen schnell die erhoffte Besserung bringen.

Johanna und dem kleinen Baby im Bauch geht es spürbar besser. Für Mertlin und Lynhart scheint die Gelegenheit günstig, schnell einen Abstecher nach Chrieschwitz zu unternehmen. Mertlin prüft nochmals alle Verbände und fragt Johanna, ob sie schon leichte Wehen verspürt. Sie schüttelt nur mit dem Kopf und bemüht sich, Joseph, ihren Mann, in kleinen Abständen, etwas von dem warmen Tee einzuflößen.

Mertlin nimmt Sieglinde in die Arme und verspricht ihr und allen anderen, dass er und Lynhart vor Einbruch der Dunkelheit wieder zurück sein werden. „Vergiss nicht, bei den Verletzten die Windeln zu wechseln, sonst kommt es zu Entzündungen." „Weiß ich doch, mein lieber Schatz. Passt lieber auf euch auf und seit heute Abend wieder hier." „Versprochen, Sieglinde."

Moritz ist schnell angespannt und Minuten später sind sie auf dem Weg nach Chrieschwitz. Je mehr sie sich dem Ort nähern, umso größer wird ihre Sorge darüber, ob sie überhaupt noch jemand antreffen werden. Endlich, sie fahren die Straße abwärts zum Ort und sehen eigentlich nur zwei Gebäude. Ein kleineres, vermutlich der Gasthof und ein großes - das Schloss. Kaum kommen sie im Dorf an und fahren in Richtung Schloß, sehen sie viele tote Leute auf den Straßen. Verletzte wird es sicherlich bei der Kälte nicht geben. Wer nicht niedergemetzelt wurde oder nicht gleich tot war, wird durch die kalten Nachtemperaturen sein Leben verloren haben. Mertlin dirigiert sein Gespann zu den Stallgebäuden, die nicht abgefackelt wurden und stellt Moritz mit dem Wagen unter. Beide machen sich sofort auf den Weg zum Schloß, in der Hoffnung, noch einige anzutreffen, die das Gemetzel hoffentlich überlebt haben. Ein Knecht kommt ihnen in der Eingangshalle entgegen und hält eine Pistole auf sie gerichtet.

Mertlin und Lynhart heben ihre Hände, sagen ihren Namen und den Zweck ihres Besuches. Der Mann steckt daraufhin seine Waffe in den Gürtel und fordert sie auf, ihn in den kleinen Salon zu folgen. Das, was sie sehen müssen, treibt ihnen das Entsetzen in die Glieder. Beide sind ja gewohnt, Leid anderer zu ertragen, aber auch hier, so wie im Gasthof in Mussbach, bleibt nur der Weg ins Bad. Ihnen ist so elend, dass sie erst nach einer Stunde wieder ansprechbar sind.

„Was können wir hier noch ausrichten, Mertlin?" „Wir sollten eine einfache Trage bauen, die Toten und die Teile der Toten nach unten schaffen, um sie später zu beerdigen. Die Kälte wird dafür sorgen, dass sie nicht verwesen. Kannst du das mit dem Knecht übernehmen?" „Gut, mach ich!"

Während Mertlin mit einem Tuch vor dem Mund wieder in den kleinen Salon geht und sich bemüht festzustellen, ob möglicherweise unter den am Boden liegenden Toten vielleicht noch nicht alle in einer anderen Welt sind, bemühen sich Lynhart und der Knecht mit einer einfachen Trage die Männer, Frauen und Kinder nach unten in den Garten zu schaffen, für die jede Hilfe zu spät kommt. Auf Anraten von Lynhart, macht der Knecht hinter dem Stallgebäude ein größeres Feuer, damit der gefrorene Boden auftaut und er eine Grube ausheben kann.

Bei allem was hier Schreckliches und Grausames von der mörderischen Soldatenbande angerichtet wurde, gibt es auch einen kleinen Hoffnungsschimmer. Die Baronin, der Hausverwalter und zwei Mägde atmen noch. Zwar sehr flach, aber sie atmen. Als alle Toten aus dem Raum sind, wird von Mertlin das Bett mit sauberen Laken überzogen und die vier Lebenden aufs Bett gelegt.

In der Küche bemüht sich Lynhart darum, den Ofen in Gang zu bringen und sorgt für heißes Wasser. Alle vier Verletzten werden von Mertlin und Lynhart behutsam vom Blut, Schmutz und von ihren Ausscheidungen gesäubert. Nach genaurer Untersuchung stellt Mertlin fest, dass die drei Frauen und der Mann zwar in einer schlimmen Art und Weise vergewaltig wurden, die Schlagverletzungen, Gott sei Dank, nicht lebensbedrohend sind. Mertlin bearbeitet alle Verletzungen mit einer warmen Alaunflüssigkeit und Lynhart verbindet die behandelten Wunden mit sauberen Leinentüchern.

Das Gesäß des Verwalters und der gesamte Unterleib der Frauen werden wohl, trotz der fürsorglichen Behandlung, einige Zeit brauchen, bis alles schmerzfrei ist. Für das tägliche kleine und große „Geschäft" wird das für die vier jedes Mal eine sehr schmerzhafte Tortur werden.

„Lynhart, wir brauchen heißen Tee. Wenn du in der Küche nichts findest, ich habe auf dem Wagen noch Vorräte." „Bin schon unterwegs."

Stunden später bemühen sich beide, mit warmen Tee und ein paar Tropfen gegen die Schmerzen, dass schwindende Leben der Verletzten wieder zu mobilisieren und im Körper festzuhalten. Die erste, die sich von den Frauen bewegt, ist die Baronin. Eine halbe Stunde später öffnen der Verwalter und die beiden Mägde ihre Augen. Lynhart hat in der Küche aus hartem Brot und etwas Speck aus Mertlins Vorräten, eine warme Brotsuppe gekocht. Vorsichtig, damit sich keiner verschluckt, bemühen sie sich etwas von der Brotsuppe in den Magen der Verletzten zu befördern. Hoffentlich, denkt Mertlin, bleibt das alles schön dort, wo es bleiben soll. Zum Schluss noch eine Tasse Tee mit viel Zucker und ein paar Tropfen gegen die Schmerzen. In Bettlaken und saubere Decken eingepackt, müssten sie eigentlich gut schlafen können. Mertlin und Lynhart hoffen, dass der Lebenswille von der Baronin, dem Verwalter und den zwei Mägden groß genug ist, um die schwere Zeit zu überstehen. Mertlin holt sich den Knecht aus dem Garten, um ihn noch einige Verhaltensmaßnahmen zu geben. „Du wirst dieses Zimmer hier gründlich sauber machen, auch alle Möbel, Verkleidungen und Ablagen. Heißes Wasser und Seife findest du in der Küche. Anschließend wirst du hier in dem kleinen Ofen Feuer machen und dafür sorgen, dass es im Zimmer warm wird und auch so bleibt. Vergiss nicht, in bestimmten Abständen zu lüften. In der Küche sind noch Brot und ein paar Speckstreifen. Koch dir was zum Essen und halte das Feuer auch in der Küche in Gang. Holz zum Verfeuern liegt ja genügend herum. Wir müssen wieder nach Mussbach, sind aber morgen Vormittag wieder hier und schauen nach den Verletzten. Such im Schloss nach Essbarem und bring alles was du finden kannst in die Küche. Hast du alles verstanden?" „Ja, ich kümmere mich darum." „Die Toten lässt du wo sie derzeit sind, wir werden sie morgen beerdigen."

Mertlin schaut auf die vier Schwerverletzten und ist sich sicher, dass sie die Nacht durchschlafen werden. „Lynhart, komm, wir müssen los, wenn wir nicht in der Dunkelheit ankommen wollen!" „Was meinst du, Mertlin, werden sie durchkommen?" „Ich denke, in einer Woche haben sie das Schlimmste überstanden." „Johanna, wird sie und das Baby die anstrengende Geburt überleben? Was meinst du dazu?" „Ich glaube nicht, Lynhart, dass wir uns um sie Sorgen machen sollten. Sie ist zwar körperlich noch etwas schwach, wenn sich das Kind noch ein paar Tage bis zur Geburt Zeit lässt, wird sie bald eine glückliche Mutter sein." „Was wird aus Joseph?" „Frag mich das in einer Woche. Ich kann dir das jetzt nicht beantworten, das gleiche gilt für die Knechte. Sie haben viel Blut verloren und die Verletzungen sind schlimm. Wir können zwar einiges tun, um sie vor dem Tod zu retten – aber letztlich liegt es in Gottes Hand."

Endlich – der Gasthof von Mussbach ist in Sicht. Sie sind müde und freuen sich auf ihr Bett. Als sie näher kommen, hören sie laute Schmerzenschreie aus dem Haus. „Schnell Lynhart, bring Moritz in den Stall, ich schau nach was da passiert ist. Minuten später kniet er neben Johanna, die sich bereits im Geburtenschmerz windet. „Gott sei Dank, du bist da, jetzt wird alles gut." „Schnell, Sieglinde, heißes Wasser und meine Tasche." „Kommt sofort!" Mertlin berührt mit leichter Hand ihr Gesicht, streicht ihr weich über ihre Haare und schaut sie aufmunternd an. „Johanna, mach dir keine unnötigen Sorgen, dein Kind liegt richtig mit dem Kopf nach unten und wird sich mit ganzer Kraft den Weg ans Licht bahnen. Du bist zwar noch geschwächt, aber gemeinsam schaffen wir das. Entspann dich und beginn erst zu pressen wenn ich rufe. Bemühe dich, zwischen den Pausen der Wehen kurz und schnell zu atmen, das entspannt deine Bauchmuskeln. Sieglinde wird dir, so gut es geht, auch helfen.

Drei Stunden sind mit großen Anstrengungen von allen Beteiligten vergangen, als sich ein zaghafter, kleiner Aufschrei aus der Brust des Jungen und es ist ein Bub, löst und den Weg zu seiner Mutter sucht und findet. Selten hat Mertlin ein so glückliches Gesicht gesehen. Schnell löst er die Nabelschnur vom Bauch des Neugeborenen, reinigt die kleine Wunde mit etwas Alaun und ein Verband sorgt für den Schutz der Verletzung.

„Schnell, Sieglinde, pack den Lauser warm ein und dann ab an die Brust von Johanna zum Abendbrot für den Kleinen, er wird Hunger haben."

Im Kerzenschein des Gastzimmers kann man zwei kleine Wunder sehen. Einen neuen jungen Dorfbewohner und einen glücklichen Joseph, der auf seinem Bett sitzt, als sei er kerngesund und das selige Glück eines Mannes genießt, der eben Vater geworden ist. Sieglinde nimmt Mertlin und Lynhart an der Hand und zieht sie zu ihren Strohsäcken. „Ihr beide schlaft jetzt – keine Widerrede – ich kümmere mich um Johanna und um das Kind." „Hast du für uns beide einen kleinen Schlaftrunk? Unser Kopf kommt damit besser zur Ruhe." „Habe ich."

Minuten später hört man an den Schlafgeräuschen, in welcher Welt die beiden bereits angekommen sind. Die Nacht ist zu Ende und Mertlin sorgt sich zusammen mit Lynhart um die Verletzten. Die Geburt seines Sohnes hat Joseph völlig verwandelt. Er sitzt bereits bei Johanna auf dem Bett und sie genießen gemeinsam ihr Glück. „Sieglinde, es wird sich nicht vermeiden lassen, dass wir noch einige Zeit zwischen Mussbach und Chrieschwitz hin und her pendeln müssen. Jedenfalls solange, bis die drei Knechte außer Lebensgefahr sind. Um Joseph müssen wir uns keine Sorgen mehr machen." „Wo werden wir einmal wohnen, mein lieber Schatz?" „Ich denke, im Schloss Chrieschwitz, du kennst ja meinen Plan. Sobald die Gräfin wieder bei Kräften ist, werde ich mit ihr darüber sprechen. In einer Stunde fahren wir los, sind aber abends wieder zurück." „Gut Mertlin, und passt auf euch auf! Wir bräuchten Pferde, dann wäre alles einfacher." „Verstehe ich nicht, wieso mein lieber Schatz?" „Es müsste einer nach Plauen reiten, damit wir wissen, was aus der Soldatenbande geworden ist? Das wäre wichtig. Zu Fuß ist das bei der Kälte nicht gut." „Ich hoffe, dass einige Tiere, darunter auch Pferde, die sich aus Angst vor dem Feuer und den Soldaten im Wald verstecken, ins Dorf kommen, sobald wieder Ruhe eingetreten ist. Sie riechen die Menschen und Hunger werden sie auch haben. Also, meine liebe Sieglinde, mach dir keine Sorgen, abends bin ich wieder bei dir. Wir wollen heute versuchen, mit der Baronin über die zweckgebundene Umgestaltung ihres Schlosses zu sprechen. Ich bin neugierig, wie sie darüber denken wird." „Das bin ich auch, Mertlin. Mit einem lieben Kuss verabschiedet sich Sieglinde von ihrem Zukünftigen und hofft, dass ihr Schatz seinem Ziel ein Stück näher kommen wird.

Ein altes Schloss verändert sich

Ich weiß recht gut, sagte Eduard, indem sie zusammen den Schlossberg wieder hinaufstiegen, dass alles in der Welt ankommt auf einen gescheiten Einfall und auf einen festen Entschluss.

Johann Wolfgang von Goethe

Ein altes, nutzlos gewordenes Schloss könnte zu etwas Sinnvollem umgewandelt werden, grübelt Mertlin. Lynhart, den er bereits mit seinen Überlegungen vertraut machte, ist von der Idee begeistert. Beide, so hoffen sie wenigstens, könnten die Baronin, ihr gehört ja das Schloss, davon überzeugen, ihrem Plan zuzustimmen. Sie wollen das Gebäude mit den vielen Zimmern so umgestalten, dass zukünftig kranke und pflegebedürftige Frauen, Männer und Kinder behandelt werden können und für die alten Menschen, die dem Tod nahe sind, das Schloss ein ruhiger Ort der Begegnung zwischen den Welten werden könnte. Mertlin ist sich dessen bewusst, dass die Baronin nicht nur am Körper schwer verletzt ist, sondern dass auch ihre Seele sicherlich große Sehnsucht verspürt, die Erde zu verlassen, um in eine andere Welt zu fliehen. Es wird nicht leicht für ihn werden, sie davon zu überzeugen solange hier auf der Erde zu bleiben, bis Gott sie zu sich ruft.

Es geht schon auf die Mittagszeit zu, als Mertlin und Lynhart mit ihrem Fuhrwerk auf dem Hof des Schlosses in Chrieschwitz ankommen. Das Feuer im Garten, um den harten Boden für das Grab aufzuweichen, brennt immer noch mit kleiner Flamme. In einigem Abstand davor trampeln sechs Pferde und eine kleine Schafherde unruhig vor einem großen Haufen Stroh und Heu herum. Vermutlich überwiegt der Hunger, so dass sie das Feuer in der Nähe hinnehmen. Der Tag fängt ja gut an. Wolln wir hoffen, dass wir mit der Baronin einig werden können.

Lynhart bringt Moritz mit dem Gespann in die große Scheune und legt ihm eine wärmende Decke über den Rücken. Anschließend läuft er zum Knecht, der in der Nähe Wache hält.

„Wie geht es den Verletzten? Haben sie heute früh eine Kleinigkeit gegessen?" „Essen war nicht möglich, aber eine Tasse Tee haben sie alle getrunken." „Wie geht es ihnen?" „Sie schlafen." „Gut! Von den Tieren, die am Feuer stehen, stellst du drei Pferde und sechs Schafe gesondert in den Stall. Achte darauf, dass ein Hengst dabei ist. Bei den Schafen sollte wenigstens ein Schafbock dabei sein. Prüf das nach! Wenn wir heute Abend nach Mussbach fahren, nehmen wir die Tiere mit. Mit der Frau Baronin werden wir bestimmt eine Einigung darüber erzielen. Die Tiere gehörten vermutlich den Bauern hier im Dorf. Alles verstanden?" „Ja, wird erledigt."

Lynhart macht sich auf den Weg in die Küche, um eine warme Mahlzeiten für die Verwundeten zu kochen. Mertlin ist unterwegs zum kleinen Salon und hofft, dass es den Verletzten besser geht. Als er in das Zimmer kommt, sitzen die Baronin und der Verwalter weinend beieinander und halten sich an den Händen fest. Für ihn ist es ein Bild, bei dem er nicht weiß, ob er mit weinen soll oder ob er sich darüber freuen kann darüber, dass es beiden offensichtlich besser geht. Die zwei verletzten Mägde liegen auf dem Bett und schlafen.

„Mertlin, bitte komm zu uns aufs Bett, wir müssen mit dir reden." Ihre Stimme ist leise und ihre Worte kommen nur sehr langsam über ihre Lippen. Mertlin schaut beiden ins Gesicht und erkennt am Blick ihrer Augen und an den Gesten ihrer Hände, dass sie gedanklich schon auf dem Weg in eine andere Welt sind.

„Mertlin, wir wollen beide hier nicht mehr leben. Ich weiß, du kennst Pflanzen, die uns den Weg in eine ander Welt ermöglichen. Wir sind am Körper und in unserem Körper schlimm verletzt und unsere Seele will das Leben hier nicht mehr ertragen müssen." Minutenlang spricht keiner ein Wort und jeder ist nach diesen Äußerungen mit seinen Gedanken beschäftigt. Für Mertlin ist das eine sehr schwierige Situation. Es muß ihm gelingen, den Lebensmut der beiden wieder zu aktivieren, damit sie hier bleiben wo sie gebraucht werden. Die andere Welt sollte noch eine Weile auf sie warten.

„Sie, Frau Baronin, haben mit ihrem Mann zusammen in ihrem Leben, jedenfalls was hier einige Menschen durch ihr Verhalten ertragen mussten, schreckliches Leid, Schmerz und wirtschaftliches Elend verursacht. Natürlich kann man sich aus dem Leben schleichen, um alles hinter sich zu lassen. Helfen wird es ihrer Seele ganz sicher nicht." „Was sollte ich ihrer Meinung nach tun, Mertlin?" „Ja, was sollten sie tun?" Für die Einsicht, in Liebe zu handeln, muss man einen anstrengenden Weg gehen – denkt Mertlin laut. „Was für einen Weg soll ich gehen und was kann ich tun, damit meine Seele Frieden finden kann?"

Wie Gottes Fügung es will, erkennt Mertlin noch einen Rest körperlicher Kraft in ihr und der Mönch, der eine Schüssel Suppe gebracht hat, spürt ihre aufkommende Willenskraft.

„Sie fragen mich, welchen Weg sie gehen sollen? Besser ist, welchen Weg können wir gemeinsam gehen, um anderen Menschen, die unsere Hilfe brauchen, in die Arme zu nehmen."

Mertlin nimmt die Hände der Baronin und hält sie fest. Ruhig und ausführlich erklärt er ihr, wie er sich diese „Hilfe" für Bedürftige konkret vorstellen könnte. Nach einer langen Diskussion, an der sich auch Lynhart und der Verwalter beteiligen, sind sich alle drei einig, gemeinsam etwas Gutes für die Menschen zu tun.

So entsteht aus Mertlins Idee der praktische Plan, aus dem alten, nutzlos gewordenen Schloss, ein Haus für kranke und gebrechliche Menschen zu gestalten. Auch Lynharts Gedanken, an die zu denken, die in Ruhe und in Gottes Nähe sterben wollen, werden berücksichtigt.

„Ich denke, wir sollten zwischen uns das „Du" verwenden. Mein Vorname ist Christina – euren kenn ich ja." „Danke erstmal für dein Vertrauen - Christina klingt auch viel besser. Und sie Herr Verwalter, wie denken sie darüber?" „Der Verwalter, Mertlin, ist fest in meinem Herzen und heißt Diethelm." „Diethelm klingt deutlich angenehmer als - „Herr Verwalter. Also Diethelm, hast du zufällig tief unten im Weinkeller noch einen von dem sehr guten französischen Tropfen?" „Nein! Leider, Mertlin, den Keller hat diese Soldatenbande vollständig ausgeräumt." „Kein Problem! Ich habe auf meinem Wagen bestimmt noch eine Flasche Pflaumenschnaps, der muß dafür herhalten. So eine gute Entscheidung muß begossen werden. Lynhart, könntest du uns bitte eine Flasche vom Wagen bringen?" „Bin schon unterwegs." „Heute ist für uns alle ein guter Tag. Trotz der schrecklichen Ereignisse haben wir einen Anfang gemacht und die Einzelheiten besprechen wir morgen zum Frühstück. Wir müssen abends dringend nach Mussbach und uns um die Verletzten kümmern." „Das ist wichtig und wir können bis morgen warten. Ich kann ja mit Diethelm schon mal ein paar Dinge bereden, vor allem darüber, wie wir unseren landwirtschaftlichen Besitz neu organisieren können, um ihn in den Krankenhausbetrieb mit einzufügen." „So gefällst du uns schon viel besser, Christina." „Du lässt mich ja nicht gehen und nur rumsitzen, möchte ich auch ich nicht." „Die Zeit, um in eine andere Welt zu gehen, ist für euch beide noch nicht gekommen. Also, zurück zu eurem schlimmen gesundheitlichen Zustand. Ich gebe euch in den Tee noch ein paar schmerzstillende Tropfen, damit ihr ohne Beschwerden schlafen könnt. Bitte abends eine Tasse aus der Teekanne."

Mertlin nimmt sich die volle Kanne und gibt zwanzig Tropfen in den Tee hinein. Aus seiner Behandlungstasche nimmt er sich eine kleine Flasche und einen größeren Beutel raus und stellt beides auf den Tisch.

„Wenn ihr aufs Klo müsst, gleich aus welchem Grund, ob kleines oder großes „Geschäft", habt ihr am Hintern und du Christina auch an deiner Maus vermutlich, nein - nicht vermutlich, sondern ganz sicher heftige Schmerzen. Gleiches gilt auch für deine zwei Mägde. Wenn ihr vom Topf runter kommt, werdet ihr mit warmen Wasser und ein wenig Alaun euren verletzten unteren Bereich, außen und innen, vorsichtig ab- und auswaschen. Auch wenn das schmerzt. Danach wartet ihr jedes Mal ungefähr eine Stunde und reibt dann behutsam, mit diesem Öl aus der Flasche, die schmerzenden Stellen am Hintern und an der Scheide ein. Das macht ihr solange, bis die Wunden verheilt und schmerzfrei sind." „Danke, Mertlin, die Schmerzen in meinem Schoß und an und in meinem Hintern sind schlimm. Diethelm wird es nicht besser ergehen. Dank deiner Tropfen ist es zum Aushalten." „Wenn ihr die Behandlung so einhaltet, ist in zwei Wochen das Schlimmste überstanden. Wir bringen euch morgen vier Frauen und zwei Männer mit. Sie sind selbst unverletzt, aber ihre Familienangehörigen wurden alle getötet und ihre Häuser niedergebrannt. Sie werden dir, Christina im Haus, und dir Diethelm bei der Viehhaltung und auf den Feldern eine Hilfe sein. Aus dem zugelaufenen Vieh möchten wir bitte drei Pferde und eine kleine Schafherde mit nach Mussbach nehmen. Für einen Neuanfang dürfte das ausreichend sein, so du einverstanden bist, Christina? Hier im Beutel sind eintausendzweihundert Florentinische Gulden. Keine große Summe, aber ihr werdet ein paar wichtige Lebensmittel und Saatgut zukaufen können." „Mertlin, du bist ein guter Mensch, danke für dein Angebot. Die Soldaten haben viele von unseren Leuten getötet und die, die noch am Leben waren geschändet und schwer verletzt. Alle wertvollen Sachen wurden von ihnen aus dem Haus gestohlen und wegtransportiert. Mein Geld und die Schmuckschatulle haben sie allerdings nicht gefunden. Gott sei Dank - wir werden die Gulden in den kommenden Monaten gut gebrauchen können. Die zwei Männer und die vier Frauen nehmen wir gern auf. Sie werden uns eine große Hilfe sein. Die Tiere für das Dorf Mussbach nimmst du heute mit. Die tausendzweihundert Gulden solltest du dafür verwenden, dir ein eigenes Haus zu bauen, du willst ja jetzt sesshaft werden und nicht mehr durch die Dörfer ziehen, um den Kranken dort zu helfen. Die werden wir ja zukünftig hier bei uns im Schloss behandeln. Ich habe auch schon einen Namen für unser Schloss - Haus der Hoffnung." „Den Namen sollten wir nehmen, ich finde ihn zutreffend. Was meinst du dazu, Lynhart?" „Ich könnte keinen besseren finden." „Lieben Dank, Christina, dann werde ich mir für die tausendzweihundert Florentinischen Gulden hier im Dorf ein kleines Haus bauen. So, wir müssen los!" „Kommt morgen nicht so spät, Mertlin!" „Bestimmt nicht, Christina!"

Mertlin und Lynhart verabschieden sich, nehmen die reservierten

Tiere aus dem Stall, binden sie mit langen Seilen an der hinteren Wagenfront fest und machen sich auf den Weg nach Mussbach. Auf der Fahrt besprechen sie nochmal alles, was sie zusammen praktisch umsetzen wollen. Besonders die Details für die benötigten Helfer und Helferinnen, für den Aus- und Umbau der Räume, den sanitären Anlagen und für die räumlichen Einrichtungen und Pflegemittel.

Es ist schon dunkel geworden. Das helle Licht des Mondes reicht leicht aus, um sicher auf dem richtigen Weg zu bleiben. Der Schnee knirscht vor Kälte und langsam wird es ihnen, ohne Bewegung auf dem Kutschbock, ziemlich kalt.

Weit ist es nicht mehr bis zum Gasthof, die zehn Minuten werden sie noch aushalten. Dem Wallach hat Mertlin vor der Abfahrt eine dicke Decke über den Rücken gelegt, damit ihm die Kälte nicht allzu sehr zu schaffen macht.

Endlich – schnell trabt Moritz in den warmen Stall und bekommt einen Eimer Wasser und einen ordentlichen Haufen Heu. Untergebracht und versorgt wollen die anderen Pferde und Schafe natürlich auch sein. Sicher sind sie froh, wieder in einem Stall zu wohnen und nicht hungern zu müssen.

Minuten später sitzen Mertlin und Lynhart in der gemütlich warmen Gaststube und freuen sich auf das gemeinsame Abendessen. Für beide ist es eine Freude, dass Johanna und Joseph mit ihrem kleinen neugeborenen Jungen am Tisch sitzen. Joseph ist über den Berg und wird für die tägliche Arbeit eine große Hilfe sein. Bei den Knechten geht es bergauf und spätestens in einer Woche sind sie wieder auf den Beinen.

Die Vorräte im Kellerversteck und die Pferde und Schafe die bereits im Stall stehen werden helfen, den Rest des Winters zu überstehen, ohne das alle Hunger leiden müssen. Ein Reporter vom Stadtanzeiger Plauen war heute hier bei uns, erzählt Johanna und berichtete, dass man die gesamte Bande, jedenfalls die noch am Leben waren, fest hinter Schloß und Riegel gebracht hat und die Gefahr vor weiteren Anschlägen erstmal vorüber ist. Die Überlebenden können wieder hoffnungsvoll in die Zukunft blicken und das wieder aufbauen, was bei ihnen zerstört wurde. Mertlin wird seiner Sieglinde später auf dem Strohsack ins Ohr flüstern, wie sie beide, als verliebte Eheleute im eigenen Haus, ihre Zukunft gestalten werden.

Lynhart wird sich mit dem seelischen Leid der Menschen befassen und sich bemühen es zu lindern. Vielleicht kommt ihm in naher Zukunft und durch Gottes Fügung eine Frau auf seinem Weg entgegen, die ihm das absurde Verhalten zum Zölibatszwang vergessen lässt. Irgendwie fühlt er es auch. Wer weiß schon so genau, was die Zukunft für ihn bereithält.

Mertlin und Lynhart empfinden tiefe Dankbarkeit darüber, Menschen gefunden zu haben, die sie tatkräftig auf ihrem Weg begleiten werden. Beide hoffen, dass ihre Idee, ihre Gedanken und ihr gemeinsames Handeln dazu beitragen wird, dass sich bei vielen Menschen ein anderes Verhalten zu kranken und pflegebedürftigen Frauen, Männern und Kindern entfalten möge und auch von staatlicher Seite aus mehr getan wird, diese notwendige Veränderung in der Gesellschaft zu erkennen und zu fördern.

Im zweiten Teil – „Der Medicus und die Nonne" – trifft der Leser wieder auf Mertlin und Lynhart – nicht nur - aber auch. Natürlich folgt auch ein dritter Teil – Ende März 2017 - aber dazu verrate ich noch nichts.

Viele spannende Lesestunden wünscht Ihnen – Dietmar Dressel.

Der Autor

Es kommt die Zeit, da rückt das 65. Lebensjahr in greifbare Nähe endlich - denkt man erleichtert - in Pension. Soweit so gut! Es dauert nicht lang, und man feiert im Kreise der Familie den 66. Geburtstag und stellt dabei mit zunehmender Ungeduld fest, dass so ein Tag, mit seinen 24 Stunden, ziemlich lang sein kann.

Familie, Enkelkinder, Faulenzen, Reisen und gelegentliche botanische Experimente bei der Gartenarbeit reichen nicht mehr aus, um den Tag ein interessantes Gesicht zu geben - was tun? An dieser Frage kommt man nicht mehr vorbei, möchte man nicht den Rest seines Lebens auf der Couch und vorm Fernseher verdösen. Warum, so fragte ich mich, die vielen Gedanken und Ideen, die sich im Laufe eines Lebens gesammelt haben überdenken und - so möglich, schriftlich verarbeiten. Kaum sind solche Gedanken zu Ende gedacht, entwickelt sich dafür die notwendige Initiative - ein Literaturstudium muss her, denkt sich der Kopf, ohne an den Körper zu denken, der ist ja bereits 66 Jahre alt. Diese drei Studienjahre waren es, die mir zeigten, dass das kreative Schreiben kein dunkles Geheimnis bleiben muss, so man sich bemüht es zu lüften. Und noch etwas half mir sehr, das Schreiben ernsthaft anzupacken - das geistige in sich "Hineinhören" um mit dem Bewusstsein und seiner inneren Stimme Gespräche zu suchen. Viele meiner Bekannten und Leser fragen mich, wie machst du das, in so kurzer Zeit so viele Bücher zu schreiben?

Ehrlich gesagt, ich kann mir diese scheinbar einfache Frage nicht mal selbst beantworten. Ich glaube, es ist meine innere Stimme, die ständig mit mir diskutieren möchte. Und so fließen die Gedanken, wie von Geisterhand gelenkt, schon fast von allein in die Tastatur meines Computers.

Meiner Frau, meinen Kindern und Enkelkindern habe ich viel zu verdanken. Sie geben mir die Kraft und die Ruhe um zu schreiben. Und das ist es, natürlich nicht nur, was meine Gedanken, mein Bewusstsein und mein Weltbild nachhaltig so wohltuend inhaltsreich beeinflusst.

Das, was ich schreibe ist möglicherweise nicht immer leicht zu verdauen, soll auch nicht so sein. Ich möchte auch nicht der "Besserwisser" sein, oder Derjenige, der alles richtig und wahrhaftig beurteilt. Beileibe nicht - wirklich nicht, ganz ernstlich!!! Wenn es mir in meinen Romanen mit seinen unterschiedlichen Themen und Inhalten gelänge, Nachdenklichkeit zu wecken, aus der sich möglicherweise Fragen entwickeln, wäre ich ein glücklicher Schreiberling und Autor.

Denn sie sind es doch, die helfen, dass wir uns weiter entwickeln können. Und wer will schon in seinem Leben auf der Stelle treten? Das glaube ich auch nicht!!!

Bücher mit Inhalten wie bei Noah Gordon, (der Medicus) und Jostein Gaarder (Sofies Welt) beflügeln meinen Geist.

Eigentlich bin ich ein typischer Zahlenmensch - beruflich geprägt und liebe das Rationale - natürlich nicht nur! Was mich selbstverständlich nicht davon abhält, die Tiefen meiner Seele zu ergründen, das Glück und den Schmerz meines Herzens mit allen Fasern zu fühlen und der sehr, sehr leisen Stimme des Bewusstseins, wenn die Zeit dafür da ist, zuzuhören.

Die DDR in den siebziger Jahren. Viele führende Politiker leben in Saus und Braus. Die Stasi und der Polizeiapparat sorgen mit den dazu passenden Einrichtungen für Angst, Terror und Gewalt, schlimmer als die Inquisition im Mittelalter. Die Denunziation der Menschen untereinander blüht in allen Farben, die Masse des Volkes bedient sich hemmungslos am Volksvermögen und verweigert zunehmend die Arbeitsleistung. Die Wirtschaftsleistung und die Staatsfinanzen werden nur noch durch den Verkauf von Menschen, und durch die massive, wirtschaftliche und finanzielle Unterstützung der BRD aufrechterhalten und abgesichert.

Der Untergang dieses Systems in der DDR ist bereits erkennbar, und viele Bürger sind verzweifelt auf der Suche, einen Ausweg für sich selbst und ihre Familien zu finden.

Zwei junge Menschen lernen sich kennen, verlieben sich und wollen ihr gemeinsames Leben in einem Land verbringen, in dem sie frei von politischen Zwängen sind. Was die beiden auf diesem sehr gefährlichen Weg erleben und erleiden müssen, ist die Hölle und das Grauen an sich. Verwundet und schwer verletzt an Seele, Geist und Körper, erreichen sie nur mit großen Mühen ihr Ziel.

Das Buch verspricht viel hochgradige Spannung, in einer Atmosphäre voller Liebe, Schmerz, Leid und Hoffnung.

Der Roman - „Eine Sprengmine zwischen Aufbruch und Freiheit" ist der zweite Teil vom Roman - „Ein Riskanter Aufbruch".

Die Bundesrepublik Deutschland, inmitten Europas, erlebt seit vielen Jahren, wie andere Staaten in diesem Erdteil auch, Frieden, Wohlstand und die Freiheit der Gedanken. Was man vom anderen Teil Deutschlands - der DDR - nicht sagen kann.

Direkt im Krieg ist sie nicht, aber das Land ist für seine Größe aufgerüstet und mental auf Krieg eingestimmt, schlimmer als eine Großmacht.

Noch bedauernswerter ist der Zustand der Bevölkerung. Es herrscht Mangel an allem was die Menschen brauchen, und die friedlich etwas ändern wollen, oder voller Verzweiflung das Land verlassen möchten, werden entweder unmenschlich eingesperrt, gefoltert und gequält, oder durch Selbstschussanlagen, Minenfelder und Salven aus Maschinenpistolen getötet, zerfetzt oder schwer verletzt und verstümmelt.

Wenn in diesem Buch nicht ab und zu Seiten zu lesen wären, die dem Leser ein wenig Entspannung ins Gesicht zaubern, würden sie die eigenen Tränen fast ersticken, und die Schmerzen die sie mitfühlen, an den Rand der Verzweiflung bringen.

Es fällt einem schwer, das alles beim Lesen zu ertragen, aber noch schwerer ist es, das Buch aus der Hand zu legen.

Deutschland am Anfang des neunzehnten Jahrhunderts. „Der Medicus und die Nonne" ist eine frei erfundene Geschichte, und eine Fortsetzung des Romans - „Der Mönch und der Bader".

Der Roman ist ein Werk der Phantasie, und nicht ein Ausschnitt aus der wirklichen Geschichte. Von den erwähnten Personen lebten nur: Napoleon, der Herzog von Braunschweig. Marshall Davout, Graf Montgelas, Friedrich der Dritte - die Generäle: Hohenlohe, Rüchel und Kalckreuth. Friedrich von Schiller und Wolfgang Johann von Goethe.

Alle anderen Namen sind frei erfunden, und rein zufällig gewählt. Vieles von der Atmosphäre der Kriegsereignisse um 1806 ist verloren gegangen. Wo keine glaubhaften Aufzeichnungen vorhanden waren, habe ich meine Phantasie zu Rate gezogen.

Nikolas, der Mönch, erschüttert von dem kriegsbedingten, furchtbaren Leid der Menschen, kann dem Kloster nicht mehr dienen, versucht sein Glück im weltlichen Leben zu finden und trifft Hilde. Katarina, am Ende ihrer Kraft, sucht ihr Heil im Kloster und hat den Wunsch Nonne zu werden.

Zusammen mit Ferdinand, dem Medicus, erfährt sie das tiefe Glück der Liebe.

Das Schicksal will es so, dass sie eine andere Aufgabe erfüllen soll, die sie in Lynhart den Mönch suchen muss.